解酒醒神 × 消食解膩 × 活血清熱 × 滋養肌膚

不只要根據季節時令，更要懂對症下「菜」！

紅樓宴

隱藏在賈府宴席中的養生智慧

【冰鎮酸梅湯】被痛打一頓板子的寶玉，只想來一碗解渴

【鴨肉粥】熙鳳端給賈母的粥品，最適合老人家「涼」補

【鴿子蛋】要價一兩銀子一個，公卿王侯之家的席上珍品

【棗泥山藥糕】病臥榻房的秦可卿，心裡還念著這道糕點

沈銓龍
才永發 編著

別以為富人只懂燕窩不離口，營養搭配可比誰都講究；

跟著本書一同品味紅樓美食，掌握古人的長壽之道！

目錄

序：
一部《紅樓夢》其實就是一部「紅樓宴」

《紅樓夢》中琳琅滿目、美不勝收的飲食盛宴，簡直就是中國飲食文化的縮影，所以，一部《紅樓夢》可以說就是一部「紅樓宴」，高度濃縮了中國的食養智慧。

《紅樓夢》中人物鮮活百態，《紅樓夢》中的飲食千奇百豔，精采紛呈。在紅樓養生中最有魅力的莫過於層出不窮的食養和藥膳，諸如目不暇接的酒膳、茶膳、蜜膳……僅就茶而言，便有「一部紅樓夢，滿紙茶葉香」美譽，其中奧祕更是數不勝數，如賈母最愛喝的茶原來是在隆冬季節採集梅花上的雪水封於罈中，埋於樹下來年夏天取出泡茶，最能清心解暑溫。各種名目的珍饈美餚、瓊宴佳席更是美味絕倫，如元妃的省親宴、賈母的生日宴、除夕宴、祭祖宴、中秋宴、端午宴……真是無不展示了華人的烹飪絕學。

《紅樓夢》為何這樣重視吃？原來曹雪芹自己就是一個大美食家、大烹飪家，難怪一部《紅樓夢》的故事，就是由各種吃串連起來的。作者透過吃反映人物的性格、體質和疾病，更以飲食反映賈府的盛衰，故《紅樓夢》中的飲食描寫竟占了全書的三分之一。

從飲食讀《紅樓夢》，不僅可以從紅樓宴反映達官貴人的醉生夢死，封建貴族的人情冷暖、世態炎涼，也反映了平民的喜怒哀樂、悲歡離合。《紅樓夢》既代表了古典文學的最高成就，同時也飽含了中國文化和養生理念的精粹。

本書不但可以透過品味《紅樓夢》的飲食文化及養生理念，感悟曹雪芹筆下的人物命運，更可從中獲得健康長壽的啟示，所以值得諸位紅樓夢愛好者一讀。

前言

《紅樓夢》這部曠世之作問世後即被人們視為珍品，風行南北。據當時的形容是「當時好事者每傳抄一部，置廟市中，昂其價，得金數十，可謂不脛而走者矣！」兩百年以來，人們來對《紅樓夢》的研究工作一直沒有間斷過，甚至形成了一種專門的學問 —— 「紅學」。「紅學」的切入點和研究方向眾多，可謂包羅萬象。因此自然也就包含了當今人們最熱門的話題 —— 養生與保健。

《紅樓夢》出現於清朝的鼎盛時期。在這個相對輝煌的年代裡，透過對前人智慧的總結和發展，中國的醫學與養生學也取得了前所未有的進步。自然而然，這些進步與發展也被展現在了《紅樓夢》之中。紅樓夢的作者曹雪芹精通醫術，據其所著《廢藝齋集稿》記載，他在白家疃的幾間住所，便是一位患眼疾幾近失明的婦女為感激曹雪芹讓她重見光明後，以祖墳周圍樹木為雪芹建造的，從而使雪芹在有了落腳之處，不用在小廟中替人看病了。因此，在這本作者以生命鑄就的《紅樓夢》中所提到的每一個病例與治療方案也都融入了作者的醫術與養生之道，是值得後人去推敲和借鑑的，書中所涉及的每一種養生方法也是我們應該去繼承和發揚的。

在《紅樓夢》中，作者塑造了大量形象鮮明的人物。從悲戚疑慮、言語刻薄的林黛玉，到城府穩重、待人寬容的薛寶釵；從不通世務、崇尚自由的賈寶玉，到工於心計、處事圓滑的王熙鳳；從豁達開朗、心地善良的賈母，到性情樸實、樂觀風趣的劉姥姥。他們的人生百態無不在向世人展示著人間的生老病死、悲歡離合。那麼，追求健康長壽的我們，又從他們身上看到了什麼呢？

在《紅樓夢》中，林黛玉是一位單薄瘦弱，弱不禁風的女子，書中對其的介紹是「眾人見黛玉年紀雖小，其舉止言談不俗，身體面貌雖弱不勝衣，卻有一段風流態度，便知她有不足之症。」這「不足之症」便是民間常說的先天不足。因此黛玉自己也說：「我自來如此，從會吃飯時便吃藥，到如今了，經過多少名醫，總未見效……只怕一生也不能好的了。」只能長期服用人參養榮丸來進行緩補，但這人參養榮丸畢竟只是補藥，再加上黛玉自己多愁善感的性格，最終挽回不了她肺結核咳血死亡的命運。而薛寶釵「從胎裡帶來的一股熱毒」使她常常「喘嗽」，再加上她怒於中而不行於外的性格，所以一位老和尚對寶釵說了一個「海上仙方兒」，這就是書中說提到的冷香丸，從身體和心理上對她進行調養。

賈寶玉是一個性格叛逆的人物，但賈府上下對他的照顧可謂是無微不至，飲食上的調理和生活上的無憂無慮讓他的身體一直沒有什麼大的毛病。而對於王熙鳳，《紅樓夢》裡寫到，王熙鳳稟賦氣血不足，年幼不懂保養，平時爭強好勝，操勞大家族內務，造成小產，一個月後又添了「血崩」症，逢氣急時，還咳出血塊來，前後一年就撒手人寰了。

賈母是《紅樓夢》中長壽的代表人物之一，作為一位德高望重、開朗豁達的老人，她平時注意散步遊玩，認為散步是「疏散疏散筋骨」。賈母還喜歡熱鬧，每逢節日，她和兒孫媳婦在大觀園內走動、玩樂。賈母對飲食調節、寒溫調攝也很注意，愛吃甜爛食物，吃東西是「少而精」，至於衣著保溫，自有府內眾人打點。而劉姥姥也是《紅樓夢》中的一位老壽星。她的生存環境恰恰和賈母相反，但她卻擁有和賈母一樣良好的心理素養，再加上她日常的體力鍛鍊，粗茶淡飯也造就了她一副好的身子骨。

賈府的數百人，各自都有著不同的醫療保健方法和養生之道。編者出於多年來對養生之道的探索，在總結前人解讀《紅樓夢》的基礎上，從美食、飲酒、喝茶、藥物、疾病、性與其他方面對《紅樓夢》中的養生祕密提出了獨特的見解。試圖以一個新的視角來向讀者展現《紅樓夢》中人的養生之道。如美食養生篇，編者羅列了一系列紅樓宴和日常生活中出現的湯品、菜品、點心和蔬果。並連結《紅樓夢》中人物的身體和心理特點，分析了這些美食對現代人身體健康的幫助，讓讀者在品嘗紅樓美食的同時保養了身體。在飲酒養生篇中，編者從中國的傳統酒文化入手，以《紅樓夢》中出現的美酒為基礎，向讀者解答了飲酒對於人體健康的利弊。在喝茶養生篇中，編者在品味中國茶道的基礎上，以《紅樓夢》中出現的喝茶情節為例子，向讀者講解了喝茶對於人體保健的作用。另外在藥物養生篇、疾病養生片、性與養生篇中，編者也以其獨特的見解向讀者解答了《紅樓夢》中人的養生祕密。

當然，本書所提到的觀點只是整個紅樓文化中的滄海一粟，但希望這些觀點能使讀者在閱讀的過程中有所收益。對於書中出現的遺漏和錯誤，編者本著對養生之道探索的嚴謹科學態度，懇請讀者能夠批評和指出，以求本書在讀者朋友的修正下更加完善。

藥膳養生 ——
品嘗紅樓美食，享受健康人生

《紅樓夢》中人的飲食健康密碼

民以食為天，食養才是養生的大道

「民以食為天」是華人常說的一句話。人類的生命活動需要不斷從外界吸收補充營養物質，而食物便是營養物質的主要來源。從古至今，人類都離不開食物，如果人類失去了食物對人體能量的補充，那麼生命將無法得到延續。

《黃帝內經·藏氣法時論》中講到，五穀為養生，五果為助，五畜為益，五菜為充，氣味合而服之，以補精益氣。這裡的「五穀」即稻米、小麥、玉米、小米和黃米，也就是我們所說的五穀雜糧；「五果」是指日常生活中常吃的桃、李、栗、杏、棗，這些水果可以輔助性的為人體提供所需的營養；「五畜」包括牛肉、豬肉、羊肉、狗肉、雞肉，這些肉類對人體都有非常好的補益作用（編按：臺灣自2017年起根據《動物保護法》，禁食貓肉及狗肉）；「五菜」指的是各式各樣的蔬菜，它們對人體營養可以達到補充的效果。所以，五穀是養命的，五果是幫助你消化的，五畜是發揮補益作用的，五菜則是產生補充作用的。由此可見，食物在人的生命過程中占據著何等重要的位置。

中國醫學認為，脾胃是人體的後天之本，經過飲食調理以保養脾胃才是養生延年之大道。隨著四季氣候的變化而調和食味，搭配營養，便可以防止疾病，達到養生保健的目的。因此對於我們來說，食物就是最好的醫藥。在疾病的治療過程中，常以先食療、後藥餌為宜，此方法對老年人尤為重要，老年人因多有五臟衰弱，氣血耗損，加之脾胃運化功能減退，故先以飲食調治更易取得用藥物所難獲及的功效。

當然，食物作為我們維持生命活動的基礎，並不是簡簡單單的攝取就行了，怎樣合理的對食物進行搭配，透過什麼樣的方式來進食，餐後應該透過哪些活動來幫助消化食物，這才是我們養生過程中的一個重要環節。讓食物發揮其最大的營養補充效果，才能達到我們養生的目的。

要做到科學飲食，在通常情況下我們要注意四個搭配，即粗細搭配、葷素搭配、生熟搭配、乾稀搭配：

◆粗細搭配

指在日常膳食中，我們要將傳統的穀類物質和一些粗雜糧搭配起來食用。在日常生活中，我們喜歡進食一些經過細加工的穀類，如白米、麵粉等，這些食物雖然口感細膩，但是由於在加工過程中很多營養物質都被流失掉，長期食用便會造成營養缺乏。一些粗雜糧如玉米、蕎麥、小米、薯類、豆類，雖然口感比不上細糧，但它們所含的營養物質全面，特別是人體所需的維他命和微量元素，大部分都要靠這些食物來補充。因此在食用細糧的同時經常搭配些粗糧，我們對食物營養的攝取才會均衡，身體的健康才能得到保障。

◆葷素搭配

植物類食物和肉類食物搭配在膳食結構中也很重要。人的身體需要多種營養，而在天然食物中，除了母乳，沒有任何一種物品可以滿足人體所需的全部營養。不少人對食物營養存在片面的認知。有些人認為多吃魚、肉等葷菜就是營養好，不重視吃素菜及豆類；有些人認為牛奶、雞蛋才是最好的營養品，看不起普通飯菜；有些人則認為素食和粗食才是人類健康長壽的保證，而對一些肉類、蛋類視若洪水猛獸，認為動物蛋白質會提高膽固醇，易得高血壓、冠心病。實際上，每一種食物都有它存在的意義，素食固然重要，但人體生長發育所需的一些優質蛋白和脂肪酸也要靠肉類食品來提供，因此葷素搭配才是科學的飲食養生之道。

◆生熟搭配

主要是指熟食與蔬果的搭配。天然的食物所含的蛋白質、維他命、植物酶都非常豐富，與人類所需完全吻合。一旦經過烹煮，很多營養物質便會遭到破壞而流失，特別是一些酶類物質，對人體消化吸收食物中的營養很有幫助。因此要想完全的利用這些物質，很多食物必須生吃。當然，在選用生吃食物時，必須選擇清潔，無汙染的食物，以避免對人體造成不必要的傷害。

◆乾稀搭配

指固體食物和流質食物搭配食用，後者主要是指飲料、湯品、粥等，這些食品能夠補充人體水分，有利於津液和消化液的分泌，促進對固體食物的消化。

對於飲食養生，我們另外還需注意以下幾點：

◆進食的時候要保持良好的心情

人的食慾和消化功能的好壞與情緒的關係十分密切。通常情況下，愉快的情緒和興奮的心情能使人食慾良好，胃腸功能增強。反之，惱怒憂思，則會損傷脾犯胃，影響食慾和消化。

◆用餐時不宜太飽

中國古代養生家早已提出「飯吃七分飽，延年又防老」的說法。「藥王」孫思邈也曾說過「食不可飽」。事實上，飲食過飽不利於減輕胃腸負擔，操勞過度的消化讓腸胃得不到適當休息，從而影響到了消化系統對食物營養的吸收。適當的節食可以減緩新陳代謝，還可以減少有害物質的數量，增強免疫力，提高人體抗病能力，使機體處於健康的最佳狀態。

◆食後宜緩行，按摩腹部

民間自古就有「飯後百步走，活到九十九」的說法。因此食後緩行也是華人傳統的保健方法之一。食後散步，有助於身體健康、延年祛病的道理，幾乎是婦孺皆知的。在散步時，兩下肢緩緩行動，兩上肢隨著下肢的邁步而前後擺動，從而影響到內在脾胃的功能，有利於胃腸蠕動，促進消化、吸收。另外在三餐之後，我們還可以將雙手搓熱，按於腹部順時針方向輕揉，連續十多分鐘。這樣能使局部血管擴張，促進腹腔內血液循環，加強胃腸消化功能，對身體大有宜處。

看紅樓美食文化，領略賈府昔日繁華

《紅樓夢》誕生於清朝繁華鼎盛時期，其中吸收融入了豐富的滿漢文化，反映了明末清初時期貴族生活的真實寫照。《紅樓夢》雖然寫了一個封建貴族大家庭從繁榮走向衰敗的故事，但《紅樓夢》中的美食，至今仍為人們津津樂道。

寶玉探寶釵，黛玉半含酸。眾人閒話一陣，薛姨媽留寶黛吃晚飯。寶玉誇珍大嫂子家的好鵝掌鴨信，薛姨媽忙拿了自己糟的來給他嘗。寶玉又鬧著要喝酒，薛姨媽溺愛他，忙命灌上好的酒來。鴨信是鴨舌頭，鵝掌鴨信，骨肉纏夾，韌中帶脆，質地複雜，的確是下酒的好菜。但飲酒對於十一二歲的寶玉來說卻不大合適，所以奶媽李嬤嬤不肯讓他喝。寶玉仗著薛姨媽的疼愛，不理李嬤嬤，開懷痛飲。倒是姨媽怕他喝醉，做上來酸筍雞皮湯解酒。

可卿臥病，一個冰肌玉骨的美貌佳人變得面黃肌瘦。眾人看得心酸難過，卻也沒辦法，只好在吃的方面來關懷她。可卿獨愛老太太送的棗泥餡的山藥糕。山藥糕是把山藥蒸爛搗作泥，中間裹上棗泥，易消化的食物對於臥病的可卿來說，的確合適。

趙嬤嬤是老一輩的奶媽，甚有體面。按照賈府這樣大家族的規矩，賈璉鳳姐見了也要請酒請飯。賈璉心粗，隨意揀兩盤菜請趙嬤嬤吃，鳳姐兒心細，體貼老太太咬不動，命把早起的那碗火腿燉肘子取來。火腿的異香與豬腳的肥厚一拍即合，燉爛後比單純的清蒸火腿或紅燒豬腳要美味得多。

寶玉常和王夫人的丫頭打情罵俏，和金釧兒調情時被王夫人聽見，大發雷霆，金釧兒被迫跳了井，寶玉挨了打。這頓打，最心疼的當然是老太太。寶玉一句話想吃小荷葉兒小蓮蓬的湯，老太太忙叫人做去。

劉姥姥二進大觀園，碰上老太太高興，擺酒招待。寶玉建議「揀各人愛吃的幾樣做了擺在面前」。劉姥姥認不得鴿子蛋，眾人大笑一場。書中寫的最詳細的菜茄鯗，也是各派紅樓宴上斷不可少之物，就在這場席面上出現的。然後鳳姐又詳細解釋了製法，聽得劉姥姥目瞪口呆。吃過午飯沒多久，遊園的時候又有人來請用點心，其中兩樣是松瓤鵝油捲、藕粉桂糖糕。賈母是老年人，喜香甜，揀了半個捲子。薛姨媽正更年期，怕吃油膩，取了一塊糕。藕粉桂糖糕鬆軟香甜，清新可人，茶餘飯後來一塊，應該是何等美事。襲人愛吃糖蒸酥酪，李嬤嬤也愛吃，先下手為強帶了回家，惹出寶玉一場打人罵狗的大氣。糖蒸酥酪是賈妃從宮裡賜出來的，大概是用奶油和麵又用奶油炸的起酥小條，香甜可口。

觀園遊完後賈母就病了。鳳姐兒孝順，知道老太太愛吃什麼，送了野雞崽子湯，老太太大為激賞，更吩咐炸兩塊送粥。《紅樓夢》裡，野雞總是老人的食物，可能古人認為野雞性溫補，好消化，如同今天的烏雞。大年的時候賈母一時高興去看姐妹聯詩，鳳姐兒隨後找了去，戲說「老太太是躲債來了」。請老太太去吃飯，正房那邊預備下了稀爛的野雞，遲一刻就老了。

全書的高潮是「琉璃世界白雪紅梅」，齊集十二釵，大觀園的歡樂達到巔峰。這一節的菜單除小菜之外，皆是熱性進補之物。早飯擺出來，頭一道菜是牛乳蒸羊羔，賈母說這是老年人的藥，沒見天日的東西，小孩子吃不得。寶玉等只好吃別的菜，最後鹹菜泡飯急匆匆的吃完了。然後寶玉湘雲幾個人一合計，跟鳳姐要了新鮮鹿肉到園裡烤，僕婦侍候了鐵爐、鐵叉、鐵絲蒙（鐵絲編成的烘烤食物的架子）。林妹妹螃蟹尚不敢多吃，何況烤鹿肉這難消化的東西，只站在一邊笑。

寶玉一干人生日，芳官嚷著要吃酒，讓柳家的先送點湯飯來墊墊胃。這是《紅樓夢》中最完整的一頓「家常飯」：蝦丸雞皮湯，酒釀清蒸鴨子，醃的胭脂鵝脯，一碟四個奶油松瓤捲酥，並一大碗熱騰騰碧瑩瑩的綠畦香稻粳米飯。

接下來，賈府開始走下坡路，喪氣事一件接一件。老太太強打精神，在關鍵時刻帶著面如土色的眾人及時行樂。中秋前的晚餐，各人照例送菜過來。王夫人那日吃齋，知道老太太不愛吃麵筋豆腐，只揀了椒油蓴齏醬來。當晚陪老太太吃飯的女孩只有探春寶琴，寶玉黛玉都不在，鳳姐病著，尤氏侍候飯桌。老太太吩咐送紅稻米粥給鳳姐兒，雞髓筍和風醃果子狸給寶玉黛玉，肉給曾孫賈蘭。鳳姐是小產引起的病，只能吃些清淡滋補的食物，紅稻米粥是最適合不過的了。賈母最疼的還是寶玉黛玉，精緻菜餚都想著他們。而曾孫賈蘭，平時老太太也頗疼愛，不過是送一碗普普通通的肉。

一部《紅樓夢》吃到這裡，其實已經曲終筵散。再往下各尋因果，各奔前程，榮華富貴轟然倒塌，只剩下強顏的歡笑。回味《紅樓夢》中描寫飲食文化的經典之處，一些雖只是家常的糕點、湯水，卻恰恰融營養、滋補、食療於一體，折射出了中國傳統的養生智慧。了解這些美食，可以讓我們領略到當時封建大家族的飲食特點與嗜好，知曉明清時期的飲食文化。讓我們能更好的運用飲食來養生，豐富我們的飲食療法。讓我們在享受美食的同時，達到保養生身體的目的。

紅樓湯品，流香撲鼻飄萬里

冰鎮酸梅湯，解暑最在行

在《紅樓夢》第三十四回「情中情因情感妹妹，錯裡錯以錯勸哥哥」中，有人在賈政面前告了寶玉一狀，賈政聽後火冒三丈，非要打寶玉一頓，並告訴所有人不許通風報信。自然，這頓板子寶玉是沒有逃脫。挨打後的寶玉屁股疼痛不堪，猶如針刺刀割一般，躺在那裡什麼都吃不下，眾人急得團團轉。正在這個時候，寶玉嚷著口渴，要喝酸梅湯。

為什麼挨打後的寶玉會對酸梅湯念念不忘呢？事實上，酸梅湯的確有著它的不平凡之處。就寶玉挨打這件事來說，挨打屬於皮肉之苦，這時人體會聚集大量的酸性物質，因此挨打後的寶玉會感到酸楚疼痛，而且伴隨著口渴難耐。這時如果有一碗酸甜適中的酸梅湯，那應該是何等美事，難怪寶玉這時會對酸梅湯情有獨鍾了。

從另一方面講，寶玉從小錦衣玉食，天天細米白飯、頓頓雞鴨魚肉。這些食物雖然好吃有營養，但經過人體代謝後，就會變成油脂、毒素等酸性物質。隨著這些酸性物質在體內的增多，人的體質也跟著變成酸性體質。在這種情況下人便會出現疲倦乏力、昏昏沉沉、心煩意亂、記不住事等症狀，皮膚也會變得暗淡粗糙，容易出油長痘。但書中的寶玉卻是個精力充沛、身體健康的人物，而且面若桃花，皮膚如嬰兒般細膩。這是為何呢？原來對於酸性體質來說，我們應該經常吃鹼性食物來平衡體內酸鹼值，而酸梅湯中的烏梅、山楂，就是鹼性食物之一。酸梅湯裡含有的粗纖維比較多，可以促使肌體把油脂、毒素排出體外。而且，酸梅湯富含維他命，對皮膚有很好的養護作用。

酸梅湯的做法有很多種，現在向大家介紹其中最簡單的一種。取乾烏梅半斤、山楂半斤、桂花一兩、甘草一兩、冰片糖或者紅糖適量。現將乾烏梅和山楂加水泡開，然後連同少量的桂花和甘草用紗布包起來。接下來在大鍋裡注滿水，放入紗布包，大火燒開。煮沸後，加入適量的冰片糖或者可以產生染色效果的紅糖。最後用小火熬煮 6 ～ 7 小時，在水大約被熬去一半的時候，一鍋桂花香味濃郁酸梅湯也就做成了。

做好的酸梅湯一次喝不完，可以在冰箱裡放幾天。但在常溫下，酸梅湯是很容易變質的，如果看到表面有細細的泡沫浮起，就說明已經變質不能喝了。如果加入甘草的酸梅湯會有澀澀的餘味，飲用時放些冰塊可以減輕澀味。

事實上，不光是《紅樓夢》中的寶玉愛喝酸梅湯，明朝開國皇帝朱元璋對酸梅湯也是愛不釋手的。

相傳，在元末的時候，朱元璋是一個以賣烏梅為生的小販。一次，他販了一車烏梅去外地賣。不想烏梅沒賣出去對少，正趕上了當地的一場瘟疫。想趕快離開這個地方，卻又捨不得這車烏梅，於是很快他自己也被傳染上了，病倒在了旅店裡。眼看著一車烏梅開始發爛，朱元璋心如火焚，於是便掙扎著起來擺攤。當他走進存放烏梅的庫房時，忽然聞到了烏梅的酸氣，他馬上就感覺精神好了很多。於是，他靈機一動，便用烏梅搭配山楂、甘草一起煮成酸梅湯天天喝，過了段時間，他的瘟疫竟然好了。

知道酸梅湯可以治病後，朱元璋就把剩下的烏梅全熬成了酸梅湯銷售，一車烏梅很快被他用光了。從此，朱元璋便專門做起了酸梅湯生意，並且迅速的富裕起來，為日後起兵反元奠定了基礎。後來，朱元璋無論是領軍打仗還是日常生活，都經常以酸梅湯來清解體內油質，養氣提神。而且，朱元璋在當了皇帝之後，頓頓珍饈美味、大魚大肉，酸梅湯去油解膩、口感清爽，自然也讓他愛不釋手。

到了清朝，酸梅湯去油解膩的功效更貼合喜吃肉食的清代統治者，以酸梅湯作為日常保健飲品的養生之道依然在清代宮廷裡保留了下來。漸漸的酸梅湯被定型定名，從宮中流傳至北京民間，成為著名的老少咸宜的大眾飲料。清朝時，皇宮御膳房已備有專門製作酸梅湯的原料，以烏梅為主。「清宮異寶，御製烏梅湯」有斂肺、開胃生津、清熱解毒、調中下氣等功效。

據說，慈禧太后當年最鍾愛的就是酸梅湯，以此作為保持身材、美容養顏的良藥。後來八國聯軍進京，慈禧逃到了西安，吃飯仍然非常講究，命令地方官進奉有特色的地方風味食品。到了夏天，吃慣山珍海味的慈禧對酸梅湯依舊念念不忘，西安無冰，地方官只好派專人去太白山頂鑿那終年不化的冰，運回西安，足見慈禧的奢侈，從另一方面，也可以看出酸梅湯的魅力了。

在春天來臨的時候，初春的氣溫乍暖還寒，季節在交替過程中，人的身體需要一段時間才能適應過來，而就在冬春交接這段時間裡，我們常會感到疲乏無力、打不起精神。這時來一碗酸酸甜甜的酸梅湯，不僅能讓人恢復精力，而且能平降肝火，幫助脾胃消化、滋養肝臟。

當然，在炎炎夏日裡，能夠喝上一杯冰鎮的酸梅湯就更加讓人清涼冰爽了。夏天人們胃腸道的殺菌能力相對減弱，加上人們夏季普遍喜食生冷食物，稍不注意就易導致腹瀉等消化道疾病。所以，此時適量的喝一點酸梅湯來幫助腸胃消化，補充水分，比起那些讓人腹脹的碳酸飲料來說，酸梅湯可謂是夏季解暑養生的極品了。

火腿鮮筍湯，寶玉不嫌燙

火腿鮮筍湯出現在《紅樓夢》第五十八回「杏子陰假鳳泣虛凰，茜紗窗真情揆痴理」中。司內廚的僕婦送來了寶玉的晚飯，一共四樣小菜，其中有一道菜便是火腿鮮筍湯。寶玉一見有這道菜，忙喝了一口，卻被燙到了嘴，襲人見狀忙端過來吹吹，笑道：「能幾日不見葷，饞的這樣起來。」由此可見，寶玉對這道湯菜也是愛到了極點。

火腿鮮筍湯是以火腿和鮮筍為主料的美羹。火腿腸是以畜禽肉為主原料，輔以澱粉、植物蛋白粉等填充劑，加入食鹽、糖、酒、味精、香辛料等調味品，並添加品質改良劑卡拉膠和維他命 C，以及保護色、保水劑、防腐劑等物質。火腿腸除了供給人體需要的蛋白質、脂肪、碳水化合物、各種礦物質和維他命等營養外，還具有吸收率高、適口性好、飽腹性強等優點，還適合加工成多種佳餚。夏天人們往往食慾不振，營養不足。火腿營養豐富，食之不膩，能增進食慾。火腿熬湯有清補作用，另外可以加點番茄之類富含維他命 C 的食物，以消除醃食致癌的顧慮。火腿還有加速傷口癒合的功效，作為外科手術後的輔助食品效果奇佳。

這裡需要注意的是，火腿一般是透過鹽醃，再經過火烤或煙燻製成的。根據人體一天所需的攝鹽量來說，每天食用兩根我們日常生活中經常看到的拇指粗細的火腿，就達到或超過了攝鹽量。所以，對於一些患有高血壓的朋友來說，要注意食用。

而湯中另一味主料鮮筍，則是我們烹飪美味佳餚必不可少的蔬菜之一。就火腿鮮筍湯是江南美食來說，鮮筍即是江南之春筍。相傳康熙皇帝喜愛春筍，每年春天必食江南嫩筍。曹雪芹祖父曹寅與其妻兄李煦都了解這一情況，他們在任江寧、蘇州織造和兩淮鹽政的後期，曾多次向北京進貢「燕來筍」。燕來筍即燕子來時出土之嫩筍，稱燕筍，也就是春筍。

竹筍其味甘淡，營養豐富。其烹調方法多種，燒、炒、煮、燉、煨均可，而且各具特色，鮮翠嫩香，風味獨特。一個大筍，因其各個部位不同，可分別食用，如嫩頭可作炒食，或作為肉圓、餡心的配料；中部可切成筍片，炒、燒或作為菜餚的配料；根部較老，可以煮、蒸、煨以及和肉類、禽類一起煲湯，還可放罈中經發酵製作霉筍，燉食別有風味。

竹筍是一種低脂肪、低糖、多纖維的食品，具有促進腸道蠕動、幫助消化、防治便祕的效果，還能防治高血脂、高血壓、冠心病、肥胖症、糖尿病及大腸癌、乳癌等現代病症。《本草綱目》中指出竹筍有「化熱、消痰、爽胃」之功。《隨息居飲食譜》中也提到：「筍，甘涼，舒鬱，降濁升清，開膈消痰，味冠素食。」

此外，竹筍對防治由過食油膩而引發的疾病有特效。如對於因肉、雞、鴨等油膩食物吃得太多而致的食慾不振、噁心嘔吐、消化不良、腹瀉等人，每天吃筍一次，連續兩到三天即可痊癒。

火腿鮮筍湯的做法十分簡單：取火腿、鮮筍及調味料各適量，先將火腿剁塊，洗淨，切塊，放入鍋中，加清水適量，煮至火腿爛熟後，調入鮮筍、花椒、蔥、薑、鹽、味精、料酒各適量，煮沸後，去浮油即成。食時，想湯濃一點，可連皮，大火急滾，使火腿脂肪略乳化。湯呈白色，味醇厚。如想喝清湯則將火腿去皮，先蒸熟切片。再將鮮筍切片，入雞湯中共煮，臨熟時少加鹽糖，不加醬油，湯味便會清鮮。

火腿鮮筍湯在清代中葉，是作為高檔食品出現在富貴人家餐桌上的。明清時期火腿鮮筍湯是江南食俗，火腿與春筍合煮，其滋味特佳，難怪在《紅樓夢》中寶玉顧不得燙便端起來喝，結果被熱湯燙了嘴。

野雞崽子湯，肉嫩味鮮賈母嘗

在《紅樓夢》第四十三回「閒取樂偶攢金慶壽，不了情暫撮土為香」中，賈母在大觀園著了些風寒，請醫生吃了兩劑藥才好了些。王夫人去請安，賈母告訴她：「吃完藥後病好多了。剛才送來野雞崽子湯，我嘗了嘗，覺得很有味兒，還吃了兩塊肉，心裡很受用。」王夫人笑道：「這是鳳丫頭孝敬老太太的。算她的孝心虔，不枉了素日老太太疼他。」賈母點頭笑道：「難為她想著。若是還有生的，再炸上兩塊，鹹浸浸的，吃粥有味兒。那湯雖好，就只不對稀飯。」王熙鳳聽了這話，連忙答應，命人去廚房傳話。

野雞崽子湯實際上就是野子雞煨的湯，其肉嫩味鮮，故賈母嘗了湯，覺得「倒有味兒」。吃了肉，「心裡很受用」。對於野雞，清代著名文學家袁枚所著的《隨園食單》中大略的介紹了兩種吃法：「野雞披胸肉，清醬郁過，以網油包放鐵奩上燒之，作方片可，作捲子亦可，此一法也。切片加作料炒，一法也。取胸肉作丁，一法也。當家雞整煨，一法也。先用油灼，拆絲，加酒、秋油、醋，同芹菜冷拌，一法也。生片其肉，入火鍋中，登時便吃，亦一法也，其弊在肉嫩則味不入，味入則肉又老。」

事實上，野雞的肉質鮮美，營養豐富，是人們餐桌上不可多得的美食。野雞含有多種人體必需的胺基酸及鈉、鈣、硫等多種微量元素，其肉有健脾養胃、增進食慾、止瀉的功效。此外，野雞肉還具有祛痰補腦的特殊作用，能治咳痰和預防阿茲海默症，是野味中的名貴之品。

野雞因為是在大自然中生長，沐浴陽光，吸吮新鮮的空氣，活動量大，體質健壯，抗病力強，不打針不餵藥。再加上吃的是野草、野菜、草籽、昆蟲等食物，這些食物不含任何生長激素，因此野雞肉不含任何藥物殘留，正符合當代人們對有機食品的要求。

野雞如此受人們青睞，因此在《紅樓夢》中也不止出現了一次。如前面提到的野雞崽子湯，還有第四十九回「琉璃世界白雪紅梅，脂粉香娃割腥啖羶」中出現的野雞爪子，以及後面出現的炸野雞、板栗燒野雞等。

野雞崽子湯的做法十分簡單：取野雞一隻，香菇及調味品各適量。

將野雞宰殺後去毛雜洗淨，切塊，放入熱水鍋中朱片刻取出。鍋中放大油適量燒熱後，下雞塊爆炒，而後下清湯適量，武火煮沸後，去沸沫，下蔥、薑、花椒、料酒及香菇等，文火煮至雞肉熟後，加食鹽、味精適量調味即可食用。此湯肉嫩味鮮，是貧血患者、體質虛弱的人很好的食療補品。

野雞爪子在清代很受歡迎，是侯門公府的家常菜之一。其做法是：取野雞淨肉 300 克，醬瓜 100 克，紅椒 50 克，雞蛋 1 顆，蔥、薑、蒜、醬油、紹興黃酒、花椒油、蔥油、雞精、食鹽、清湯、水澱粉、花生油各適量。將野雞肉用冷水浸泡片刻，洗淨，瀝乾水，切成兩公分見方的丁放在碗內。加鹽、黃酒、蛋清、水澱粉漬味上漿備用。醬瓜反覆浸泡數遍，去掉鹹味，用刀一剖兩開，去淨瓜瓤，切成 2 公分見方的丁。青椒去蒂、去籽洗淨也切成 2 公分見方的丁備用。炒鍋置旺火上，鍋燒熱後倒入花生油，油溫燒至四五分熟時下入野雞肉丁滑散，倒入醬瓜丁、青紅椒丁略炒，而後倒入漏勺內澄油。將鍋置火上，放入少許蔥油燒熱，納入薑蒜片煸出香味，倒入雞丁和配料，快速烹入醬油、黃酒、鹽、雞精、胡椒粉、水澱粉和適量清湯兌成的芡汁，顛翻兩下即可出鍋食用。

板栗燒野雞的做法是：取淨野雞肉 500 克、板栗 250 克、肥膘肉 100 克、水發香菇 50 克、冬筍 30 克、蔥薑各適量，另外取醬油 10 毫升、花生油 100 克、鹽 3 克、紹興黃酒 30 毫升、白糖 10 克、雞精 3 克、香油 10 克、水澱粉、雞湯各適量。將野雞肉洗淨，切成 5 公分大小的塊，用沸水滾過，去淨血沫。肥膘肉切成魚鰓片，板栗剞十字刀，入鍋煮熟，取出剝殼去衣，用油略炸一下備用。冬筍切成滾刀塊，香菇去蒂一切為二備用。起鍋至旺火上，放入少許花生油，待油熱下入蔥薑略煸，出香味後放入雞塊、紹興黃酒煸炒，再加入醬油、鹽、糖、雞精、雞湯大火燒開，轉文火，燜至五六分熟時，放入板栗、香菇、冬筍同燒，燒至酥爛，揀去蔥薑、肥膘肉，晃勺收汁，待汁稠時，將雞塊盛在盤中，鍋內餘汁加點水澱粉，淋上香油澆在雞塊上即成。此紅樓美食味鮮肉美，色澤金黃，受到許多美食家歡迎。

桂圓甜湯補虛損，寶玉失玉定心神

桂圓是中國特有的水果，它的形狀像傳說中龍的眼睛，故又稱龍眼。桂圓的果肉大如彈丸，內含乳白、半透明的果漿，其色澤晶瑩，鮮嫩爽口，甘甜似蜜。對於桂圓的來歷，傳說哪吒打死了東海龍王的三太子後，挖了龍的眼睛。這時正好有個叫海子的窮孩子生病，哪吒便讓他吃了龍眼。海子吃了龍眼之後病立即就好了，而且後來長成了彪形大漢，活了一百多歲。海子死後，他的墳上長出一棵樹，樹上結滿了像龍眼一樣的果子。於是在東海邊，幾乎家家種植龍眼樹，人人皆食龍眼肉。

桂圓是中國傳統的滋補佳品。李時珍在他的《本草綱目》中寫道：「食品以荔枝為貴，而資益則龍眼為良，蓋荔枝性熱，而龍眼性和平也。」《神農本草經》中也記載道：「桂圓，主五臟邪氣，安志……，久服強魂魄，聰明。」因此在《紅樓夢》中，寶玉兩次失神，魂魄出竅，服用了桂圓湯之後，才慢慢的回轉了心神。

在《紅樓夢》第六回「賈寶玉初試雲雨情，劉姥姥一進榮國府」中，寶玉在秦氏的安排下入睡，入夢後魂遊太虛境，識得男女之事。後來被秦氏喚醒之後還懵懵懂懂，眾人忙端上桂圓湯來，讓寶玉喝了兩口，寶玉的神智才漸漸回到現實中來。

在《紅樓夢》第一百一十六回「得通靈幻境悟仙緣，送靈柩故鄉全孝道」中，經過抄家之後，寧榮兩府已經敗落，賈母、鳳姐、元春、黛玉均已亡故，賈赦、賈珍「革去世職，派往海疆效力贖罪」。某日，遺失的通靈寶玉由和尚送到賈府，寶玉的病情漸漸好了起來。待寶玉要坐起時，麝月上去輕輕扶起，因心裡喜歡忘了情，說道：「真是寶貝！才看見了一會兒，就好了，虧的當初沒有砸壞！」寶玉聽了這話，神色一變，把玉一撂，身子往後一仰，復又死去，急得王夫人等哭叫不止。這時寶玉的魂魄出竅，回到太虛幻境，盡見一些死過的人：黛玉、元春、尤三姐、鴛鴦、晴雯、鳳姐、秦可卿、迎春等人。正在大家圍著寶玉哭泣之時，寶玉甦醒過來了，又從太虛幻境回到人間。此時只見王夫人叫人端了桂圓湯，寶玉喝了幾口，漸漸定了神。後來又連日服桂圓湯，一天好似一天，身體逐漸康復。

由此可見，桂圓湯的確是寧心安神的滋補佳品。當然，桂圓還有其他的一些功效，如健脾養心、益氣補血等。《神農本草經》中桂圓還有一個別名叫著「益智果」，言其對兒童智力的發育有著很明顯的效果。

相傳古代江南某地有一個錢員外，年過半百膝下無子。後來錢員外又連取了三房妻室，總算在五十多歲時得了個兒子。由於晚年得子，錢員外高興無比，將此子取名為錢福祿。這孩子從小被錢家嬌生慣養，缺乏鍛鍊，因此在十多歲時仍舊又瘦又矮，並且在語言、行為方面看上去只有四五歲的樣子，錢員外十分擔心。這時有位遠房的親戚出主意了：少爺的身體這麼差，看來只有非吃龍眼不可了。錢員外聽了這話便立即派人去東海邊採摘龍眼，並加工製作成龍眼肉，蒸給福祿吃，福祿的身體果然慢慢的強壯起來，智力也逐漸恢復正常。

從上面這些文字可以看出，桂圓不僅是一種水果，而且還是一種藥物，可以安神定心、益智強身。在過去，只有達官貴人、富豪之家才能享受到桂圓的神奇效果。而現在桂圓已經走進了尋常的百姓之家。將桂圓與其他食物結合，所烹飪出來的藥膳不僅美味無比，而且還因搭配不同而適宜於多種疾病。如桂圓蓮子八寶粥能夠健脾、養胃、滋腎，適用於體弱少食、消渴、便溏浮腫、神衰等症。龍眼棗仁湯具有養血安神、益腎固津的作用，可以治療心悸、怔忡、失眠、健忘、遺精等症。桂圓枸杞桑葚湯可以安神，滋陰、補血、明目，尤其對於肝腎陰虛型神經衰弱患者尤為適宜。

至於《紅樓夢》中提到的桂圓湯則是所有桂圓類補品中最簡單實用的一種。其具體做法是：取桂圓 100 克及冰糖適量，將桂圓洗淨，放入鍋中，加清水適量煮沸後，再下冰糖，煮至湯濃時即成，可分次飲服，嚼食桂圓。《紅樓夢》中的寶玉在怔仲失神後也就是服用了這種湯才逐漸回魂。

養心安神蓮棗湯，紅樓一夢牽心腸 ··············

建蓮紅棗湯在《紅樓夢》中出現了兩次。在《紅樓夢》第十回「金寡婦貪利權受辱，張太醫論病細窮源」中，秦氏生病後，賈蓉找了一位大夫來替她看病，大夫把完脈後告訴賈蓉，秦氏這病是耽擱久了。說她思慮太過，憂慮傷脾，肝木忒旺，以至於經血不能按時而至。遂開了副養心調經的方子，名為「益氣養榮補脾和肝湯」，該湯的藥引就用了去心建蓮子 7 粒、紅棗 2 枚。

在《紅樓夢》第五十二回「俏平兒情掩蝦鬚鐲，勇晴雯病補雀金裘」中，寶玉的早餐便是建蓮紅棗湯，書中寫道：至次日，天未明時，晴雯便叫醒麝月道：「你也該醒了，只是睡不夠！你出去叫人給他預備茶水，我叫醒他就是了。」麝月忙披衣起來道：「咱們叫起他來，穿好衣裳，抬過這火箱去，再叫他們進來。老嬤嬤們已經說過，不叫他在這屋裡，怕過了病氣。如今他們見咱們擠在一處，又該嘮叨了。」晴雯道：「我也是這麼說呢。」二人才叫時，寶玉已醒了，忙起身披衣。麝月先叫進小丫頭子來，收拾妥當了，才命秋紋檀雲等進來，一同伏侍寶玉梳洗畢。麝月道：「天又陰陰的，只怕有雪，穿那一套氈的罷。」寶玉點頭，即時換了衣裳。小丫頭便用小茶盤捧了一蓋碗建蓮紅棗兒湯來，寶玉喝了兩口。麝月又捧過一小碟法製紫薑來，寶玉噙了一塊。又囑咐了晴雯一回，便往賈母處來。

建蓮紅棗湯中的建蓮，也就是福建建寧縣的蓮子。其果實圓大，潔白脆嫩，易爛面沙，品質上乘，食用時可以直接下鍋煮，明清時為皇上的貢品。在《紅樓夢》中寶玉急於出門拜壽，不能久等，用建蓮子燒湯是最簡單適宜的。建蓮不光味道獨特，而且有養心安神、健脾益腎的功效，是風乾氣燥時節的滋補佳品。

在《紅樓夢》中，一次寶玉臥病在床，疼愛兒子的王夫人趕來詢問他想吃點什麼？寶玉回答說：「那一回做的小蓮蓬兒的羹很好。」這裡寶玉所說的小蓮蓬兒，就是蓮子。錦衣玉食的寶玉吃慣了山珍海味，一旦生病，懨懨無食慾時，想到的卻是那「小蓮蓬兒羹」。試想一下，那熬得融融稠稠，柔糯酥軟的「小蓮蓬兒羹」，入口即化，不黏不膩，而且還有一些沙沙的口感，吃完後是久久縈繞唇邊爽滑清香的餘韻，這對於生病中的寶玉來說，該是多麼大的誘惑呀！

而紅棗是我們日常生活中最常見的一種水果。紅棗在華人心中象徵著幸福、美滿和吉祥。各種喜慶和年節，紅棗都是不可缺少的，如在傳統的婚禮上，人們喜歡把紅棗、花生、桂圓、蓮子放在新人的床下，寓意「棗」生貴子。古人把棗作為祭祀祖先的珍品和與婦女初次見面時的禮物。

中國自古就有「一日食三棗，百歲不顯老」的說法。紅棗是養生學家大力推崇的食品之一，具有強筋壯骨、補血行氣、滋頤潤顏的功效。如果再配以別物，效果更佳。很多藥方也是以紅棗作為藥引。如前面提到治療秦氏的「益氣養榮補脾和肝湯」。

建蓮紅棗湯的做法十分簡單：取建蓮 50 克，紅棗 5 ～ 8 枚。將建蓮子、紅棗用清水發開，蓮子去心，大棗去核，同放鍋中，加清水適量煮沸後，改文火燉熬，待蓮子與紅棗煮爛後根據個人口味適度加入冰糖，改小火燜煮片刻，冰糖融化後出鍋盛碗即可。此湯可以健脾益氣，適用於脾胃虧虛，納差食少，肢軟乏力等症，對於心悸怔忡、焦躁不安也有很好的療效。

紅樓美食雞皮湯，酸筍蝦丸味都香

《紅樓夢》中的雞皮湯出現了兩種，一種是酸筍雞皮湯，另一種是蝦丸雞皮湯。這裡都出現了一種共同的主料——雞皮。雞皮，也就是我們通常所見到的家雞的皮膚。現在很多人在烹飪雞的時候都喜歡把雞皮揭下來扔掉，卻不知雞皮對於人體來說也有很多的益處。據中醫醫典記載，雞皮性味甘、溫，入脾、胃經，有健脾益氣，生精填髓之功。

雞皮另外的一個重要作用就是對人的皮膚有很好的保養效果。雞皮含有豐富的膠原蛋白，而膠原蛋白正是人皮膚光滑飽滿的原因所在。年輕人的皮膚看起來柔軟又具彈性，原因之一就是人的真皮層內存在著兩種物質即膠原蛋白和彈性纖維，它們在人幼年時都保持在最佳狀態。但是，人一旦到了二十多歲，人體內的膠原蛋白流失的速度就開始加快，再加上一些外界的因素如紫外線照射等，都可能破壞膠原蛋白的結構，讓它失去原有的彈力，於是人的皮膚就變得鬆弛暗淡，皺紋逐漸出現。這時要想減緩皮膚的衰老，就必須補充膠原蛋白，而雞皮正是我們最好的選擇之一。

在《紅樓夢》第八回「比通靈金鶯微露意，探寶釵黛玉半含酸」中，寶玉來到薛姨媽家玩，薛姨媽擺了幾樣細巧茶食，留他們喝茶吃果子。寶玉因誇前日在那府裡珍大嫂子的好鵝掌鴨信。薛姨媽聽了，忙也把自己糟的取了些來與他嘗。寶玉正在個心甜意洽之時，又兼黛玉、寶釵及姐妹們說說笑笑中，不知不覺中吃了三杯，李嬤嬤又上來攔阻，使寶玉很不愜意，幸而薛姨媽千哄萬哄的，只容他吃了幾杯，就忙收過了，做酸筍雞皮湯。寶玉痛喝了兩碗。不知大家有沒有注意到，這裡對寶玉喝湯的形容是用「痛喝了兩碗」來表達，足以看出酸筍雞皮湯是多麼美味可口了。

酸筍雞皮湯需要用到酸筍、雞皮兩味主料。酸筍，《本草綱目》言其「酸、涼，無毒，作湯食。止渴醒酲，利膈」。做此湯時先取酸筍 150 克，雞皮 100 克，調味料適量。將酸筍洗淨，切段；雞肉洗淨，切絲，用澱粉、醬油、料酒、花椒等勾芡。鍋中放菜油適量燒熱後，下蔥花、薑末爆香，而後下雞皮翻炒，再加清水適量煮至沸，最後下酸筍及調味品等，煮至雞皮熟後即成。此湯味道獨特，酸辣爽口，除了前面提到的對皮膚有很好的保養效果之外，還具有開胃消食，醒酒祛膩的作用，是飲酒過多後解酒的妙品。

而蝦丸雞皮湯出現在《紅樓夢》第六十二回「憨湘雲醉眠芍藥裀，呆香菱情解石榴裙」中。這天正好是寶玉、平兒和寶釵幾個人的生日，大家聚在紅香圃玩樂，吃酒、行令好不快活。人散後寶玉回到怡香院，芳官正因大家吃酒沒有找她在鬧彆扭。寶玉安慰她，說晚上再一起吃一頓。芳官說她餓了，早已向廚房要了飯菜。說著廚房送來了一個盒子，揭開一看有好幾道菜。小說上寫的第一道菜就是「蝦丸雞皮湯」。芳官用這湯泡飯吃了一碗。寶玉聞著，覺得「比往常之味又勝些似的」。讓小丫頭春燕「撥了半碗飯，泡湯一吃，十分甜香可口」。這裡泡飯的湯便是蝦丸雞皮湯了，文中的形容是「十分香甜可口」。由此可見這湯應該是頗受歡迎的。

要做蝦丸雞皮湯，就需要先準備鮮蝦肉 150 克、鮮貝 50 克、豬肥膘肉 50 克、雞皮 50 克，菠菜 50 克、雞蛋 2 顆，雞皮可以從現成的雞腿上剝下來就行。準備好材料之後，先在鍋裡倒入少量的水，放入雞腿上取下來的雞皮，中火煮五分鐘左右後撈出，去掉肥油，然後將其切成菱形塊，放在一旁備用。接下來將菠菜切段打碎，用紗布將菠菜汁濾出來備用。然後將蝦肉與肥膘肉用攪拌機攪成肉茸，分別裝在兩個碗內，再分別加入鹽、紹興酒、蛋清、蔥油、薑汁、清湯，順一個方向攪拌，其中一個碗內再加入菜汁攪勻。起鍋放入涼水，將兩個碗中的肉茸分別擠成蝦丸入鍋，待蝦丸全部在水面浮起時，將鍋置火上，把手勺口朝上平行在水面上推動，至蝦丸變熟撈出。這時起鍋放入清湯，調好口味，放入蝦丸和雞皮略煮開即可食用。此湯蝦丸是紅的，雞皮是黃的，菜葉是綠的，可謂是色香味俱全，實在是紅樓美食中不可多得的佳餚。

熙鳳操勞寧國府，補養首選奶子粥

要談奶子粳米粥，就必須從《紅樓夢》中的鳳姐談起。在《紅樓夢》的第十三、十四回裡，寧國府賈珍的兒媳秦可卿病亡，悲痛欲絕的賈珍決心要為兒媳操辦一場隆重體面的葬禮，然而妻子尤氏這時卻偏偏臥病在床，不能料理家事，於是賈珍想到要請精明強幹的王熙鳳過來幫忙。生性好強，素來喜歡賣弄才幹的王熙鳳，來寧國府上任之後，便使出渾身解數，把寧國府上上下下的丫頭僕婦管教得服服帖帖。儘管王熙鳳管理才華出眾，可她這次面對的卻不是一般的家務，而是規模鋪張、禮數繁雜的喪事，稍有不慎就可能出現紕漏，惹人笑話，好強的王熙鳳日夜操勞，不敢有絲毫怠慢。如此強度的勞累換著一般人肯定會吃不消，但書中的王熙鳳呢？依舊是精神頭十足，把一切雜事都操辦得井井有條，看樣子這裡面一定是有什麼祕訣的。接下來書中出現了一段文字「收拾完備，更衣淨手，吃了兩口奶子糖粳米粥」。從這裡可以看出，「奶子糖粳米粥」也許就是關鍵所在了。

事實上，說到「奶子糖粳米粥」，在中國可謂是歷史悠久了，從古至今，中國許多地方都保持著喝這種粥的習慣。王熙鳳在寧國府那麼辛苦的操勞，而僅僅靠這道粥就保持了那麼好的體力精神，由此可見這道粥對人體補益的作用甚大。

接著我們再來細細的研究一下這道粥。做粥，當然首先就離不開米，我們知道米的種類繁多，平時經常用來熬粥的有糯米、小米、薏仁等等，那麼這道粥為什麼一定要用到粳米呢？《隨息居飲食譜》是這樣介紹粳米的：粳米甘平，宜做粥食。我們都知道，粥為人間第一補，而熬粥的用料簡單易得，是平常百姓養生的最佳選擇。粳米的過人之處在於它的「平補」功效，相對於糯米、小米、薏仁來說，糯米、小米是溫性的，體質偏熱的人就不適合多吃，而像薏仁是涼性的，體質偏寒的人不能多吃，唯獨粳米是性平，既不熱也不涼，適宜的族群非常廣泛。粳米的另外一個突出特色就是能調和腸胃，人們在熬製養生粥的時候喜歡在裡面加上一些藥物，來達到不同的養生效果，如何使這些藥物對腸胃刺激的副作用減到最低，而且不影響這些藥物的養生效果，這就需要一種粥底來調和這些藥性，而粳米就是我們最好的選擇。

因此從粳米的特點來看，它既不傷腸胃，又能補虛勞，的確是非常適合像王熙鳳這樣辛苦操勞的人，再來看看粥中另外一味重要的原料奶子，奶子是當時人們對乳品的總稱，如牛奶子、羊奶子等，這道粥用的奶子是牛奶，比起羊奶來說，它的味道更易讓人接受。喝牛奶對身體的好處我們都很熟悉了，因此用它來熬製的粥也必定是大補之品。

那麼，如此美味補益的粥品應該怎麼熬製呢？做這道奶子糖粳米粥首先需要準備粳米 100 克，牛奶 250 毫升，紅糖或白糖適量。熬製的時候首先往砂鍋中倒入適量的水，用大火把水燒開。在等待水開的時間裡，用清水將粳米淘洗乾淨。等水燒開後，再把淘洗乾淨的粳米下鍋，繼續用大火燒開。等粥沸騰時改成小火，慢慢再熬約一小時左右。等粥熬到黏稠的時候加入牛奶，這裡需要注意的是，牛奶一定不能過早加入，否則會破壞營養成分。加入牛奶後攪伴均勻，再稍微煮上幾分鐘，這道奶子粳米粥就可以出鍋了。食用的時候可以根據自己的口味撒上白糖或紅糖。此粥補益虛勞的功效十分適合操勞過度之人，也是如今上班族最理想的早餐之一。

鳳姐討好老祖宗，提早備好鴨肉粥

元宵之夜，賈府裡熱鬧非凡，一片歡慶，眾人聚在院子裡看戲放炮，賞燈吃酒，一直玩鬧到深夜。這時賈母突然覺得腹中飢餓，於是機巧的王熙鳳趕緊上前說：「有預備好的鴨肉粥」。這是《紅樓夢》第五十四回「史太君破陳腐舊套，王熙鳳效戲彩斑衣」中的一個細節。這裡出現的鴨肉粥是用鴨子肉熬的粥，很普通的一道粥品。賈母作為賈府中地位最高的人，八面玲瓏的王熙鳳為什麼單單用這道粥品來討好她呢？

其實，鴨子肉有一個非常突出的特點，那就是涼補。鴨屬水禽，性偏涼，從中醫「熱者寒之」的治病原則看，特別適合體內有熱、上火的人食用。一些上了年紀的人以及一些身體虛弱的人，他們一旦食用些補品，甚至吃一點牛肉、狗肉都會上火。但是吃鴨子肉卻不會上火，相反，鴨肉還有清虛火的作用，因此十分適合老年人食用。

當然，鴨肉還有其他的一些功效。鴨肉的營養價值很高，其蛋白質的含量要比一般肉類高得多。鴨肉中的脂肪含量適中，比豬肉低，易於消化，並較均勻的分布於全身組織中。鴨肉是含維他命 B 群和維他命 E 比較多的肉類，對心肌梗塞等心臟病有保護作用，可抗腳氣病、神經炎和多種炎症。此外鴨肉還有一個顯著的特點就是含鉀量很高，這是一般畜肉所不能相比的。

鴨肉中含氮浸出物比畜肉多，所以用鴨肉來熬粥，其味道十分鮮美。要做鴨肉粥，先取淨鴨肉 100 克，粳米 100 百克，調味品適量。將鴨肉洗淨，切細；粳米淘淨備用。將鴨肉放鍋中，加清水適量煮沸，再下粳米煮粥，同煮至粥成時，下蔥花、薑末、食鹽、味精等，再煮一、兩沸即可食用。老年人在食用此粥時最好把漂在鴨湯上的浮沫和油花撇掉，這樣一來，老年人的脂肪攝取就會保持在一個最合適的量上。

民間流傳的一句俗話是「喝鴨湯，吃鴨肉，一年四季不咳嗽」。冬季的氣候寒冷乾燥，人體常會出現鼻咽部發癢不適、乾灼疼痛、乾咳少痰，甚至痰中帶血、氣喘胸痛等病症，這個時候喝鴨粥大有益處。

鴨肉粥還可以治水腫，臨床應用中經常拿鴨肉粥來治療一些腎病水腫、妊娠水腫的患者。尤其是妊娠水腫的患者，為了胎兒的健康不能夠隨便吃藥，具有利水消腫功效的鴨肉粥就是首選之品。鴨肉粥既能夠有效緩解水腫的症狀，又不用擔心有副作用。處於更年期的女性，常會有一些不舒服的症狀，如潮熱、汗出、心煩等，還有些人會經常腿腫，而且越到下午和晚上腫得越厲害，可選擇喝鴨肉粥，不單是腿腫會減輕，而且心慌、出虛汗、五心煩熱這些症狀也基本上會緩解。

對於老年人來說，食用鴨肉粥還有一個特別的作用，那就是能夠利溼消腫。老年人循環能力較弱，有時一覺醒來，會發現身體變得浮腫，渾身難受，而且有時走路時間長了，腿腳也會腫痛。遇到這種情況，要是天天喝一碗鴨肉粥，過上十多天，這些浮腫就會消失不見了。由於浮腫大都容易在早上起床時發生，所以鴨肉粥最好在前一天晚餐食用。這也就是王熙鳳為什麼在夜宵時為賈母準備鴨肉粥的原因了。

紅樓菜品，大快朵頤涎欲滴

火腿燉豬腳，消化易吸收

在《紅樓夢》第十六回「賈元春才選鳳藻宮，秦可卿夭逝黃泉路」中，賈璉與黛玉自蘇州回來後，一天，賈璉夫妻正在吃飯，這時賈璉的乳母趙嬤嬤來了，鳳姐吩咐平兒說：「早起我說那一碗火腿燉肘子很爛，正好給嬤嬤吃。」這裡鳳姐為什麼拿這道菜來招待趙嬤嬤呢？此時趙嬤嬤的年齡雖比不上賈母，卻也應該是跨入了老年之列。上面提到這碗「火腿燉肘子很爛」，老年人一般牙齒不好，所以這道菜當然適合她了。

從營養方面來看，火腿燉肘子的主料是火腿與肘子。火腿本書在前文已作過詳細介紹，此處就重點來談談這肘子。肘子又稱豬腳，為豬的四肢，一般又指豬四肢的下半部分。中醫認為，豬腳性味甘、平，入脾、胃經，有健脾益氣，補腎填精，開胃消食，通乳下氣之功，適用於婦人乳少，痈疽瘡毒等。

現在很多人都知道，常食豬腳，十分有利於皮膚的健美。這是因為豬腳的營養很豐富，含有較多的蛋白質，特別是含有大量的膠原蛋白。膠原蛋白能夠鎖住人體皮膚的水分和改善人體的水代謝，防止皮膚乾燥皸裂，萎縮出現皺紋。膠原蛋白還是皮膚細胞生長的主要原料，它可滋潤皮膚，使人的皮膚豐滿、細嫩，還能使頭髮柔順，有光澤，並能舒展和消除皮膚皺紋，使之永保青春。

豬腳能夠健美皮膚的特點和前文提到的雞皮十分相似，但從口感上講雞皮卻不能與之媲美。豬腳的口感和肉皮一樣，不管是滷豬腳還是燉豬腳，吃在口裡都黏而不膩，不像瘦肉那樣嚼著塞牙縫，又不像肥肉那樣讓人倒胃口，可謂口感極其佳，獨特而美味。

火腿燉肘子這道菜在清代十分有名，而且還有一個十分富貴的名字——「金銀蹄」，醃得金黃的火腿與燉得銀白的豬腳，單看其顏色就會讓人口水不由自主的往外流，以至於今天在江蘇鎮江、揚州一帶仍然十分流行食用。

飲食文化典籍《北硯食單》上對此菜做法作了簡單的介紹：「火腿膝灣配鮮膝灣，各三副同煨，燒亦可。」今天人們對此菜進行改進以後，其味道變得更加鮮美：取火腿300克，豬腳2隻，冬瓜200克，白蘿蔔200克，黃豆100克，鹽、雞精、紹興黃酒、高湯適量，蔥、薑、蒜各少許。將火腿洗淨，放置鍋內，加清水適量，上旺火煮沸後轉小火煨至火腿七分熟時取出，剖開去骨，修去黃膘部分洗淨備用。豬腳刮洗乾淨，黃豆洗淨，一起放置鍋內煮沸後，旺火燒，撇去浮沫，加入蔥、薑、黃酒、鹽、雞精適量，小火煨至七分熟時去大骨，揀去黃豆備用。冬瓜、蘿蔔去皮削成球形，置罐中加水，分別煮透備用。將火腿及豬腳放入紫砂罐中，倒入原湯，放籠屜中蒸至蹄爛腿熟，再加入冬瓜球、蘿蔔球繼續蒸片刻即成。

這道美食不但口味鮮美獨特，而且食用後還能開胃健脾，美容養顏，實在是中老年人不可多得的美食，難怪鳳姐會挑選這道菜來招待趙嬤嬤了。

鮮嫩枸杞芽，探春寶釵誇

枸杞是我們日常生活中最常見的一種中藥材。

相傳在戰國時代，有位姓張的男子，他長相怪異，舉止也怪異；虬鬚環眼，衣衫襤褸，整日赤著一雙腳，笑嘻嘻的東奔西走。正因為如此，人們就管他叫奇怪的赤腳張。既然叫奇怪的赤腳張，那他當然就有許多奇怪之處了。其中最奇怪的是他活到了九十多歲，卻仍然是耳聰目明，黑髮皓齒，一如既往的瘋瘋癲癲，東奔西走，健步如飛。於是就有人向他打聽健康長壽的祕訣了，奇怪的赤腳張卻笑而不答。俗話說酒後吐真言，一天這人就請他來喝酒，幾碗酒下肚之後，舊事重提，奇怪的赤腳張終於吐露出了祕密。原來，他經常服用屋後面的一種「紅果子」，服用後整個人感覺神清氣爽，幾十年來竟然沒有得過什麼病。請他喝酒的人聽了這話，就去摘了一些「紅果子」食用，果然感覺不錯。這人是個大嘴巴，不像奇怪的赤腳張那樣會保守祕密，於是沒過多久，幾乎所有人都知道了「紅果子」的妙處，這「紅果子」就是今天我們所食用的枸杞了。

講完這個故事，我們再回到《紅樓夢》中，作為一道菜品，《紅樓夢》中沒有細談枸杞，卻談起了枸杞樹春天所發的芽。在《紅樓夢》第六十一回「投鼠忌器寶玉瞞贓，判冤決獄平兒行權」中，賈府裡的老爺太太、少爺小姐在吃膩了山珍海味、大魚大肉之餘，於是想到油鹽炒枸杞芽來換換口味。柳家的對蓮花兒說道：「前兒三姑娘和寶姑娘偶然商議了要吃個油鹽炒枸杞芽來，打發個姐兒拿著五百錢給我。我倒笑起來了，說二位姑娘就是大肚子彌勒佛，也吃不了五百錢的，這三二十錢的事，還預備得起。」從這段情節可以看出，枸杞芽雖然便宜易得，卻也因為口味清淡，鮮嫩異常而列入了紅樓美食。

枸杞芽擁有同枸杞一樣的效果，而且還能作為一道蔬菜登上人們的餐桌，其味道苦中帶甘，是人們日常養生保健的一道不錯美食。元朝魯明善所著的《農桑衣食撮要》中就提到枸杞「春間嫩芽葉可作菜食」。養生名著《遵生八箋》中也說：「枸杞頭：枸杞子嫩葉及苗頭採取如上食法，可用以煮粥更妙。」明代醫學家周履靖所著的《茹草編》中講到枸杞芽時提到：「昨有道士揖余言，厥惟靈卉可永年。紫芝瑤草不足貴，丘中枸杞生芊芊。摘以瑩玉無瑕之手，濯以懸流瀑布之泉，但能細嚼辨深味，何以勾漏求神仙？村人呼為甜菜頭，春夏采嫩頭，湯焯，鹽醢拌食。」

從以上各種典籍對枸杞芽的描述可以看出，枸杞芽的妙處甚多，吃法各異。採來在沸水中焯焯，然後涼拌，或者洗淨與粳米熬粥食用，或者同雞蛋一起煮湯喝，味道都十分鮮香。《紅樓夢》中枸杞芽的做法是：將枸杞芽洗淨，鍋中放植物油適量燒熱後，下蔥薑爆香，而後下枸杞芽，炒至熟時，下食鹽、味精等，翻炒片刻即可。此菜喚「油鹽炒枸杞芽」，是江南地區及其普遍的家常菜之一。與一般蔬菜相比，此菜除了味道獨特之外，還有更多的保健作用，出身於賈府這樣富貴人家的探春和寶釵會鍾情於它，也就不足為怪了。

油炸焦骨頭，含鈣易吸收

薛蟠之妻夏金桂在《紅樓夢》中是一個典型的潑婦。仗著自己出身富貴皇商家庭，又生得頗有姿色，處處驕橫跋扈，將自己尊若菩薩，卻視他人穢如糞土。因她小名叫金桂，就不許別人口中帶出「金」或者「桂」二字來，凡有不小心誤說出一字者，她便定要苦打重罰才罷。薛蟠打死人命被下在牢裡，她又耐不住寂寞，勾引薛虬。她極端嫉妒香菱，不時折磨她，最後還想用砒霜毒死她，但香菱僥倖躲過，她反倒把自己給毒死了。就是這樣一個連薛蟠那呆霸王也治得住的女人。生平卻最喜歡啃骨頭，每日必要殺雞鴨，將肉賞人吃，只單以油炸焦骨頭下酒。吃得不耐煩或動了氣，便又肆行誨罵。

通常人們說啃骨頭，是指骨頭上還有些肉，人啃的是肉而非骨頭。但這裡的夏金桂啃的完全是骨頭，用一個「啃」字將其與貓狗同伍，足見其令人厭惡的潑婦形象了。但本書為養生類書籍，所以暫且拋開對其主觀印象的評論，單說說她下酒所用的油炸焦骨頭。

夏金桂所炸的骨頭為雞鴨的骨頭，這裡我們先談談這雞骨頭。雞為六畜之一，雞肉是我們做各類美味佳餚的基本材料，鳳頭、鳳爪更是人們下酒的好菜。至於被剔去肉的雞骨頭，一般人總認為它沒有什麼用處，被扔進了垃圾桶，素不知，雞骨頭也能做成一種養生的美食：將剔去肉的雞架子切成塊，用生抽、雞精和料酒醃 15 分鐘。起油鍋，將油燒至七分熱，將醃好的雞架子塊在乾澱粉上均勻的滾一下，然後下油鍋開始炸，炸至焦脆時撈出。炸完後將油倒出，鍋裡留少許油，放入大蒜片、乾紅辣椒和大蔥爆香，將炸好的雞架子倒入鍋內，加孜然粉和椒鹽大火翻炒，最後放入蔥花，此菜就做好了。

雞骨頭含有多種豐富的維他命和大量的鈣質，雖然對於不同雞種的雞骨來說，含鈣量與維他命種類及數量都不相同，但與其他可食性禽獸類動物骨骼的鈣和維他命含量相比，雞骨頭占有絕對的優勢。比如產婦在生產初期，家人總要燉全雞讓其食用；對於身體虛弱和骨質疏鬆患者，醫生也會建議他們燉烏雞食用；而一些慢性白血病患者，在醫師指導下，用雞骨頭加上其他藥品長期服用，病情也會逐漸好轉。

另外，雞骨頭由於個體細小，稍炸即透，所以吃起來又香又脆又酥，含鈣高，好消化，易吸收。據說，前中華民國第一夫人宋美齡和其姐夫孔祥熙的二女兒孔令偉在晚年的時候也對雞骨頭情有獨鍾。宋、孔二位晚年蝸居家中，外出活動少，缺乏應有的鍛鍊，因而體內鈣質和多種維他命嚴重不足。為了增強營養，安神補腦，健體強身，於是這含鈣量大和維他命量多的雞骨頭便成為她們進食時的首選。而夏金桂雖然是個人品惡劣、性情暴躁的婦人，但是作為豪門出身的閨秀，出嫁前「大門不出，二門不邁」，少見陽光，運動量不足，身體虛弱，因而也會嚴重的缺乏鈣質和多種維他命，在這種情況下，經常食用這種油炸的雞骨頭，的確是她養生的最佳選擇。

而鴨骨頭與雞骨頭相比，也具有同等的養生效果，所以此處就不再一一贅述。

賈母進補蒸羊羔，湘雲作詩烤鹿肉

在《紅樓夢》第四十九回「琉璃世界白雪紅梅，脂粉香娃割腥啖羶」中，寶玉因心裡惦記著詩社，天亮了就爬起來，盥漱已畢，忙忙往蘆雪庭來。一時眾姐妹來齊，寶玉只嚷餓了，連連催飯。好容易等擺上來，頭一樣菜便是牛乳蒸羊羔。賈母便說：「這是我們有年紀的人的藥，沒見天日的東西，可惜你們小孩子們吃不得。今兒另外有新鮮鹿肉，你們等著吃。」這「牛乳蒸羊羔」為中老年人滋補佳品，故賈母說「你們小孩子們吃不得」。於是取出鹿肉，鳳姐、平兒、湘雲三人「褪去手上的鐲子，三個圍著火爐兒，便要先燒三塊吃」。探春笑道：「你聞聞，香氣這裡都聞見了，我也吃去。」說著，也找了他們來。這裡出現了兩道美食：牛乳蒸羊羔和烤鹿肉。

先來看看牛乳蒸羊羔，《本草綱目》中記載了這麼一個故事：隋朝的大總管麻叔謀有次患病，隋煬帝令宮廷太醫去診治。太醫看過病後，要麻叔謀吃蒸羊羔。結果非常靈驗，一個療程未到，麻叔謀的病就好了。另外宋朝的黃庭堅、蘇東坡等人也喜歡吃蒸羊羔。羊羔，就是尚未出世的胎羊，古人認為「胎羊肉」有補腎益精之功，尤其擅長於補虛。像賈母這些年過七旬的老年人，即使平時健康無病，但他們的器官組織使用了幾十年之後，總會有不同程度的老化，若平時患有慢性病，那更容易出現某些臟器的功能損害，所以中老年人或多或少存在虛的情況，因此用羊羔來進補的確是上上之選。透過進補，可以達到捉進代謝、增強體質、延年益壽的作用。

但是賈母為什麼不讓寶玉等人吃牛乳羊羔呢？這是因為羊羔係受精血結孕之品，尤擅補虛。與寶玉同齡的公子小姐血氣旺盛，毋須大施溫補，這是符合科學道理的。中醫的「補」是對「虛」而言的。所謂「虛則補之」，也就是說有「虛」的人才需要補。像寶玉這個年紀的青少年，他們正處在生長發育之中，生機蓬勃，欣欣向榮，其生長發育有著自身的規律，不能人為的加以改變。身體健康的青少年，其臟器功能和生長發育是正常的，所以根本不必進補。如大施溫補，無異於火上澆油，弄不好還會為他們帶來發育障礙和疾病。

蒸羊羔的做法在《齊民要術．飲食篇》和清代的《食憲鴻祕》中都有詳細的記載：將未見天日的羊胎外衣用刀輕輕劃開，放出羊水，將羊胎用清水洗淨，用刀剖開羊腹部，取出內臟，摘淨羊胎上的乳毛，放置盆中用冷活水沖泡兩個小時，洗淨血水，去掉黏液。炒鍋置火上，放入開水，將羊胎浸燙至羊胎皮繃起時，再用冷開水洗淨，瀝乾水分後用鹽、白酒、胡椒粉將羊胎裡外擦勻備用。水發銀耳去蒂，摘洗乾淨備用。用一紫砂鍋，放入雞湯、鮮奶、鹽、雞精、蔥、薑、銀耳和羊胎，用棉紙封住砂鍋口，上籠蒸爛，上席時揀去蔥薑即可。這道牛乳蒸羊羔色澤乳白，味道鹹鮮醇厚，可大補元氣，特別宜用於老年人大補。

再來看看烤鹿肉，鹿肉為鹿科動物梅花鹿的肉，中醫認為鹿肉性味甘、鹹而溫，入脾、胃、腎經，有補腎壯陽，生精填髓之功，適用於腎虛耳鳴、陽痿、遺精、婦女宮冷不孕、腰膝痠軟等。對於寶玉這類青少年來說，吃鹿肉對他們的生長發育十分有益。

烤鹿肉最好選用鹿腿肉，烤時配備食鹽、黃酒、胡椒粉、大料、花椒、花生油、蔥、薑、醬油等調味料。將鹿肉洗淨，切片，然後用食鹽、黃酒等調味料將鹿肉片醃製片刻，再用鐵絲將其穿好後置於炭火上烘烤至熟即成。寶玉等人在這下雪的隆冬季節吃點鹿肉，可使身體發熱，血液循環加快，增強抗寒能力。身上溫暖了，頭腦也變得靈活，作起詩來自然如行雲流水般暢快了。

胭脂鵝脯利五臟，鵝肉煮汁止消渴

在《紅樓夢》第六十二回「憨湘雲醉眠芍藥裀，呆香菱情解石榴裙」中，寶玉過生日沒叫芳官，芳官在家裡生悶氣，肚子餓了就叫柳家的送來了一盒子食物，丫鬟春燕揭開，裡面是一碗蝦丸雞皮湯，又是一碗酒釀清蒸鴨子，一碟醃的胭脂鵝脯，還有一碟四個奶油松瓤捲酥，並一大碗熱騰騰碧瑩瑩蒸的綠畦香稻粳米飯，春燕放在案上，走去拿了小菜並碗箸過來，撥了一碗飯。芳官說道：「油膩膩的，誰吃這些東西。在這裡，我們就說說這胭脂鵝脯。」

鵝脯，即鵝的胸脯，肉嫩而豐。胭脂鵝脯的做法是：先將鵝治淨，用鹽醃，然後烹製成熟，鵝肉呈紅色，所以又叫胭脂鵝。元明之際的韓奕撰著的飲食專書《易牙遺意》中講到：「鵝一隻，不碎，先以鹽醃過，置湯鑼內蒸熟，以鴨彈三五枚灑在內，候熟，杏膩澆供，名杏花鵝。」杏花，紅色，類胭脂色，清代曹寅有詩云：「選次不辭過，知君憐我真，紅鵝催送酒，蒼鶻解留人。」紅鵝，即胭脂鵝。

鵝肉是人們日常生活中常吃的三種家禽肉之一，其營養豐富，又有食療價值。鵝肉與雞鴨肉相比，肉質粗、且有腥味，但鵝肉結締組織少，肉纖維細，故肉質的硬度較低、易消化吸收；加之鵝肉的組胺酸含量又高於其他肉類，尤其是水解胺基酸，具有較多鮮味。除鵝肉外，鵝舌、鵝掌、鵝頭、鵝翅及其臟器也為上好的烹飪原料。鵝肝質地細嫩，味道鮮美，為國際市場上的珍品。

在食療價值上，中醫認為，鵝肉味甘性平，具有益氣補虛、和胃止渴的作用。《本草綱目》記載：鵝肉「利五臟、解五臟熱，止消渴」。正因為鵝肉能補益五臟，所以常食鵝湯、鵝肉，人就不會咳嗽。因此民間也有「喝鵝湯，吃鵝肉，一年四季不咳嗽」的說法。《隨息居飲食譜》中記載：鵝肉「補虛益氣、暖胃生津」，尤適宜於氣津不足之人，凡時常口渴、氣短、乏力、食慾不振者，可常食鵝肉。

常吃鵝肉還可治療或輔助治療多種疾病。常服鵝肉湯，對於老年糖尿病患者有控制病情發展和補充營養的作用。用鵝肉燉蘿蔔可大利肺氣，止咳化痰平喘。深冬天氣寒冷，經常吃點鵝肉，對防治感冒和急慢性氣管炎有良效。鵝血能治噎膈反胃，解藥毒、抗腫瘤。鵝掌補虛作用強，宜於病後食用。

鵝肉除了可以做成前面所說的胭脂鵝脯之外，還可以煮粥，熬湯，其食療價值都不菲。

鵝肉粥：取鵝肉、稻米各 100 克，調味料適量。將鵝肉洗淨，切細，放入碗中，用澱粉、醬油、料酒、花椒粉等勾芡備用。先取稻米淘淨，加清水適量煮粥，待沸後放入鵝肉，煮至粥熟，加食鹽、味精等調味即成。鵝肉粥可益氣補虛，適用於脾胃虛弱所致的消瘦乏力。

鵝肉補氣湯：鵝肉 1 公斤，黃芪、黨參、山藥各 10 克，調味料適量。將鵝肉洗淨，切塊，諸藥用布包好，同放鍋中，煮至鵝肉熟後，去藥包，調味服食。鵝肉補氣湯可健脾益氣，適用於慢性胃炎、消化不良。

鵝肉養陰湯：鵝肉 1 公斤，玉竹、沙參、山藥各 10 克，調味料適量。將鵝肉洗淨，切塊，諸藥用布包好，同放鍋中，煮至鵝肉熟後，去藥包，調味服食。鵝肉養陰湯可和胃止渴，適用於氣陰不足所致的口乾思飲、咳嗽氣短、消渴等。

百合鵝肉湯：鵝肉 1 公斤，百合、黃精各 30 克，調味料適量。將鵝肉洗淨，切塊，諸藥擇淨，與鵝肉同放鍋中，煮至鵝肉熟後，調味服食。百合鵝肉湯可益氣養陰，適用於肺結核胸痛、乾咳痰少、手足心熱。

鴿蛋補腎又益氣，賈母日膳不可缺

劉姥姥二進大觀園後，鳳姐和鴛鴦商議定了想捉弄劉姥姥，只見一個太太端了一個盒子站在當地，一個丫鬟上來揭去盒蓋，裡面盛著兩碗菜，李紈端了一碗放在賈母桌上。鳳姐兒偏揀了一碗鴿子蛋放在劉姥姥桌上。賈母這邊說聲「請」。劉姥姥便站起身來。高聲說道：「老劉，老劉，食量大如牛。吃個老母豬，不抬頭。」說完，卻鼓著腮幫子，兩眼直視，一聲不語。眾人先還發愣，後來一想，上上下下都一齊哈哈大笑起來。後來劉姥姥又說道：「這裡的雞兒也俊，下的這蛋也小巧，怪俊的。」王熙鳳催劉姥姥快吃：「一兩銀子一個呢，你快嘗嘗吧，那冷了就不好吃了。」這「小巧，怪俊的」蛋便是鴿子蛋了。

鴿蛋性味甘、鹹、平。入心、腎經。可補腎益氣，解毒。主治腎虛氣虛，腰膝痠軟，疲乏無力，心悸、頭暈等症。鴿子產蛋率不高，一般每月產 2 顆，有時還停產，故顯珍貴。所以王熙鳳捉弄說「一兩銀子一個」。在清代，鴿子蛋是公卿王侯之家的席上珍品，由於鴿子蛋有補腎益氣之功，故賈母日常膳食中是少不了鴿子蛋的。

賈母所食的鴿蛋為煮鴿蛋，其做法是：將鴿蛋洗淨，放入鍋中，加清水適量，待鴿蛋煮熟後，去蛋皮備用。鍋中放雞湯適量，煮沸，將剝殼的鴿蛋放入，再加蔥、薑、花椒粉、料酒、食鹽、味精等適量煮沸，加水澱粉芡即可裝盤服食。

除此之外，用鴿蛋做成火腿鴿蛋，食之有補腎益氣，幫助產婦清除子宮內淤血，促進子宮復原，提高性功能的作用。鴿蛋含蛋白質、多種維他命、脂肪，尤其對產婦出月後的夫妻性生活有益。其做法是：取鴿蛋 10 顆，火腿 50 克，雞湯 60 毫升，花生油、味精、料酒、香菜、蔥絲、生薑末、水澱粉各適量。將鴿蛋煮熟去殼，放入少許醬油，把鴿蛋放熱油鍋中煎炸，炸至金黃色時撈出；將火腿切成長條狀，稍煮取出，鐵鍋燒熱，加花生油，燒至八分熟時，加鴿蛋、火腿、料酒、蔥絲、生薑末適量，略炒；加入雞湯，將湯燒至將乾，用水澱粉勾芡，加味精，放入香菜即可。

用鴿蛋做成銀耳鴿蛋糊，食之可滋陰潤肺，補腎益氣。適用於吐瀉後津液虧耗或病後虛弱、疲乏無力等症。其做法是：取銀耳 10 克，鴿蛋 12 顆，核桃仁 15 克，荸薺粉 60 克，白糖 150 克。先將加清水 90 克，上蒸籠蒸一個小時，取出備用。核桃仁用溫水浸泡半小時，剝皮，瀝乾水分，用油炸酥，切碎成米粒狀。取大碗一個，放少許冷水，磕入鴿蛋，連水一起倒入溫水鍋中，煮成嫩鴿蛋，撈入冷水內；另取碗一個，放入荸薺粉，加清水 30 克調成粉漿。鋁鍋內加水 600 克，放入蒸銀耳的汁，倒入荸薺粉漿，加白糖、核桃仁，攪勻成核桃糊，盛入湯盤內；將銀耳鑲在核桃糊的周圍；再將煮好的嫩鴿蛋鑲在銀耳的周圍即成。

用鴿蛋做成明黨參鴿蛋，食之可養陰潤燥，補肺益氣。用於病後體虛、肺虛久咳、痰中帶血、大便祕結、高血壓等症。其做法是：取明黨參 30 克，乾銀耳 60 克，鴿蛋 24 顆，冰糖 300 克。將明黨參去浮灰裝入紗布袋，綁緊袋口，放入砂鍋內加水煎汁，留汁去紗布袋。銀耳用溫水浸泡後燜發好，用清水漂洗幾遍去雜質，用小剪刀去除根部的黑質，用手撕成小朵，再用開水燙一下，以去其土腥味。取 24 個小杯，杯內抹上豬油，將鴿蛋分別入每個杯內，上籠用文火蒸約 3 分鐘即可出籠，再將小杯內的鴿蛋倒入清水中漂淨。銀耳放入琺瑯碗內，上籠蒸約 40 分鐘至熟爛取出。冰糖放入鍋內，熬至冰糖溶化，撇去浮沫，下入藥汁、鴿蛋、銀耳，煮沸後，起鍋裝入碗內，即可食用。

賈母年高吃鵪鶉，補益脾胃堅筋骨

在《紅樓夢》第五十回「蘆雪庭爭聯即景詩，暖香塢雅製春燈謎」中，女孩們聯詩製謎時，因天氣寒冷，李紈捧過手爐來，探春親自斟了暖酒，奉與賈母。賈母便飲了一口，問那個盤子裡是什麼東西。眾人忙捧了過來，回說是糟鵪鶉。賈母道：「這倒罷了，撕一兩點腿子來。」於是李紈要來水洗淨了手，親自撕了遞與賈母。鵪鶉素來有「動物人參」的美譽，難怪賈母鍾情於它了。

民間有「要吃飛禽，鴿子鵪鶉」的說法。鵪鶉肉、蛋，味道鮮美，營養豐富。早在春秋戰國時代，人們就已把鵪鶉的肉、蛋作為名貴佳肴。宋朝時，清河王向高宗進御筵，其中就有用鵪鶉肉製作的多種美味食品，如炙鵪子脯、益鵪子羹等。可見人們很早就知道鵪鶉的食用價值。

其實，鵪鶉的價值不僅限於食用，還有醫療作用。唐代食療學家孟詵對鵪鶉就極為讚許，說它能「補五臟，益中續氣，實筋骨，耐寒暑，消結熱。」李時珍在《本草綱目》中講述了這樣一則故事：

有一位名叫董炳的醫生，用鵪鶉肉治好了一名患腹水病的婦女。這位婦女腹大如鼓，骨瘦如柴，睡不能睡，坐不能坐，每天只好靠著衣被半臥在床，一連數日不思飲食。忽然想起鵪鶉肉好吃，該醫生就讓家人煮鵪鶉給她吃。不料，患者吃了鵪鶉肉後，病情發生了意想不到的變化。頃刻間，汗如雨下，不能說話，極力把衣被甩開，扶著東西去廁所，結果尿出許多白色黏液，腹水逐漸消退而癒。

鵪鶉肉有高蛋白、低膽固醇的特點，還含有卵磷脂。其性味性平、味甘。入脾、肺經。鵪鶉肉能夠補五臟，治五臟虛損；益中氣，治羸瘦短氣；利水消腫，治瀉痢疳積、溼痺及水腫尿少。適宜於營養不良、體虛乏力、貧血頭暈之人食用；也適合高血壓、血管硬化、結核病、胃病、神經衰弱、支氣管氣喘、皮膚過敏、小兒疳積、腎炎浮腫、瀉痢等症的食療。

用鵪鶉一隻，加紅糖、黃酒適量，同煮至肉爛，早晚空腹溫服，有補五臟、止咳嗽作用，可以用於治療咳嗽日久、氣短乏力等症。用鵪鶉一隻、赤小豆 30 克、生薑數片，一起煮粥食用，有補五臟、止痢的作用，用於赤白痢的輔助治療。用鵪鶉一隻、黨參 15 克、山藥 50 克同煮至熟，喝湯吃肉，有健脾益氣、助消化的作用，用於脾胃虛弱、食慾缺乏、消化不良等症的治療。取鵪鶉兩隻切塊，荸薺十個切片，入油鍋炒熟食用，有治高血壓的作用。

鵪鶉蛋與鵪鶉肉一樣，歷來也是食物中的珍品，具有很高的藥用價值，古代為帝王將相食用，故有「宮廷珍貴食品」之名。鵪鶉蛋外殼為灰白色，並雜有紅褐色和紫褐色的斑紋。優質蛋色澤鮮豔，殼硬；蛋黃呈深黃色，蛋白黏稠。

鵪鶉蛋性味甘、平、無毒。入心、肝、肺、胃、腎。可補血，養神，健腎，益肺，降血壓。主治肥胖型高血壓，糖尿病，胃病，貧血，營養不良，支氣管氣喘，肺結核，腎炎浮腫，神經衰弱和代謝障礙等症。鵪鶉蛋對於肺病，肝炎，腦膜炎，胃病，糖尿病，氣喘，心臟病，神經衰弱，高血壓，低血壓，動脈硬化，小兒疳積等病症均有較好的輔助療效；對營養不良，發育不全，身體虛弱，孕婦產前、產婦產後出現的貧血等都有很高的滋補作用。所以鵪鶉蛋被人們譽為延年益壽的「靈丹妙藥」。

除此之外，取鵪鶉蛋兩個，打入杯內，放入少許食鹽攪勻，用滾燙的沸水沖滿一小杯，飲服。有滋養五臟，潤肺定喘作用。適用於體弱多病，氣短乏力，支氣管氣喘，精神官能症等症。取鵪鶉蛋 5 顆；益母草 30 克，水煎取濃汁，食蛋喝湯。有調經活血作用。適用於月經不調，痛經等症。取鵪鶉蛋 10 顆煮熟剝去蛋殼，與蒸好的白木耳同煮湯，加入冰糖調味食用。有養陰滋潤，補氣強心作用。適用於頭暈眼花，體弱多病，失眠等症。將牛奶煮開後，打入鵪鶉蛋，煮成荷包蛋食用。有和胃補虛作用，適用於慢性胃炎。

賈母愛吃的糟鵪鶉的做法是：將鵪鶉去毛，除去內臟，洗淨濾乾水後放入陶缽中，加入精盆、花椒拌勻，醃製三天後去掉花椒，將鵪鶉掛在通風處晾兩天，達七成乾即可將晾乾的鵪鶉塊盛入罈內，倒入白酒，放甜酒糟拌勻，密封數天即成。吃時從罈內取出需用量，盛入蒸缽內，加入適量豬油，上籠蒸熟即可食用。

紅樓點心，唇齒留香沁心脾

小小蟹肉餃，活血清熱好

劉姥姥二進大觀園，賈母陪著劉姥姥閒逛時，小丫鬟送來了兩個點心盒子，其中一個盒子盛著兩樣炸食：一樣是一寸大小的小餃兒，賈母因問是什麼餡兒，婆子們忙回答說是「蟹肉小餃兒」，賈母嫌這小餃兒「油膩膩的」，最後只挑了個捲子。實際上，蟹肉餃本身是不油膩的，但是經過油一炸，像賈母這樣的老人自然就嫌它油膩了。

其實蟹肉在大觀園裡是頗受歡迎的。林黛玉和薛寶釵都曾寫出了美妙的詩句來讚美螃蟹：「螯封嫩玉雙雙滿，殼凸紅脂塊塊香」，「眼前道路無經緯，皮裡春秋空黑黃」。另外薛寶釵還說：「現在這裡的人，從老太太起，連上屋裡的人，有多一半都是愛吃螃蟹的。」

中國食蟹的歷史悠久，距今已有三千多年的歷史。宋代高似孫撰寫了中國第一部研究蟹的專門著作，而傅肱所撰寫的《蟹譜》也對蟹的分類、習性、儲藏、食用、宜忌等作了詳細的介紹，至今仍有參考價值。蟹的生活習性很特別，牠穴居於江、河、湖、澤或水田周圍的土岸，晝伏夜出，以動物的屍體或穀物為食。螃蟹在秋季長得十分豐滿肥碩，每年菊花盛開的時候，就是螃蟹的旺產期，因此民間有「菊花黃，蟹兒壯」的說法。所以，晚秋季節，菊香蟹肥，是人們品蟹賞菊的好時節。大觀園的女兒持螯賞桂，寫菊花詩，正是在秋季進行的。

螃蟹分海水蟹和淡水蟹兩大類，而賈府中所吃的螃蟹是淡水蟹。除了這裡所講的蟹肉餃之外，大觀園中還舉辦了以蒸蟹為主的螃蟹宴。華人食蟹之法有多種，可以整隻煮食、蒸食、炸食，也可以剝殼取肉另做花式蟹菜或炒菜。但是從營養學的角度來看，蒸蟹要比煮蟹好。因為螃蟹味道鮮美，肉質細嫩，水煮會使營養成分擴散水中，同時又失去了蟹的鮮嫩口感。蒸蟹比水煮的溫度高，從而熟得快，既可縮短時間，又可殺滅蟹體內的寄生蟲，還能減少蟹的胃腸排泄物對蟹肉的汙染，確保肉質潔淨、味道鮮美。另外，蒸蟹時毋須翻動，可保持蟹體完整，乾爽俐落，含水分少，色澤紅潤明亮。

當然，把螃蟹做成蟹肉餃也是食蟹的一個不錯方法：取蟹肉 150 克，白麵 250 克，大油 50 克，薑末、冬筍共 50 克，精鹽 3 克，紹興黃酒 25 毫升，雞精 1 克，清湯 100 毫升，花生油 50 克，蔥油 15 克。將白麵用沸水燙熟，用少許大油揉搓，使麵糰光滑不夾生粉，蓋上布，冬筍切小丁備用。炒鍋置火上燒熱，放入少許花生油煸炒薑末，在爆出香味時放入蟹肉、冬筍丁煸炒，並加入鹽、紹興黃酒、清湯煮沸入味後收汁，再加入雞精、蔥油炒勻，出鍋冷卻後備用。將燙好的麵糰揪成小塊，麵案上抹少許的油，用擀麵棍將麵塊碾成圓皮，把前面炒好的餡放在中間，捏成餃子。蟹肉餃煮食，蒸食，炸食均可，其味鮮美無比，並且營養豐富。

蟹肉雖好，但食之有許多忌諱：首先，買回的螃蟹必須洗刷乾淨，先把牠體外附著的泥土髒物洗刷乾淨，再放人淡鹽水中養幾個小時，讓其把胃裡的髒物吐出來。其次，不要吃生蟹與死蟹，螃蟹往往帶有一些寄生蟲與致病菌，如果不經高溫消毒或殺滅，則會對人體造成一定的傷害，重者還會危及生命，而死蟹中含有大量有毒物質組織胺，事後會引起食物中毒。而螃蟹的胃、腸、腮等部位也含有大量的細菌和有毒物質，所以在做螃蟹前應先剔除這些部位後再烹調。再次，吃螃蟹後忌喝冷飲，蟹肉屬於寒性食物，如若吃了蟹肉再用冷飲，則會急劇降低胃腸溫度，導致消化不良或胃腸炎，造成腹痛、腹瀉等病症，而做好的螃蟹也應趁熱吃，吃時最好加點薑和醋，一來可以調味去腥，二來可以制約蟹肉的寒性，達到發汗、散寒、解毒的效果。

螃蟹忌食過多，蟹肉味道鮮美，但也要有所節制，特別是那些胃腸虛弱者更應注意。賈府的人深知此理，在螃蟹宴上，黛玉體質虛弱，不敢多吃，只吃了幾口，就停下筷子了。賈母還對湘雲、寶釵說：「你們兩個也別多吃了。那東西雖好吃，不是什麼好的，吃多了肚子疼。」由此可見，食蟹時有所節制，對於身體的健康也是十分必要的。

奶拌茯苓霜，吃出冰雪肌膚

在《紅樓夢》第六十回「茉莉粉替去薔薇硝，玫瑰露引來茯苓霜」中，芳官與柳五兒很要好，經寶玉允許，將剩下的玫瑰露連瓶子都送給柳五兒吃。五兒的母親柳家的見芳官拿了一個精緻的小玻璃瓶來，迎亮照著，裡面有半瓶胭脂一般的汁子，還當是寶玉吃的西洋葡萄酒，原來是玫瑰露。五兒和她母親深謝芳官之情，當時五兒的姑舅哥哥患有熱病，她母親將玫瑰露倒了半盞，送給娘家姪兒吃。五兒的舅母，為了答謝五兒媽所贈玫瑰露，特意包了一包茯苓霜給五兒媽。後來當林之孝家的巡邏大觀園時，將玫瑰露和茯苓霜當成了贓物。於是掀起了軒然大波，柳家母女面臨毒打和發賣的處罰。最後由寶玉出面將事情全攬在自己身上，又虧平兒「大事化為小事，小事化為無事」的處理，柳家母女才得以獲釋。

奶拌茯苓霜究竟是什麼？五兒的舅母原話為：「昨兒有粵東的官兒來拜，送了上頭兩小簍子茯苓霜。餘外給了門上人一簍作門禮，你哥哥分了這些。這地方千年松柏最多，所以單取了這茯苓的精液和了藥，不知怎麼弄出這怪俊的白霜兒來。說第一用人乳和著，每日早起吃一鍾，最補人的，第二用牛奶子，萬不得，滾白水也好。我們想著，正宜外甥女兒吃。」由此可見，茯苓霜的確是好東西。

茯苓在中國有悠久的歷史，早在《神農本草經》中就把它列為上品。茯苓為茯苓菌的乾燥菌核，又名茯靈、茯零、雲苓、松苓。《本草綱目》曰:「《史記．龜策傳》作茯靈。蓋松之神靈之氣伏結而成，故謂之茯靈，茯神也。」它的黑褐色外皮稱茯苓皮，用於利水消腫；內部淡紅色者稱赤茯苓，用於清熱利溼；內白色者稱白茯苓，用於健脾滲溼；抱附松根生者稱茯神，用於安神助眠。將生茯苓磨成粉末，和其他中藥粉混合後，加水或鮮乳調成糊狀，敷臉用，還可達到美白潤膚的功效。

對於茯苓的來歷，相傳從前有個員外，家裡有個美麗的女兒名叫小玲。員外家有一個叫小伏的長工，小伏勤快踏實，小玲暗暗喜歡上他了。後來員外知道後，非常憤怒，這是典型的門不當戶不對啊！於是便準備把小伏趕走，還把小玲關了起來，並託媒許配給一個富家子弟。

在出嫁的前幾天，小玲不幸患了漢生病（Leprosy），富家子弟知道後，趕緊退了這門親事。員外也怕被傳染上，就把小玲送到山裡去了。小伏知道了小玲的情況，也住到山裡，打獵做飯照顧她。這時的小玲已經病得不成樣子了，他也不嫌棄。後來小伏也被傳染了，但他還是堅持每天出去打獵。

有一天，小伏進山為小玲採藥，忽見前面有隻野兔，他用箭一射，射中兔子後腿，兔子帶著傷跑了，小伏緊追不捨，追到一片被砍伐的松林處，兔子忽然不見了。他四處尋找，發現在一棵松樹旁，一個球形的東西上插著他的那支箭。於是，小伏拔起箭，發現在棕黑色球體表皮裂口處露出裡面白色的東西，聞起來有一股誘人的香味。於是他把這東西挖回家做成晚飯給自己和小玲吃。第二夭，兩人感覺精神好了很多，身上的爛皮也有脫落的跡象，他們知道自己挖到寶了。於是小伏又在山裡找到了這種東西，天天做來吃，不久，兩人的漢生病痊癒了。為了感謝這種白色的藥材，兩人便將自己的名字各取一字，把這種東西命名為「茯苓」。後來人們發現「茯苓」有驅風除溼的功效，所以後人常用它來治療水腫、皮膚病等疾患。

歷代醫家及養生學家都很重視茯苓的養生功效，在唐宋時期服食茯苓已是很普遍的事情。宋代文學家蘇東坡還將茯苓做成茯苓餅。並記錄道：「以九蒸胡麻，用去皮茯苓少入白蜜為並食之，日久氣力不衰，百病自去，此乃長生要訣。」相傳成吉思汗在中原作戰時，小雨連綿不斷下了好幾個月，大部分將士水土不服，染上了溼疹，眼看兵敗垂成，成吉思汗十分著急。後來，有少數幾個士兵因偶爾服食了茯苓，得以痊癒，聽說此事後，成吉思汗大喜，他急忙派人到盛產茯苓的也區運來大批茯苓給將士吃，兵將吃後病情好轉起來，成吉思汗最後打了勝仗，茯苓治病的神奇功效也被廣為傳誦。

棗泥山藥糕點心，鳳姐探病秦可卿

在《紅樓夢》第十一回中，秦氏的病情已經一天比一天嚴重了，整個人變得乾瘦無比，引得王夫人與賈母心疼萬分，吩咐鳳姐兒常去秦氏那裡坐坐，看看她想吃點什麼。後來鳳姐兒去探望她時和她聊了些閒話，又說了些這病無妨的話來開導她。秦氏對鳳姐兒說：「嬸子回老太太、太太放心罷。昨日老太太賞的那棗泥餡的山藥糕，我吃了兩塊，倒像消化得動似的。」鳳姐兒見她喜歡吃這個，就說明日再為她送些過來。

賈母賞的山藥糕，主要含有大棗和山藥兩種材料，能夠健脾、和胃、益氣、生津、養血、固腎，再加上這種點心藥性平和，營養豐富，容易消化，所以很適合病中的秦可卿食用，以至於秦氏吃了之後，「好像消化得動似的」。在今天，棗泥餡的山藥糕，仍可作為慢性脾胃虛弱、營養不良患者的滋補品。

關於大棗，本書前面已作介紹，此處重點介紹一下山藥。山藥又名淮山，有「神仙之食」的美名。《神農本草經》中稱山藥為薯蕷，將其列為上品。作為藥食兩用的常用滋補保健品，山藥能滋養脾胃，補而不膩，香而不燥，常人久服，健身強體，延年益壽。對於老弱體虛乏力，小兒消化不良，服之可調補脾胃，健脾止瀉。山藥還能補肺止咳，對呼吸道疾病功效顯著，老人、兒童咳喘易發者亦可預防性進補。另外，山藥具補腎益精固澀作用，凡中年腎虛，早洩夢遺，頭昏目眩，健忘失眠；老人腎衰，耳聾目暗，腰腿無力，尿頻尿多；小兒腎氣未充，遺尿頻仍；婦女脾腎不固，白帶綿綿；以及病後虛損，羸瘦神疲，自汗盜汗，口乾膚燥等，均可長期服用本品以調養補益。

山藥最大的特點是能夠供給人體大量的黏液蛋白，對人體有特殊的保健作用，能預防心血管系統的脂肪沉積，保持血管脈粥樣硬化過早發生，減少皮下脂肪沉積，避免出現肥胖。它含有足夠的纖維，食用後就會產生飽脹感，從而控制食慾。另外山藥本身就是一種高營養、低熱量的食品，可以放心的多加食用而不會有發胖的後顧之憂。因此，對於很多女性來說它更是一種天然的瘦身美食。

相傳古代湯陰農村有一對夫婦，這對夫婦人品非常不好，媳婦總盼著婆婆早亡，於是每天讓婆婆吃稀粥，一段時間以後，這個婆婆就渾身無力、臥床不起，這件事被村裡一個老中醫知道了，老中醫想將計就計，有一天把這對夫婦叫來，給了他們一種藥粉，說你們把這個藥粉和在粥裡給婆婆吃，我保證她百日以後就死，小倆口把藥粉拿回去以後就照這個方法做了，天天讓她婆婆吃，沒想到，十天以後婆婆就能夠起床活動了，百天以後婆婆身體就養得白白胖胖的，後來這個婆婆在村裡逢人就誇自己的媳婦有多好，經過老中醫的一番調教，這對心懷不軌的夫婦竟然變成了孝子。這裡老中醫用的藥粉就是山藥磨成的粉，由此可見，山藥的滋補效果有多麼奇特。

關於山藥糕的製作，明代《宋氏養生部》是這樣記載的：「山藥糕：山藥蒸熟去皮，切片暴燥，磨細，計六升；白糯米新起淅，碓粉，計四升，白砂糖二斤，蜜水溲之，復碓，篩甑中，隨界之，蒸粉熟為度。」而棗泥在清代的製法是將「紅棗煮熟，去皮核，入洋糖擦爛」。綜上所述，這棗泥餡的山藥糕製作起來就十分簡單了：取山藥、紅棗、蜜棗、香油、白砂糖、桂花適量。將紅棗洗淨，去核，和蜜棗一同上鍋蒸爛，取出過細籮備用。起鍋至火上，將鍋燒熱並放入香油適量，把過好籮的棗泥加白砂糖一同煸炒，炒至棗泥不黏手且出香味時出鍋，並加放少許桂花製成棗泥，冷卻後備用。山藥洗淨，蒸熟後去皮，過細籮，用消毒過的紗布反覆揉搓過籮的山藥，使山藥成為細膩的山藥麵糰。取一塊山藥麵糰包入適量的棗泥後收口，放入消毒過的模具內壓實，使之成型即可。

端午佳節話粽子

在《紅樓夢》第三十一回「撕扇子作千金一笑，因麒麟伏白首雙星」中，這日正是端陽佳節，蒲艾簪門，虎符繫臂。午間，王夫人治了酒席，請薛家母女等賞午。黛玉見襲人、寶玉、晴雯三人哭起來，以為是「爭粽子吃爭惱了」。

粽子最早的記載是西晉新平太守周處所寫的《風土記》云：「仲夏端午，烹鶩角黍。」南朝梁文學家吳鈞在《續齊偕記》中說：「屈原五月五日投汨羅而死，楚人哀之，遂以竹筒儲米，投水祭之。」由此可見，端午吃粽子，原來是為祭投江的屈原而發明的。

傳說屈原死後，楚國百姓哀痛異常，紛紛湧到汨羅江邊去憑弔屈原。漁夫們划起船隻，在江上來回打撈他的屍身。有位漁夫拿出為屈原準備的飯糰、雞蛋等食物丟進江裡，說是讓魚龍蝦蟹吃飽了，就不會去咬屈大夫的身體了。人們見後紛紛仿效。一位老醫師則拿來一罈雄黃酒倒進江裡，說是要藥暈蛟龍水獸，以免傷害屈大夫。後來為怕飯糰為蛟龍所食，人們想出用楝樹葉包飯，外纏彩絲，發展成粽子。以後，在每年的五月初五，就有了龍舟競渡、吃粽子、喝雄黃酒的風俗；以此來紀念愛國詩人屈原。

關於粽子的名稱，歷來頗多，有書可據的就有「角黍」、「黏黍」、「粽子」、「包米」、「錐粽」、「筒粽」、「菱粽」、「秤錘粽」、「九子粽」、「竹葉粽」、「裹蒸粽」等，大致上是依形狀而命名的。現今常見的粽子在製作式樣上，有尖角「小腳粽」、長形「枕頭粽」，以及方椎、寶塔等形態，有大有小，形狀精巧美觀。

由於中國各地的飲食習慣不同，粽子的用料和風味也各具特色。

如：

- 北京粽子多以紅棗、豆沙為餡，少數也有採用蜜餞的，個頭較小，為斜四角形；在北京農村中，仍習慣吃大黃米粽，黏韌而清香，別具風味；
- 四川的粽子是先把糯米、紅豆浸泡半日，放入花椒麵、川鹽及少許臘肉丁，用粽葉包成四角粽，用旺火煮熟，吃在嘴裡外焦裡嫩，酥香脆黏，味道美不可言；
- 廣東的粽子個頭較大，外形別緻，狀如錐子，品種很多，有蛋黃、什錦、豆沙粽子，其中豬油粽、叉燒蛋黃粽、燒鴨粽、椰茸粽等獨具南國風味，久負盛名；
- 山東的粽子是選用黃黏米包裹的粽子黏糯，夾以紅棗，風味獨具，食用時，可根據食客習慣，佐以白糖，增加甜味；
- 浙江湖州粽子有「粽子狀元」之葵譽，主要品種有甜粽、肉粽以及香腸粽、排骨粽、雞肉粽等，甜粽甜而糯，肉粽入口鮮荚，肥而不膩，都是選用上等糯米製成，以香糯鮮美而著稱；

・江蘇蘇州的粽子為長而細的四角形，有鮮肉、棗泥、豆沙、豬油夾沙、鹹蛋等品種，配料講究、製作精細，口味甜美，油潤清香。

粽子雖然好吃，但也非人人適宜。粽子多用糯米做成，性溫滯氣，吃多會加重胃腸的負擔，老人和兒童如過量食用，極易造成消化不良引起腹脹、腹瀉等症狀，即便是脾胃功能健強者，也應遵循「少食多餐」的原則。

除此之外，糖尿病患者應少吃甜粽子。由於糖尿病患者體內缺乏胰島素，吃粽子後會使血液中血糖急劇升高，加重體內糖代謝紊亂，甚至誘發糖尿病昏迷。特別是甜粽，所以要注意吃的分量，不能貪食。高血壓、高血脂患者、腎炎患者應少吃鹹味粽，鹹味粽子含鹽量較高，腎炎患者多食後會飲水過多而加重腎功能的負擔，嚴重者甚至會誘發腎衰竭。因此，腎病患者慎食鹹味粽子。胃腸功能不良患者也應少吃粽子，粽子主要是由糯米做成的，黏性較大，又不易消化，因此胃腸不適者不宜多食。

吃粽子最好選擇口味清淡一些的，千萬不要餐餐吃粽子，或只吃粽子忘了其他種類食物的攝取。吃粽子時，最好搭配一碗清淡的湯，如冬瓜、竹筍、絲瓜湯等，最後再來一份水果，增加纖維質的攝取，達到營養均衡。如果過節家裡自己包粽子，要把握「現包、現吃」的原則，而從超市中購回的冷凍粽子，應蒸煮熟了再吃。

中秋賞月品月餅

中秋吃月餅，和端午吃粽子、元宵節吃湯圓一樣，是中國民間的傳統習俗。古往今來，人們把月餅當作吉祥、團圓的象徵。每逢中秋，皓月當空，闔家團聚，品餅賞月，談天說地，盡享天倫之樂。賈府眾人亦是如此。在《紅樓夢》第七十五回「開夜宴異兆發悲音，賞中秋新詞得佳讖」中，正值中秋佳節，賈母兒孫繞膝，談笑風生，吃月餅西瓜，不亦樂乎。

月餅，又稱胡餅、宮餅、小餅、月團、團圓餅等，是古代中秋祭拜月神的供品，沿傳下來，以後成為民間互相饋贈的禮品，最後形成了中秋吃月餅的習俗。相傳中國古代，帝王就有春天祭日、秋天祭月的禮制。在民間，每逢八月中秋，也有左右拜月或祭月的風俗。《西湖遊覽志》稱：「民間以月餅相饋，取團圓之義。」「八月十五月兒圓，中秋月餅香又甜」，從這句名諺道可以看出人們對月餅的喜愛與重視。月餅象徵著團圓，是中秋佳節必食之品。在節日之夜，人們還愛吃西瓜等同樣代表團圓的果品，祈祝家人生活美滿、甜蜜、平安。

據史料記載，早在殷、周時期，江、浙一帶就有一種紀念太師聞仲的邊薄心厚的「太師餅」，此乃中國月餅的「始祖」。漢代張騫出使西域時，引進芝麻、胡桃，為月餅的製作增添了輔料，這時便出現了以胡桃仁為餡的圓形餅，名曰「胡餅」。

後來月餅有作為軍隊祝捷食品出現在史料中。唐高祖年間，大將軍李靖征討匈奴得勝，八月十五凱旋而歸。當時有人經商的吐魯番人向唐朝皇帝獻餅祝捷。高祖李淵接過華麗的餅盒，拿出圓餅，笑指空中明月說：「應將胡餅邀蟾蜍。」說完把餅分給群臣一起吃。

在唐代，民間已有從事生產的餅師，京城長安也開始出現糕餅鋪。據說，有一年中秋之夜，唐玄宗和楊貴妃賞月吃胡餅時，玄宗嫌「胡餅」名字不好聽，楊貴妃仰望皎潔的明月，心潮澎湃，隨口而出「月餅」，從此「月餅」的名稱便在民間逐漸流傳開。據《洛中見聞》中記載，唐僖宗在中秋節吃月餅，味極美。他聽說新科盡是在曲江開宴，便命御膳房用紅綾包裹月餅賞賜給他們，這是有關月餅初見的記載。到了宋代，月餅已有「荷葉」、「金花」、「芙蓉」等花色名目，蘇東坡曾稱讚月餅道：「小餅如嚼月，中有酥與飴。」酥是酥油，飴是飴糖。

到了元代，由於中原人民不堪忍受元朝統治階級的殘酷統治，紛紛起義抗元。朱元璋聯合各路反抗力量準備起義。但朝廷官兵搜查得十分嚴密，傳遞消息十分困難。軍師劉伯溫便想出一計策，命令屬下把藏有「八月十五夜起義」的紙條藏入餅裡，再派人分頭傳送到各地起義軍中，通知他們在八月十五日晚上起義回應。到了起義的那天，各路義軍一齊回應，起義軍如星火燎原。很快，徐達就攻下元大都，起義成功了。消息傳來，朱元璋高興得連忙傳下口諭，在即將來臨的中秋節，讓全體將士與民同樂，並將當年起兵時以祕密傳遞消息的「月餅」，作為節令糕點賞賜群臣。此後，「月餅」製作越發精細，品種更多，大者如圓盤，成為饋贈的佳品，中秋節吃月餅的習俗也在民間流傳開來

到了明朝，祭月之風甚行。明世宗還派官員大興土木修建了夕月壇，即現在的北京月壇公園。這是專門宮朝廷祭月的地方。皇帝每三年必親自去祭一次「夜明之神」，餘年遣文武百官主祭。同時，中秋還在大內禁宮中舉行祭月活動。

清代月餅的製作工藝有了較大提高，品種也不斷增加，供月月餅到處皆有。清代詩人袁景瀾有一首頗長的〈詠月餅詩〉，其中有「入廚光奪霜，蒸釜氣流液。揉搓細麵塵，點綴胭脂跡。戚裡相饋遺，節物無容忽……兒女坐團圓，杯盤散狼藉」等句，詳細敘述了月餅的製作、親友間互贈月餅到設家宴及賞月的情形。

雖然在中秋節賞明月、吃月餅是主打內容，月餅香甜味美，營養豐富，但是有些人卻不宜多吃，否則易誘發疾病或使舊病加重。月餅不能當正餐，要在兩餐之間食用，如果要在餐後吃月餅，就要在正餐中少吃

主食及肉類，以平衡一天的膳食能量。月餅富含油脂，吃時不宜配冷飲，否則會引起腹瀉。月餅中的脂肪和糖的含量都很高，不宜再喝含糖的汽水、可樂或果汁飲料。此時最好泡一杯熱茶，邊吃邊飲。吃月餅的同時飲茶可以解油膩，助消化。此外，吃月餅時還可以吃一些富含維他命C的水果和蔬菜。另外老人和兒童也不宜過食月餅，否則容易加重脾胃負擔，引起消化不良、腹瀉等。

寶玉逗歡林妹妹，耗子精煮臘八粥

在《紅樓夢》第十九回「情切切良宵花解語，意綿綿靜日玉生香」中，寶玉和黛玉閒聊，編出了這麼一個故事來逗林妹妹開心：

揚州有一座黛山。山上有個林子洞。林子洞裡原來有群耗子精。那一年臘月初七日，老耗子升座議事，因說：「明日乃是臘八，世上人都熬臘八粥。如今我們洞中果品短少，須得趁此打劫些來方妙。」乃拔令箭一枝，遣一能幹的小耗前去打聽。一時小耗回報：「各處察訪打聽已畢，惟有山下廟裡果米最多。」老耗問：「米有幾樣？果有幾品？」小耗道：「米豆成倉，不可勝記。果品有五種：一紅棗，二栗子，三落花生，四菱角，五香芋。」老耗聽了大喜，即時點耗前去。乃拔令箭問：「誰去偷米？」一耗便接令去偷米。又拔令箭問：「誰去偷豆？」又一耗接令去偷豆。然後一一的都各領令去了。只剩了香芋一種，因又拔令箭問：「誰去偷香芋？」只見一個極小極弱的小耗應道：「我願去偷香芋。」老耗並眾耗見他這樣，恐不諳練，且怯懦無力，都不准他去。小耗道：「我雖年小身弱，卻是法術無邊，口齒伶俐，機謀深遠。此去管比他們偷的還巧呢。」眾耗忙問：「如何比他們巧呢？」小耗道：「我不學他們直偷。我只搖身一變，也變成個香芋，滾在香芋堆裡，使人看不出，聽不見，卻暗暗的用分身法搬運，漸漸的就搬運盡了。豈不比直偷硬取的巧些？」眾耗聽了，都道：「妙卻妙，只是不知怎麼個變法，你先變個我們瞧瞧。」

小耗聽了，笑道：「這個不難，等我變來。」說畢，搖身說「變」，竟變了一個最標緻美貌的一位小姐。眾耗忙笑道：「變錯了，變錯了。原說變果子的，如何變出小姐來？」小耗現形笑道：「我說你們沒見世面，只認得這果子是香芋，卻不知鹽課林老爺的小姐才是真正的香玉呢！」

黛玉聽了，翻身爬起來，按著寶玉笑道：「我把你爛了嘴的！我就知道你是編我呢！」說著，便擰的寶玉連連央告，說：「好妹妹，饒我罷，再不敢了！我因為聞你香，忽然想起這個故典來。」黛玉笑道：「饒罵了人，還說是故典呢！」

農曆臘月初八，是民間的「臘八節」。這一天，家家戶戶都有吃臘八粥的習俗。相傳這一天是佛教創始人釋迦牟尼的成道日。

據傳，釋迦牟尼本是王子，他曾遊遍印度的名山大川，尋長老，訪異人，苦修行。一天，他來到一片茫茫無際的荒漠，又飢又渴，終於不支倒地。這時，一位善良的牧羊女正好路過，見此情況便忙將隨身所帶的雜飯與泉水煮成粥，餵給他吃。釋迦牟尼醒來後，很快恢復元氣，謝過牧羊女，繼續前進，以堅韌的毅力苦行六年，終於在十二月初八得道成佛。之後，他的弟子每到「臘七」，都要取來新穀果，擦乾淨器皿，熬粥至天明，這就是臘八粥，用這供奉佛祖，臘八這一天，還要集會，誦經演法。

據古書記載，在宋代每逢十二月初八這一天，不僅朝廷、官府、寺院要做大量臘八粥，而且民間也形成了風俗。到了清代，喝臘八粥更加盛行，宮廷中要向大臣及侍從宮女賜「臘八粥」，還要向各大寺院發放米、果，供僧侶享用。到了現代，臘八粥的品種變得種類繁多。在中國，北方人喜歡用紅米、赤小豆、棗、薏仁、蓮子、桂圓、核桃仁、黃豆、松子等原料煮成甜臘八粥；而南方人則愛用稻米、花生、黃豆、蠶豆、芋艿、荸薺、栗子、白果加蔬菜、肉丁和麻油煮鹹味臘八粥；西北地方在粥內還要加入羊肉。

臘八粥不僅是一種美味的節令佳品，而且有很高的食療價值，在隆冬臘月，吃上兩碗營養豐富的臘八粥，對人體大有裨益。製作臘八粥主要是選用豆類和穀物類作原料，這些原料除含有人體正常飲食需要的碳水化合物外，各類維他命和多種人體必需微量元素、蛋白質、脂肪及膳食纖維等營養成分。煮「臘八粥」所用的花生仁、黃豆、紅豆、乾蓮子都是鋅含量比較高的食物，而白果、黃豆、紅豆等含硒比較多，另外臘八粥中的蓮子可補氣健脾，綠豆對高血壓有輔療的功效，紅豆能消水腫、治腳氣，松子仁能滋潤心肺、通調大腸、栗子能補益腎氣、治腰痠腿軟。

臘八粥對人體有如此多的好處，煮臘八粥所用的各種配料一年四季都有，而且現在很多超市都賣有配好的臘八粥原料，所以臘八粥不必等到臘月初八才喝，它可以作為日常營養配餐和調劑飲食生活的一道美食，尤其適宜年老體弱或病癒後脾胃虛弱者食用。試想一下，熬一鍋香味濃郁、色澤美觀的臘八粥，再加上幾樣小菜與家人團坐而食，生活該是何等的美好與溫馨。

元宵佳節看大戲，賈母心慈賜元宵

元宵節在中國已經有兩千多年的歷史，也稱「元夕節」。每年農曆的正月十五日，春節剛過，迎來的就是中國的傳統節日元宵節。正月是農曆的元月，古人稱夜為「宵」，所以稱正月十五為元宵節。正月十五日是一年中第一個月圓之夜，是大地回春的夜晚，人們對此加以慶祝，也是慶賀新春的延續。按民間的傳統，在這天上皓月高懸的夜晚，人們要點起彩燈萬盞，以示慶賀。出門賞月、燃燈放焰、喜猜燈謎、共吃元宵，闔家團聚、同慶佳節，其樂融融。

賈府中的元宵節也是熱鬧非凡，在這一天大觀園內又是宴請，又是看戲，一時上湯之後，又接著獻元宵。賈母便命將戲暫歇歇，說道：「小孩子們可憐見的，也給他們些滾湯滾菜的吃了再唱。」又命將各色果子元宵等物拿些與他們吃去。

元宵節也稱燈節，元宵燃燈的風俗起自漢朝，到了唐代，賞燈活動更加興盛，皇宮裡、街道上處處掛燈，還要建立高大的燈輪、燈樓和燈樹。到了宋代，民間更加重視元宵節了，賞燈活動更加熱鬧，燈的樣式也更豐富。在清代賞燈活動規模宏大，盛況空前，除燃燈之外，還放煙花助興。

民間過元宵節有吃元宵的習俗。元宵由糯米製成，或實心，或帶餡。餡有豆沙、白糖、山楂、各類果料等，食用時煮、煎、蒸、炸皆可。起初，人們把這種食物叫「浮圓子」，後來又叫「湯糰」或「湯圓」，這些名稱「團圓」字音相近，取團圓之意，象徵全家人團團圓圓，和睦幸福，人們也以此懷念離別的親人，寄託了對未來生活的美好願望。

關於元宵節吃元宵的習俗，相傳還與漢武帝的寵臣東方朔有關。據說有一年冬天，東方朔在御花園裡賞梅，突然看見有個宮女淚流滿面準備投井。東方朔慌忙上前搭救，並問明她要自殺的原因。原來，這個宮女名叫元宵，家裡還有雙親及一個妹妹。自從她進宮以後，就再也無緣和家人見面。每年到了臘盡春來的時節，就比平常更加的思念家人。覺得不能在雙親跟前盡孝，不如一死了之。東方朔聽了她的遭遇，深感同情，就向她保證，一定設法讓她和家人團聚。

於是東方朔出宮在長安街上擺了一個占卜攤。不少人都爭著向他占卜求卦。不料，每個人所占所求，都是「正月十六火焚身」的籤語。一時之間，長安裡起了很大恐慌。人們紛紛求問解災的辦法。東方朔就說：「正月十三日傍晚，火神君會派一位赤衣神女下凡查訪，她就是奉旨燒長安的使者，我把抄錄的偈語給你們，可讓當今天子想想辦法。」說完，便扔下一張紅帖，揚長而去。老百姓拿起紅帖，趕緊送到皇宮去稟報皇上。

漢武帝接過來一看，只見上面寫著：「長安在劫，火焚帝闕，十五天火，焰紅宵夜」，他心中大驚，連忙請來了足智多謀的東方朔。東方朔假意的想了一想，就說：「聽說火神君最愛吃湯圓，宮中的元宵不是經常為您做湯圓嗎？十五晚上可讓元宵做好湯圓。萬歲焚香上供，傳令京都家家都做湯圓，一齊敬奉火神君。再傳諭臣民一起在十五晚上掛燈，滿城點鞭炮、放煙火，好像滿城大火，這樣就可以瞞過玉帝了。此外，通知城外百姓，十五晚上進城觀燈，雜在人群中消災解難。」武帝聽後，十分高興，就傳旨照東方朔的辦法去做。

到了正月十五日長安城裡張燈結綵，遊人熙來攘往，熱鬧非常。宮女元宵的父母也帶著妹妹進城觀燈。當他們看到寫有「元宵」字樣的大宮燈時，驚喜的高喊：「元宵！元宵！」 元宵聽到喊聲，終於和家裡的親人團聚了。

如此熱鬧了一夜，長安城果然平安無事。漢武帝大喜，便下令以後每到正月十五都做湯圓供火神君，正月十五照樣全城掛燈放煙火。因為元宵做的湯圓最好，人們就把湯圓叫元宵，這天叫做元宵節。

元宵雖然好吃，但從養生學的角度來看，也有幾點要注意：首先吃元宵要細嚼慢嚥。元宵黏性很強，老人和小孩吞咽功能退化，易卡在喉嚨裡造成窒息，因此吃元宵要細嚼慢嚥。其次，煮好的元宵要及時吃，生元宵的糯米粉含水量較多，久放會變質，受凍易煮破，因此元宵最好現做現吃，不要存放時間過長。另外，由於元宵含大量油脂及糖分，所以熱量很高，對於體重過重或高血脂症、高血壓、糖尿病患者，都不宜過量攝取。

挑選元宵時也有一些小竅門。有的元宵看上去色白如初，燒煮後卻成紅色。這說明糯米粉已經變質。人們食用發紅的元宵後，可能感到消化道不適，出現腹瀉嘔吐。如果食用量大，而體質較差，會引起心律紊亂、肝腫大、甚至昏迷。因此一旦發現煮好的元宵發紅，就不要再食用了。

紅樓蔬果，日常養生餐不離

日啖荔枝三百顆，不妨長作嶺南人

在《紅樓夢》第三十七回「秋爽齋偶結海棠社，衡蕪苑夜擬菊花題」中，探春寫了一封花箋給二哥寶玉。這封信寫得十分漂亮，顯然是出於閨閣之手的。箋云：「前夕新霧，月色如洗，因惜清景難逢，詛忍就臥，時漏已三轉，猶徘徊於桐檻之下。未防風露所欺，致獲採薪之患。昨蒙親勞撫囑，復又數遣侍兒問切，兼以鮮荔並真卿墨蹟見賜，何病癖惠愛之深哉！」這些鮮荔枝是怎樣送去的呢？同回中作者又用如花之筆巧做點染。他沒有正面寫，卻藉襲人查點一件纏絲白瑪瑙碟子引起，由晴雯口中笑著說明了當時情況：「給三姑娘送荔枝去的，還沒送來呢……他說這個碟子配上鮮荔枝才好看。我送去，三姑娘見了也說好看，叫連碟子放著，就沒帶來。」

在這裡，曹雪芹並沒有用什麼紅、紫字眼來形容，也不曾細寫荔枝的香味和送荔枝的細節，但確是生香活色之筆，那個碟子和鮮荔枝配在一起，真的好漂亮，難怪探春為之激動。曹雪芹在《紅樓夢》中數次提到「荔枝」，可見他對荔枝感情之深，也說明了曹雪芹何以能用如此精麗的筆墨將「送荔枝」的細節點染了出來。賈元春製作了一個燈謎，引起了大觀園的猜謎熱。賈母的謎面是：「猴子身輕站樹梢 —— 打一果名」，賈政已知是荔枝，便故意亂猜別的，罰了許多東西；然後方猜著，也得了賈母的東西。

荔枝，又名離支、丹荔，產於中國廣東、廣西、福建、四川等地。

荔枝為中國特有的珍貴水果，自古以來，荔枝就被視為滋補佳品，〈長恨歌〉中「一騎紅塵妃子笑，無人知是荔枝來」的詩句，使荔枝身價備增。中醫認為，荔枝性味甘、酸、溫，人心、脾、肝經，有補脾止泄、養肝益血、理氣止痛、補心安神之功，適用於脾虛久瀉、婦女血慮崩漏。胃寒腹痛、氣滯咳逆不止及心悸、怔忡、失眠、多夢等症。

儘管荔枝有如此美味及令人稱奇的滋補治療作用，但其入藥在臨床應用遠不及荔枝核普遍。荔枝核為散寒袪溼上品，肝經血分良藥，能行血中之氣，溫散經絡之寒，治療因風寒所致的疾病，睪丸疼痛、墜脹，胃寒疼痛等。另外，荔枝殼還可治療婦女血崩及小兒痘瘡。中醫認為，荔枝甘溫，熱性很大，歷代醫家有「血熱宜桂圓，血寒宜荔枝」的說法，可見血寒的人可以吃，血熱的人不宜吃。若正在長青春痘、生瘡、傷風感冒或有急性炎症反應時，不適宜吃荔枝，以免加重病情。

現實生活中常見有人吃荔枝後出現流鼻血的現象，就是因為荔枝性溫、易助火生熱的緣故。同時，食荔枝還可能得「荔枝病」。荔枝病實際上是低血糖引起的一種急性疾病，輕則噁心、易飢餓、出冷汗、四肢無力，重則頭暈、心慌、面色蒼白，甚至產生呼吸不規則、脈搏細弱、抽搐、突然昏迷等表現。一旦出現荔枝病後，輕者可口服糖水，或用荔枝殼煎湯送服，一般都可緩解。重者應立即靜脈滴注葡萄糖溶液或送醫院治療。因此，荔枝味美莫貪食，更不可讓兒童貪食。

燕窩進補須講究，少食多餐定期服 ··············

在《紅樓夢》第四十五回「金蘭契互剖金蘭語，風雨夕悶製風雨詞」中，林黛玉遇著賈母高興，多遊玩了兩次過於勞神，於是咳嗽復發，而且比往常又重，只得在自己房中靜養。這日，寶釵來看望她，勸黛玉道：「古人說，『食穀者生』，你素日吃的竟不能添養精神氣血，也不是好事。」又說：「昨兒我看你那藥方上，人參肉桂覺得太多了。雖說益氣補神，也不宜太熱。依我說：先以平肝養胃為要。肝火一平，不能剋土，胃氣無病，飲食就可以養人了。每日早起，拿上等燕窩一兩，冰糖五錢，用銀吊子熬出粥來，要吃慣了，比藥還強，最是滋陰補氣的。」當晚就派人送了一大包燕窩給黛玉。

燕窩屬於山珍海味。燕窩，又稱燕菜，產於南海，越南、泰國、馬來西亞、菲律賓海岸均有之。為雨燕科鳥類金絲燕及多種同屬燕類用唾液或啣小魚加唾液或羽絨融唾液等混凝築結的窠巢。金絲燕每年四月產卵，產卵前必營築新巢，此時喉部黏液腺非常發達，所築之窩純為黏液凝結而成，色白，潔淨，稱為「官燕」、「上品官燕」。瓊州人稱為崖燕。一入水則柔軟膨脹，為燕窩中之上乘，春時窩被採取，金絲燕立即第二次結窩，時間匆忙，往往帶有一絲羽絨，巢色發暗，稱為「手燕」，含有赤褐色血絲者，稱為「血燕」，三種燕窩均為滋補良物，含多種蛋白質及其他養分，能養陰潤燥，益氣補中，治虛損勞瘵，咳嗽痰喘，咳血吐血，久瘧久痢，噎膈反胃。

據史書記載，早在鄭和下西洋時，遠洋船隊在海上遇到了大風暴，停泊在馬來群島的一個荒島處，食物短缺。他們無意中發現了藏在懸崖峭壁上的燕窩。於是鄭和就命令部屬採摘，洗淨後用清水燉煮，用以充飢。數日後，船員個個臉色紅潤，中氣頗足。回國時，鄭和帶了一些燕窩獻給明成祖。從此，燕窩成了中國人割捨不掉的珍饈補品。

明朝掌管御食的官員賈銘，獻給明太祖朱元璋的養生食書《飲食須知》中，即有燕窩，但那時，燕窩尚未在食肆使用。明人《宛署雜記》中提到大案中已有燕窩，說明明朝南方北方官府大宴已用此作為名菜了。

直到清代，燕窩仍是「貴家珍品」，非尋常之食物，今則因採窩者手段越來越先進，燕窩越來越少，因而也越來越貴了。作為高級筵席的標誌，頭菜有燕窩之席算是奢華了。清代已總結出一整套吃燕窩的經驗，如「此物至清，不可以油膩雜之；此物至文，不可以武物串之」，「以清配清，以柔配柔」等等，都是有益的經驗。

據清宮檔案記載，乾隆幾次下江南，每日清晨，御膳之前，必空腹吃冰糖燕窩粥。一直到光緒朝御膳，每天都少不了燕窩菜。以光緒十年十月七日慈禧早膳為例，一桌三十多樣菜點中，用燕窩的就有七樣。燕窩成了御膳常饌，多用燕窩配雞、鴨，配得最多的還是鴨子：燕窩秋梨鴨子熱鍋、燕窩蘋果燴鴨子熱鍋、燕窩冬筍燴糟鴨子熱鍋、燕窩鴨子蔥椒麵、燕窩鴨子徽州肉鏇子、燕窩松子清蒸鴨子、紅白鴨子燕窩八吉祥、燕窩鴨子燉麵筋、燕窩醋溜熏鴨子、燕窩攢絲鴨子。此外野鴨、小雞、鹿尾配燕窩菜也較多。

燕窩有養陰潤肺、益氣補中的作用，還能防癌、降膽固醇、抗衰老，比較適合陰虛體質者。它不僅僅是食品，也有一定的輔助治療作用，但不能當主藥使用，不能僅靠燕窩來治病。肺結核、陰虛咳嗽、咳血、陰虛盜汗以及老年人陰虛痰喘，吃點燕窩挺好。

我們都知道，粥為人間第一補，因此用燕窩熬粥，其滋補的效果更佳。煮燕窩粥用到的主料為燕窩、糯米配以冰糖適量。先將燕窩用開水悶透，水涼後換入清水，擇去絨毛，洗淨汙物，盛入碗中，加入清水 800 毫升，蒸 30 分鐘，至燕窩完全漲發；再把糯米洗淨放入沙鍋中，將漲發的燕窩撕碎連水一起倒入沙鍋，同煮成粥，粥熟加少許冰糖調味即可。此粥特別適用於中老年人體弱，虛損消瘦，肺燥久咳以及肺癆咳血，噎膈反胃諸症。

當然，也不是所有人都適合吃燕窩。如感冒患者、脾胃虛寒溼熱者，以及痰絲多、痰黃、黏稠者是不適合吃燕窩的。脾胃虛溼熱者吃了後，常常小便黃、便祕。食用燕窩一定要注意少量多餐，不能一次吃得太多，這樣才能達到最好的滋補效果。

檳榔殺蟲可消極，行氣導滯還利溼

《紅樓夢》中多處寫有檳榔。如在《紅樓夢》第六十四回「幽淑女悲題五美吟，浪蕩子情遺九龍佩中」，賈璉到寧府去，見二姐兒手裡拿著一條拴著荷包的絹子擺弄，便搭訕著，往腰裡摸了摸，說道：「檳榔荷包也忘記帶了來，妹妹有檳榔，賞我一口吃。」二姐回答道：「檳榔倒有，就只是我的檳榔從來不給人吃。」在第八十二回「老學究講義警頑心，病瀟湘痴魂驚惡夢」中，寶玉上學之後，怡紅院中甚覺清淨閒暇。襲人倒可做些活計，拿著針線要繡個檳榔包兒。「檳榔荷包」就是裝檳榔用的。

檳榔屬棕櫚科常綠喬木，外形和椰子樹一樣，無枝無蔓，亭亭玉立。關於檳榔，民間流傳著許多神話故事：

傳說中炎帝的女兒叫做「賓」，而檳的丈夫大家稱他為「賓郎」。有一次賓郎在作戰中不幸英勇殉職了，賓得知後傷心不已，前往丈夫賓郎遇難的地方悼念，卻意外發現在賓郎去世的地方竟然長出了一顆奇特的樹木，為了紀念丈夫賓郎，因而把這棵樹稱做檳榔樹，摘下檳榔的果實，隨身放在口袋中，象徵著丈夫「賓郎」永遠在身邊陪伴、保護她。

後來在海南島流行一種怪病，無藥可醫，人們只能痛苦的等待死亡，炎帝知道後便派他的女兒「賓」前去拯救悲苦的人民。賓發現原來是當地醜陋女神派她三個女兒在四處作怪，仁慈的賓於是便拿出靈芝草來替人治病，深受人們的愛戴。醜陋女神的女兒回家向媽媽哭訴，醜陋女神大怒，變身為一名生病的老婆婆來向賓求醫，趁著賓不注意的時候，搶走醫病的靈芝草，並將賓壓在五指山下。多年後，山下居然長出了一棵高高的樹木，人們無意中發現樹上長出的果實一樣能夠醫治怪病，大家都認為那棵樹一定是賓的化身，於是便將那棵樹取名為「檳榔」來感念她的恩德。

在中國南方的很多地區，吃檳榔已成了習俗。

相傳很久以前，一對傣族老夫婦被不孝的兒子和媳婦氣出了胃病。有一天，夫妻倆在檳榔樹下編竹籮，風吹樹搖，一大串成熟的檳榔果掉了下來，口乾舌燥的夫妻倆順手摘下放在嘴裡嚼，覺得甘甜清涼，生津可口，略帶一點澀味。到了晚上，倆人都感到胃裡十分舒服，接著吃了幾天檳榔果，胃病居然痊癒了。從此以後，傣族就有了嚼食檳榔的習慣。

檳榔是一味驅蟲的良藥。

相傳在很多年前，傣家有位美麗善良的女子，名叫小芳。她勤勞賢慧，寨子裡的男子都很喜歡她，但女子只喜歡一位叫傳平的男子。每天晚上，小芳在明亮的月光下紡線，傳平則彈琴陪伴，就像蝴蝶離不開花朵。可是，在這甜蜜的日子裡，意外卻不經意的發生了，小芳的肚子不知為何一天比一天鼓了起來。於是風言風語彌漫了整個山村。人們誤解小芳，連傳平都對小芳惡言惡語起來，這讓小芳失去了活下去的勇氣。那時人們認為檳榔有毒，食用後會毒死人的。於是小芳一狠心，取來檳榔嚼碎，一口氣吞下肚裡。不一會，只見小芳痛苦的捂著肚子，掙扎著爬到樹叢中，絕望等待著死亡的到來。然而過了一會兒，小芳奇蹟般的從樹叢中走了出來，肚子也明顯消了下去，人也恢復了往日的美貌。人們跑進林中一看，原來她排出了幾條長長的蟲子。人們這才明白，小芳哪裡是懷孕，分明是蟲子在作怪。

檳榔果口味特別，切片後沾上佐料，細嚼慢嚼，吐完綠水，又生丹津，吃後面紅耳赤。蘇東坡在吃完檳榔後就即興寫出了「兩頰紅潮曾嫵媚，誰知儂是醉檳榔」的詩句。檳榔還是中國東南沿海各省居民迎賓敬客、款待親朋的佳果。海南待客有「茶、菸、酒、檳」四種等級，檳榔只有在迎貴賓、婚慶等重大節日才擺上筵席，可見其地位。

檳榔果實中含有多種人體所需的營養元素和有益物質，如脂肪、檳榔油、生物鹼、兒茶素、膽鹼等成分。喜食檳榔的人說，嚼檳榔可以提神、祛寒、生津止渴。後來人們還發現利用檳榔可以產生戒菸的效果：取檳榔一顆，在中心鑽一個小洞，滴入菸灰，然後浸入淘米水中泡四天，取出洗淨晾乾。戒菸者想吸菸時，就在小孔上吸幾口，會感到氣味香甜，而聞菸時則氣味苦臭，不想吸菸。

檳榔雖有如此多的好處，卻也不可多吃。初次嚼食檳榔的人，可能引起頭暈、心慌、渾身發熱、出汗等症狀，如果平時就有心律不整、早搏等病症的人最好不要嘗試。對長期嚼食檳榔的人來說，隨著年齡的逐漸增大，體質越來越弱，心腦血管功能也越來越脆弱，應減少嚼食檳榔的數量。檳榔還與口腔癌的發生有一定關係，喜食檳榔的人應該警惕，發現症狀，應及時到醫院就診。

豆腐麵筋醬蘿蔔，吃膩魚肉換味口

在《紅樓夢》第六十一回「投鼠忌器寶玉瞞贓，判冤決獄平兒行權」中，迎春房裡小丫頭蓮花兒對廚房柳家的說：「司棋姐姐說了，要碗雞蛋，燉的嫩嫩的。」柳家的說道：「你們每日細米白飯，肥雞大鴨吃膩了，將就些兒也罷了。吃膩了膈，燙焯又鬧起故事來了。雞蛋，豆腐，又是什麼麵筋，醬蘿蔔炸兒，敢自倒換口味，只是我又不是答應你們的，一處要一樣，就是十來樣。我倒別伺候頭層主子，只預備你們二層主子了。」從柳家的嘮叨的這幾句話可以看出，豆腐、麵筋，醬蘿蔔在我們日常生活中雖不是什麼稀罕東西，但若大魚大肉吃膩了，換換口味倒是個不錯的選擇。

豆腐又名玉豆腐、脂豆腐，為豆科植物的加工製成品。一般取黃大豆，用水浸泡漲發，用磨磨碎，濾去豆滓，入鍋煮沸，用鹽滷汁使之凝結成豆腐，其營養價值很高。豆腐是人們常見的食物，味道鮮美可口，經濟實惠，老少皆宜，尤其適合老年人。中醫認為，豆腐味甘、鹹，性寒、無毒。能寬中益氣，調和脾胃，消除脹滿，通大腸濁氣，清熱散血。豆腐含有豐富的蛋白質、碳水化合物、鈣、磷、鐵。此外還含有硫胺素、核黃素、菸鹼酸等元素，所以，豆腐是高營養、高礦物質、低脂肪的減肥食品。

豆腐有很多種食用方法，它可煮、可炒、可燉、可煎，可單做，可和其他蔬菜、魚肉合做，可以做成許多名菜。最隨意、最簡單的就是拿一塊嫩豆腐，加點精鹽、味精，加點蔥末、薑末一拌，就成美味佳餚了。在做豆腐菜式的時候一定要注意與其他食物搭配。豆腐雖含鈣豐富，但若單食豆腐，人體對鈣的吸收利用率頗低。若將豆腐與含維他命D高的食物同煮，就可使人體對鈣的吸收率提高二十多倍。另外，豆腐不要和菠菜同食，菠菜中的草酸會影響食後對鈣質的吸收。

關於豆腐的來歷，話說很久以前，有一家三口，住著一對夫妻與母親。這位婆婆待媳婦並不好，成天讓媳婦忙裡忙外，收拾家務，下田勞作，有時還不給她飯吃，連普通的豆漿都不願讓她飲用。媳婦常常又餓又累，瘦成了皮包骨。丈夫看在眼裡只有心疼，又不敢和母親頂嘴，只有晚上睡覺時偷偷拿吃的給妻子。

一天，這位婆婆要出遠門兩三日。媳婦知道後心裡別提有多高興，就跟剛從牢獄裡放出來一樣，全身上下一下子輕鬆多了。婆婆走了，首先要弄點吃的填飽肚子呀，於是婆婆前腳一走，媳婦後腳便開始磨豆子、煮豆漿。但當豆漿正開鍋，她滿心喜悅的要舀裝時，院子裡竟傳來了腳步聲，媳婦害怕極了，以為是婆婆又回來了，見著挨罵是小事，說不定還會被一陣毒打。便趕忙端起整鍋剛燒好的豆漿往灶邊的罈子倒。倒完後出門迎接一看，才知是在外工作的丈夫回來了，於是又喜孜孜的拉著丈夫要進屋喝豆漿。哪知打開罈蓋一看，豆漿竟成了雪白的凝固劑；原來罈子以前泡過酸菜，裡面還有些酸湯底，因此豆漿倒進去便凝固了，小夫妻倆勉強一嘗，意外發現這凝固的豆漿味道不錯、質嫩味美。

由於剛才丈夫回來差點沒把她嚇死，於是媳婦就把這凝固的豆漿取名為「逗夫」，而豆腐也就由此而來。

麵筋，為小麥麵粉入水揉洗後所獲得的膠黏狀物質。中醫認為，本品性味甘、涼，入脾、肝經，有益氣和中、解熱止渴之功，適用於脾胃虧虛，納差食少，口乾欲飲，手足心熱等。《食鑑本草》言其能「寬中，益氣」。《本草綱目》言其能「解熱，和中，勞熱人宜煮食之」。《醫林纂要》言其能「解面毒，和筋養血，去淤」。《隨息居飲食譜》言其能「解熱，止渴，消煩」。可見麵筋也是一種不錯的食療食物。

關於麵筋的由來，相傳在漢獻帝建安十三年，曹操大軍南下，直逼江東，孫權做好了應戰的準備。東吳糧官黃蓋，奉命調集數萬石軍糧，運往前線。運糧隊途經夏口的時候遇到了曹操的劫糧部隊，雙方大戰一場，黃蓋拚死保住了糧食。但是十多車麵粉的遮蓋物卻被曹軍給戳破了。當時正值梅雨季節，天空時晴時雨，雨水順著那些戳破的小洞漏進去。結果等到糧食運到前線時，麵粉已經結團變味了，老遠就能聞到一股酸酸的味道。

十多車麵粉不能食用，孫權感到十分可惜，是否還有補救措施呢？他走到糧車旁，隨手從麵粉袋中挖出一個粉團查看，其他都好，就是有點氣味罷了，他想如果用水清洗一下，把異味去掉，不是照樣能夠食用嗎？他忙命侍從端來一盆清水，把粉團放了進去。可是，麥粉團柔韌，下水後仍舊抱成一團，這樣，裡面的氣味如何能跑掉？孫權就把粉團在水中搓了幾下，奇怪的事情出現了，粉團上的細粉紛紛掉下，粉團反而變得富有彈性更加柔韌了。孫權拿起來一聞，什麼異味也沒有了。他大喜過望，忙命廚子去燒製。

為孫權掌廚的廚師烹飪技藝自然不同一般，他拿走粉團，思忖了一番，就把它切成小塊，裡面裹入切細的筍乾、韭菜、豬肉餡，放入油鍋中一炸，忙用盤子端了出去。孫權吃了一口，竟然發現美味無比。一旁的黃蓋更是轉憂為喜，忙上前一步來到孫權面前說：「將軍，菜餚都得有名，這東西是你所發明，你就替它取個名字吧！」孫權點了點頭，思考了一下，覺得它像牛筋一樣韌，又是麵粉做成的，就隨口而出：「那就叫它麵筋吧！」這一來，麵筋就傳開了。

蘿蔔，古時候被稱為萊菔，其種子、鮮根、葉均可入藥。蘿蔔性平微寒，具有清熱、解毒、散瘀、健胃消食、化痰止咳、順氣利便、生津止渴、補中、安五臟等功能。將蘿蔔搗爛取汁外用可治療凍瘡、癤腫、燙傷、腳汗等症；蘿蔔內服還可治吐血、咳血等，故有「蘿蔔上市，醫生還鄉」之說。因此，蘿蔔不僅是蔬菜中的佳品，還是醫食兼優的中藥。

民間向來就有「冬吃蘿蔔夏吃薑，不勞醫生開藥方」和「冬令蘿蔔小人參」以及「吃吃蘿蔔喝喝茶，氣得醫生滿地爬」之類的說法。新鮮蘿蔔中含有豐富的維他命，大量的碳水化合物以及鈣、磷、鐵等礦物質，還含有一般蔬菜中沒有的芥子油、氧化酶、澱粉酶和觸酶等特殊成分，具有較高的營養價值和藥用價值。

需要注意的是，蘿蔔的種類繁多，生吃時最好選用汁多、辣味少的蘿蔔。平時不愛吃涼性食物的人最好把蘿蔔煮熟再吃。蘿蔔為寒涼蔬菜，陰盛偏寒與脾胃虛寒的人最好不要多吃。胃及十二指腸潰瘍、慢性胃炎、單純性甲狀腺腫、先兆流產、子宮脫垂等患者忌食蘿蔔。

白菜紫菜大頭菜，開胃消食家常菜 ··············

在《紅樓夢》第八十七回「感深秋撫琴悲往事，坐禪寂走火入邪魔」中，秋風習習，落葉飄飄，勾起了林黛玉的鄉愁：「父母若在，南邊的景致。春花秋月，水秀山明，二十四橋，六朝遺跡。不少下人服侍，諸事可以任意，言語亦可不避。香車畫舫，紅杏青簾，唯我獨尊。今日寄人籬下，縱有許多照應，自己無處不要留心。不知前生做了什麼罪孽，今生這樣孤淒！」紫鵑看見這種光景，對黛玉說：「給姑娘做了一碗火肉白菜湯，加了一點兒蝦米兒，配了點青筍紫菜。」黛玉就著「南來的五香大頭菜拌些麻油醋」，吃了半碗粥。餐桌上的白菜、蝦米、青筍、紫菜等都是清淡飲食，適合林黛玉的口味。這裡出現的白菜、蝦米、紫菜、青筍、大頭菜，都是生活中常見的開胃家常菜。

白菜，是家喻戶曉，再平凡不過的蔬菜。也許今天的人們見多了山珍海味，有人會對白菜不屑一顧。但其對我們身體的好處卻是不容忽視的。白菜乃十字花科蔬菜，其營養十分豐富，含有醣類、脂肪、蛋白質、粗纖維、鈣、磷、鐵。白菜還含有豐富的維他命，其維他命 C、核黃素的含量比蘋果高五倍，比梨高四倍。白菜所含微量元素鋅高於肉類，並含有能抑制亞硝酸胺吸收的微量元素鉬。白菜可做成多種菜餚：最常見的如醋溜白菜、水煮白菜，此外還有白菜粉絲湯、豬肝白菜片、白菜肉糜餃等，皆爽脆味美，讓人食之不膩。

據中醫典籍記載，白菜微寒味甘，有養胃生津、除煩解渴、利尿通便、清熱解毒之功。《飲膳正要》稱其能通利腸胃，除胸中煩，解酒毒。《滇南本草》說其能「走經絡，利小便」。據民間流傳，用帶根白菜 120 克，佐以生薑、蔥白各 10 克，煨湯服之，可防治感冒與咳嗽；取大白菜根 3 個，冰糖 30 克，水煮，日服三次可治百日咳；取白菜心沸水焯一下切碎，加適量精鹽、香醋、白糖，澆以麻油涼拌食之醒酒頗佳；取白菜 250 克與 20 克蝦仁炒食，對腎虛陽萎有一定效果。

蝦米，即乾蝦仁，又名海米、金鉤、開洋。是用鷹爪蝦、脊尾白蝦、羊毛蝦和周氏新對蝦等加工的熟乾品。製時將鮮蝦洗淨後，拌上少量鹽，待水燒開，把鮮蝦放入鍋內煮熟，撈出晒乾，去掉蝦殼，即成蝦米。蝦米一般用來燒湯，但需要注意的是蝦米或蝦皮在加工過程中容易染上一些致癌物。為防癌，食用蝦米、蝦皮前最好用水煮 15 ～ 20 分鐘再撈出烹調食用，將湯倒掉不喝。如果喝蝦米湯，最好湯中加 1 ～ 2 片維他命 C，以阻斷致癌物在體內合成。

蝦米味甘、鹹、性溫，具有補腎壯陽、理氣開胃之功效。蝦米能夠助陽，提神，滋補。適用於男子陽萎、精冷清稀；並可增加營養，維持身體正常機能，提高抗病能力。

紫菜，又名子菜、紫英，俗稱索菜，為紅藻門紅毛菜科紫菜屬中葉狀藻體可食用的種群。紫菜歷來被人們視為海味珍品，有著很高的營養價值。它含有多種人體必需的營養成分，蛋白質含量比鮮蘑菇多九倍，所含的維他命類和鈣、鐵等微量元素也很豐富，其脂肪的含量比海帶多八倍，鈣比乾口蘑多兩倍，因此，紫菜對人體有著極為重要的保健功效。紫菜的食用方法很多，在烹調中可作為主料、配料等，可拌、熗、蒸、汆湯使用。可製作「拌紫菜」、「紫菜湯」等菜，也可利用其片狀的特點，捲上其他原料製作紫菜捲。汆湯使用既可調色又可提味。北方食餛飩時常撒少許，產生提味、點綴作用。

中國食用紫菜已有千年以上的歷史。民間常用紫菜作為婦女產後催乳劑；患肺膿腫吐臭痰的患者，可常嚼乾紫菜；夏天多吃紫菜有消暑熱、補身體的作用。據《本草綱目》記載：「紫菜主治熱氣煩，凡癭結塊之病，宜常食紫菜。」《隨息居飲食譜》中也說紫菜可「和血養心，清煩滌熱，治不寐，利咽喉，除腳氣癭瘤，主時行瀉痢，開胃。」實際上，紫菜具有清熱利尿、補腎養心、降低血壓、促進人體代謝等多種功效，對許多疾病（特別是心血管疾病）有較好的預防和治療效果。

青筍即鮮筍，本書前文已經提到，此處就不再細說。

大頭菜又叫蕪菁、結頭菜、苤藍、芥藍、玉蔓青，為十字花科植物。大頭菜外型酷似蘿蔔，小型品種只有幾十公克，大型品種重達十公斤以上。大頭菜作為食用蔬菜，肉質根柔嫩、緻密，供炒食、煮食或醃漬。

大頭菜性味苦辛甘，平。功效開胃下氣，利溼解毒。可治療食積不化，黃疸，消渴，熱毒風腫，疔瘡，乳癰（乳腺炎）等症，據《食療本草》記載，大頭菜「下氣，治黃疸，利小便。根：主消渴，治熱毒風腫。」「冬月作菹煮作羹食之，能消宿食，下氣，治嗽。」《本草備要》中記載：「搗敷陰囊腫大如斗，末服解酒毒，和芸薹根搗汁，雞子清調塗諸熱毒。」《醫林纂要》中記載大頭菜可「利水解熱，下氣寬中，功用略同蘿蔔」。

豇豆扁豆菜乾子，葫蘆條兒和茄子

在《紅樓夢》第四十二回「蘅蕪君蘭言解疑癖，瀟湘子雅謔補餘香」中，劉姥姥要離開大觀園了，眾人送了許多東西給她，就連平兒也送了她兩件襖兒和兩條裙子，還有四塊包頭，一包絨線。平兒說：「衣裳雖是舊的，我也沒大狠穿，你要棄嫌我就不敢說了。」劉姥姥忙念佛道：「姑娘說那裡話？這樣好東西我還棄嫌！我便有銀子也沒處去買這樣的呢。只是我怪臊的，收了又不好，不收又辜負了姑娘的心。」平兒笑道：「休說外話，咱們都是自己，我才這樣。你放心收了罷，我還和你要東西呢，到年下，你只把你們晒的那個灰條菜乾子和豇豆、扁豆、茄子、葫蘆條兒各樣乾菜帶些來，我們這裡上上下下都愛吃。這個就算了，別的一概不要，別罔費了心。」劉姥姥千恩萬謝答應了。灰條菜乾子、豇豆、扁豆、茄子、葫蘆條兒都是劉姥姥鄉裡的特產菜，所以賈府上上下下都愛吃。

灰條菜，又名狗尿菜、豬菜、灰莧菜、粉仔菜、灰灰菜、白藜、灰條草。生於田野、荒地、草原、路邊及住宅附近，中國各地普遍生長。每年四到六月採收幼苗或嫩莖葉食用。一年生草本植物，採集嫩莖葉入沸水鍋焯過洗去苦味，然後可根據自己的口味炒吃、涼拌或者燒湯，製成多種菜餚。

灰條菜對於一般人群來說均可食用。尤其適合痢疾、腹瀉、溼瘡、癢疹、毒蟲咬傷患者。灰條菜味甘、性平；具有清熱、瀉火、通便、解毒利溼、殺蟲的功效；主治痢疾、腹瀉、溼瘡、癢疹、毒蟲咬傷。

豇豆又叫豆角、角豆、飯豆、腰豆、長豆、裙帶豆等，是一種豆科植物，為一年生纏繞性草本，中國大部分地區都有栽培。豇豆的營養堪稱豐富。它可以為我們提供豐富的蛋白質，其含量超過所有的糧食類食物。豇豆還可以為我們提供適量的碳水化合物、多種維他命和礦物質。而且容易消化吸收，可補充人體的各種營養成分，維持正常消化腺分泌及胃腸道的蠕動功能，幫助消化、增進食慾，增強人體的免疫功能。

明代醫藥學家李時珍對豇豆有很高的評價。他在《本草綱目》中寫道：「此豆可菜、可果、可穀，備用最多，乃豆中之上品。」中醫認為，豇豆性味甘平，入脾腎二經，主要功用是健脾補腎，可以治療脾胃虛弱、瀉痢、吐逆、消渴、遺精、白帶、白濁、小便頻數等症。治療食積腹脹、噯氣，可用生豇豆適量，細嚼咽下或者搗碎呈粉狀，泡冷開水服。治療白帶、白濁，可取豇豆和藤藤菜，老母雞一隻，加適當佐料，做成美味的藥膳，分次食用。治療蛇咬傷，可取豇豆、山慈姑、櫻桃葉、黃豆葉，一同搗成絨狀外敷。

扁豆也是我們日常生活中常見的蔬菜。它不僅是營養價值較高的秋季蔬菜，又是用途極廣的藥材。扁豆性平味甘，入脾、胃二經，入藥治病以白子為良。《滇南本草》記載扁豆能「治脾胃虛弱，反胃冷吐，久瀉不止，食積、痞塊，小兒疳疾」。《本草匯言》言扁豆能治水腫：「扁豆子三升，炒黃，磨成粉。每日早中晚飯前，大人用三錢，小兒用一錢，燈芯湯調服。」另外，炒白扁豆子磨成粉，用米湯飲服兩錢，可治婦女赤白帶下。吃魚蟹、河豚中毒，用生扁豆末 6 克，涼開水沖服，有一定療效。誤食砒霜者，白扁豆末，水絞汁飲可解毒。

雖然扁豆的一身都是寶，但食用扁豆一定要注意方法。扁豆中含有毒素，若加工製作方法不當，會導致人體中毒。一般認為發生扁豆中毒與品種、產地季節和食用部位等因素密切相關。中毒的主要原因是在烹飪扁豆時沒有煮熟炒透，致使扁豆中所含有的能耐熱的毒性物質未被破壞而引發中毒。如吃扁豆餡麵食，沸水焯麵條，急火炒扁豆及各種涼拌扁豆等。扁豆中毒者會出現噁心、嘔吐、腹痛腹瀉、頭疼、頭暈、出冷汗、手腳發冷，四肢麻木，畏寒等症狀。因此炒菜時不要貪圖脆嫩，應充分加熱，使扁豆顏色全變，裡外熟透，吃著沒有豆腥味，這樣就能避免發生中毒。

茄子是一種好吃不貴的食物，深受人們喜愛。茄子可做成老百姓常吃的家常菜，也可成為宴請賓客的美味大餐中的主料。一個小小的茄子經過不同的烹飪方法可做成不同的菜餚，而且色、香、味、意、形俱佳，讓人忍不住會拿起筷子大快朵頤。

茄子性味甘寒、無毒，具有散血淤、消腫止痛、祛風通絡、止血等功效。其花蒂、莖、根、果實和種子均可藥用。取白茄子 60 克煮後去渣，加蜂蜜適量溫服，每日兩次，可治療老年咳嗽；將露後茄子，晒乾研成細末，與蜂蜜適量混勻外塗，可治療口腔炎；取茄葉十餘片水煎服，可治療輕瀉；用白茄花 15 克，土茯苓 30 克，水煎服，可治療白帶異常；用茄子蒂 3 個，焙焦為末，適量黃酒送服，可治療疝痛；用白茄根、木防己、筋骨草各 15 克，水煎服，或用白茄根 30 克、薟草各 9 克水煎服，可治療風溼痛；取茄子適量加油、鹽少許隔水蒸熟服用。對內痔發炎腫痛、高血壓、痔瘡便祕、初期內痔便血等症有輔助治療作用。

葫蘆有多種形狀，其名稱亦視果形而定。民間神話傳說，葫蘆是誕生始祖的母體；是先祖靈魂的歸宿地；葫蘆籽是萬物的種子；葫蘆笙聲是祖先的聲音。彝族民間長詩《梅葛》說，漢、傣、彝、傈僳、藏、白、回等民族，都是從一個葫蘆裡出來的親兄弟；拉祜族長詩《牡帕密帕》中說：第一代人扎笛和娜笛是天神厄莎用葫蘆孕育出來的，拉祜、佤、哈尼、彝、傣等九個民族是扎笛和娜笛所生的九對孩子。

嫩葫蘆能夠作為蔬菜食用，吃法很多。元代王禎《農書》說：「匏之為用甚廣，大者可煮作素羹，可和肉煮作葷羹，可蜜前煎作果，可削條作乾，……瓠之為物也，累然而生，食之無窮，烹飪鹹宜，最為佳蔬。」由此可見葫蘆既可燒湯，又可做菜，既能醃製，也能乾晒。燒湯清香四飄，其味鮮美。與其他瓜果不同的是，不論葫蘆還是它的葉子，都要在嫩時食用，否則成熟後便失去了食用價值。

葫蘆除了能盛藥，本身也可為藥。葫蘆味甘，性平滑無毒，其蔓、鬚、葉、花、子、殼均可入藥，醫治多種疾病。除此之外，葫蘆還被人們作為裝飾物品或者盛東西的器物，可謂一身都是寶。

飲酒養生——
祛病養生，酒為諸藥之長

傳世酒文化，淵源萬年長

王公貴族飲助興，販夫走卒亦消愁

酒是一神奇的飲料，幾乎人人皆飲之。上到帝王，下至乞丐，雅人品酒作樂，俗人喝酒解渴。喜樂時飲酒助興，悲苦時飲酒消愁。多飲常招病禍，少飲健康安樂。酒能成事，亦能敗事。親朋好友相聚要飲酒，紅白喜事要飲酒，有時就算是一人獨坐，面前擺著一碟花生，還是想斟杯酒來喝喝。於是，酒便成為一種特殊而又普遍的文化現象，不僅涵蓋了傳統文化的各個層面，而且在人類生活的諸多領域中產生了極其深遠的影響。

中國古代有「酒色財氣」一說，可見酒在諸多嗜好之中位列第一。編者拋開飲酒之好壞不說，在此單講幾個酒的典故，以增樂趣。

話說長山有一位劉員外，身體肥胖，沒有別的什麼愛好，端嗜這杯中之物，幾乎每天都要來一罈酒才痛快，好在家資頗豐，不會因酒而累。一天，一位遊方僧人至此，見到劉員外的樣子便說：「你身患疾病，可得注意啊！」僧人平白無故的這麼一說，劉員外當然不信，說：「我心寬體闊，面有紅光，何來病痛之說？」僧人問他：「你是不是每次喝酒都喝不醉？」劉員外自豪的說：「確有此事。」僧人說：「這是酒蟲在作怪啊！」劉員外聽這話害怕了，忙求醫治之法。僧人說這個容易，讓劉員外雙手抱腳將自己綁在床頭，並在床頭之下放一罈美酒。劉員外照僧人的話去做，過了一會兒，酒香入鼻，劉員外饞火燒心，卻只能聞到酒香，喝不到美酒。正當劉員外快要崩潰的時候，突然覺得喉中一癢，一物從喉中竄出，射入酒中。

解了繩索，劉員外端過酒罈一看，只見罈中有一兩寸長的紅色小肉蟲在游動。僧人告訴他說，這便是酒蟲了。誘出了酒蟲，劉員外欲以重金相酬，卻被僧人謝絕了，說：「你要感謝我，就把這隻蟲子送給我吧。」劉員外奇怪了：「你要這蟲子幹嘛？」僧人說：「這蟲子是酒的精氣所成，如果將罈中灌滿水，再將這蟲子扔進去攪攪，這罈水便會變成一罈美酒了。」劉員外試了試，果然如此。說來也奇怪，自從酒蟲被拔出之後，劉員外一聞到酒香便想吐，從此滴酒不沾，後來連飯都不想吃了。也正因為如此，劉員外日漸消瘦，終日恍惚，也無心打理家業，劉家就這樣慢慢的衰敗了。

由此，酒蟲是禍是福，可見一斑。

聊齋中有這麼一個酒友的故事：

車生者，家不中資，而耽飲，夜非浮三白不能寢也，以故床頭樽常不空。一夜睡醒，轉側間，似有人共臥者，意是覆裳墮耳。摸之，則茸茸有物，似貓而巨；燭之，狐也，酣醉而犬臥。視其瓶，則空矣。因笑曰：「此我酒友也。」不忍驚，覆衣加臂，與之共寢。留燭以觀其變。

半夜，狐欠伸。生笑曰：「美哉睡乎！」啟覆視之，儒冠之俊人也。起拜榻前，謝不殺之恩。生曰：「我癖於曲蘗，而人以為痴；卿，我鮑叔也。如不見疑，當為糟丘之良友。」曳登榻，復寢。且言：「卿可常臨，無相猜。」狐諾之。生既醒，則狐已去。乃治旨酒一盛，專伺狐。抵夕，果至，促膝歡飲。狐量豪，善諧，於是恨相得晚。狐曰：「屢叨良醞，何以報德？」生曰：「斗酒之歡，何置齒頰！」狐曰：「雖然，君貧士，杖頭錢大不易。當為君少謀酒資。」

明夕，來告曰：「去此東南七里，道側有遺金，可早取之。」詰旦而往，果得二金，乃市佳餚，以佐夜飲。狐又告曰：「院後有窖藏，宜發之。」如其言，果得錢百餘千。喜曰：「囊中已自有，莫漫愁沽矣。」狐曰：「不然。轍中小胡可以久掬？合更謀之。」異日，謂生曰：「市上蕎價廉，此奇貨可居。」從之，收蕎四十餘石。人咸非笑之。未幾，大旱，禾豆盡枯，惟蕎可種；售種，息十倍。由此益富，治沃田二百畝。但問狐，多種麥則麥收，多種黍則黍收。一切種植之早晚，皆取決於狐。日稔密，呼生妻以嫂，視子猶子焉。後生卒，狐遂不復來。

美酒傳說流千古，個中滋味人間嘗 ‧‧‧‧‧‧‧‧‧‧‧‧‧‧

關於酒的來歷，從《演化論》來講，由於人類的祖先是猿猴，所以酒也應該是由類人猿所造了。古猿猴群居深山老林，遇到熟透墜落的果子便食，然後將剩餘的存放在石窪中。於是，野果自然發酵，產生酒味。猿猴偶爾一嘗，覺得味道極美，便集體採摘，儲藏野果，醞釀成酒。有史以來許多古籍中也有猿猴造酒的記載，其中最為形象生動的恐怕要數清朝《蝶階外史》中所描述的「猴兒酒」：永平與邊城近地多山，山多猴。一旦，群猴移家，百十為隊，攜持保抱遍山谷，山下居民聚觀甚眾，有稚子拍手呼，猴謂人將圖已，並狂竄去，遺土盎甚多。範土而成，大可受斗許，小變數升，渾合如鑄，居民拾而鑿焉，清汁滿中，深紅淺碧不一色，酸甘澀不一味，並芳洌，蓋猴雜採山果釀成，大風雪不能出，乃開飲之，亦旨，蓄禦冬之意也，故名猴兒酒。

當然，從民間傳說來看，造酒之功還應該歸於儀狄與杜康兩人。關於儀狄造酒的說法，據漢代劉向所著《戰國策‧魏策》上記載：「昔者，帝女令儀狄作酒而美，進之禹，禹飲而甘之，曰：『後世必有以酒亡其國者。』」漢許慎在《說文解字‧酒字條》中，也有同樣的說法。在《太平御覽》也曾記載：「儀狄始作酒醪，變五味。」另外一種說法是「儀狄作酒醪，杜康作秫酒」。

◆儀狄造酒

相傳大禹因為治水有功而得到了皇位，但是也因為國事操煩，而十分勞累，龐大的壓力，使得他吃不下飯也睡不著覺，而逐漸瘦弱，禹的女兒眼看著父王每天繁忙國事，感到十分心疼，於是便請服侍禹膳食的儀狄來想想辦法。

有一天，儀狄到深山裡打獵，希望獵得山珍美味，為大禹做美味的料理，意外的卻發現了一隻猴子在吃一罈發酵的汁液，原來這是桃子所流出來的汁液。猴子喝了之後，便醉倒了，而且臉上還露出十分滿足的樣子，於是好奇的儀狄也想親自品嘗看看。一嘗之下，他感到全身熱乎乎的、很舒服，整個人筋骨都活絡了起來，他喝了大為驚奇，儀狄高興的想：原來這種汁液可以讓人忘卻煩惱，而且讓人睡的十分舒服，簡直是神仙之水。

於是儀狄將此汁液帶回去給大禹飲用，大禹也被這香甜濃純的味道所深深吸引，因而胃口大開，頓時覺得精神百倍，體力也逐漸恢復了。大禹的病好了之後，又帶領大家打敗了共工，在慶功宴上大禹吩咐儀狄將所造的酒拿出來款待大家。大家都覺得真是人間美味，於是愈喝愈多、雖然暈頭轉向的，大家卻都喝得不亦樂乎，簡直如騰雲駕霧那般舒服呢！大禹也高興的封儀狄為「造酒官」，命令他以後專門為朝廷造酒，並且同意了帝女與儀狄的婚事。

但是到隔天早朝時，所有的大臣都在前廳等候大禹，從天色未亮一直等到日正當中，眾大臣個個汗流浹背，卻不見大禹的蹤影。原來大禹因為喝了酒正在呼呼大睡呢！等到大禹來到時，他很不好意思的對大家說：「酒雖然治好了我的病，卻使我荒廢了朝政，我以後再也不喝酒了。」從此大禹決定不再飲酒。而儀狄開了一間酒坊，還被封為「酒神」，他的造酒技術流傳至人間，變成人人皆知。於是酒變成了人們日常生活中非常重要的飲料。

◆杜康造酒

傳說杜康原是黃帝手下的一位大臣。黃帝建立部落聯盟後，經過神農氏嘗百草，辨五穀，開始耕地種糧食。黃帝命杜康管理生產糧食，由於土地肥沃，風調雨順，連年豐收，糧食越打越多。杜康把豐收的糧食堆在山洞裡，時間一長，因山洞裡潮溼，糧食全發霉壞了。

有一天，杜康在森林裡發現了一片開闊地，周圍有幾棵大樹枯死了，只剩下粗大樹幹。他想，如果把糧食裝在樹洞時，也許就不會發霉了。於是，他把樹林裡凡是枯死的大樹，都進行了掏空處理。不幾天，就把打下的糧食全部裝進樹洞裡了。

誰知兩年以後，裝在樹洞裡的糧食，經過風吹、日晒、雨淋，慢慢的發酵了。杜康聞了一下，滲出來的水特別清香，自己不由得也嘗了一口。味道雖然有些辛辣，但卻特別醇美。他把這件事情告訴黃帝。黃帝仔細品嘗了他帶來的味道濃香的水，沒有責備杜康，命他繼續觀察，仔細思索其中的道理。又命倉頡替這種香味很濃的水取個名字。倉頡隨口道：「此水味香而醇，飲而得神。」說完便造了一個「酒」字。從這以後，中國遠古時候的釀酒事業開始出現了。後世人為了紀念杜康，便將他尊為釀酒始祖。

紅樓豪宴如流水，縷縷酒香飄夢中

中國酒文化的博大精深，在《紅樓夢》中可謂展現得淋漓盡致。在大觀園裡，男人喝酒，女人也喝酒，十二釵個個能喝善飲，頗有巾幗不讓鬚眉之風。對於所飲之酒的種類，《紅樓夢》中也應有盡有，如甜酒、加料的藥酒、燒酒、黃酒，甚至還有西洋的葡萄酒。人們常說這《紅樓夢》是一部百科全書，從這描寫的細緻入微的杯中之物就可以看出了。

《紅樓夢》中描寫喝酒的場面也頗多。如第五回：「遊幻境指述十二釵，飲仙醪曲演紅樓夢」中，寶玉酒後去可卿房內午睡，夢見自己隨警幻仙子遊歷太虛幻境，「有小丫鬟來調桌安椅，擺設酒饌，真是瓊漿清泛琉璃盞，玉液濃斟琥珀杯」，寶玉因聞得此酒清香甘列，異乎尋常，又不禁相問。警幻道：「此酒乃以百花之蕊，千秋之露、萬木之計，加以麟髓之醅，風乳之曲釀成，因名萬豔同杯。」在這段文字裡，曹雪芹把現實和想像結合在一起，透過對酒的描寫，含蓄的表達出《紅樓夢》的悲劇結局，「萬豔同杯」寓意「萬豔同悲」，眾多紅樓女子的悲慘結局。透過這杯虛構的酒，足以看出封建時代殘酷的現實。

林黛玉是書中最為嬌貴的人物，那麼曹雪芹又為她安排了什麼酒相匹配呢？在《紅樓夢》第三十八回「林瀟湘魁奪菊花詩，薛蘅蕪諷和螃蟹詠」中，大觀園的女孩賞桂詠菊飲酒，黛玉食蟹後想吃點酒，寶玉一聽，「便命將那合歡花浸的酒燙一壺來」給黛玉吃。雖是細節，也深刻反應了寶玉對黛玉的關懷、體貼。合歡花為豆科植物，能舒鬱理氣，安神活絡，令人歡樂忘憂，久服輕身明目。從合歡花的這些特點來看，飲杯合歡花酒，對終日鬱鬱寡歡的林黛玉來說，實在是再合適不過了。作為黛玉的知心人，寶玉對其的關懷也的確是無微不至了。

在《紅樓夢》第六十回「茉莉粉替去薔薇硝，玫瑰露引來茯苓霜」中，襲人依寶玉之命，將一個五寸來高的小玻璃瓶子交與芳官，裡面裝著半瓶「胭脂一般的汁子」。廚師柳嫂誤以為是寶玉平時喝的西洋葡萄酒，便忙著取燙酒的器皿「鏇子」準備燙灑，其實芳官拿的是玫瑰露，一種民間古老的露酒，透過這一段的描寫，可以看出寶玉平時除了愛喝黃酒外，還喜歡葡萄酒。據李時珍考證，《神農本草》中已有葡萄，大約三國時，中原人已會自釀葡萄酒；到明代，已有多種葡萄酒了。而紅樓中的西洋葡萄酒，「西洋」二字也許是為了突出此酒為洋人的貢酒，從而顯示出賈府的榮華與富貴。

第六十二回「憨湘雲醉眠芍藥，呆香菱情解石榴裙」中，湘雲醉酒歸來，倒在路邊石凳上馬上就「香夢沉酣」了，花飛滿身，紅香散亂，而且她又用鮫帕包了花瓣枕頭，以致引來蜂蝶無數。眾人來看時她還唸著「泉香而酒冽，玉碗盛來琥珀光，直飲到眉梢月上，醉扶歸，卻為宜會親友」的酒令，美人之醉態真是別有一番景趣，讓後人讀起來臆想連連，回味無窮。

怡紅院快樂生活的巔峰是出現在第六十三回「壽怡紅群芳開夜宴，死金丹獨豔理親喪」中。這是一次年輕人的盛宴，主僕數人，席間不分主次，猜酒行令，直到天之將明，酒後又橫七豎八躺到一地，芳官更是和寶玉同榻而眠，寶玉意猶未盡，還說要還席，晚上接著再喝。有喜就有悲，這些歡樂背後，也正是後文悲哀的開始。

一杯杯《紅樓夢》中的美酒，幾乎折射出了所有《紅樓夢》中的悲歡離合，當繁華散去，這些酒香也許只有去夢中尋味了。

紅樓話美酒，養生品健康

紅樓眾人飲黃酒，海量豪飲是家常

《紅樓夢》中寫酒，寫得最多的要數黃酒，如在第八回中，寶玉在梨香院喝冷酒，薛姨媽忙道：「這可使不得，吃了冷酒，寫字手打顫兒。」寶釵笑道：「寶兄弟，虧你每日雜學旁收的，難道就不知道酒性最熱，若熱吃下去，發散的就快，若冷吃下去，便凝結在內，以五臟去暖他，豈不受害？」鳳姐也勸過寶玉，說喝了冷酒手顫，寫不得字，拉不得弓。由此可見，這裡眾人都提醒寶玉要喝熱酒和燙過的酒，而黃酒最適宜於熱飲的。從這裡可以看出黃酒是賈府的主體飲料酒。

在第三十八回中，林黛玉因不大吃酒，又不吃螃蟹，自令人掇了一個繡墩倚欄杆坐著，拿著釣竿釣魚。……寶玉又看了一回黛玉釣魚，一回又俯在寶釵旁邊說笑兩句，一回又看襲人等吃螃蟹，自己也陪她飲兩口酒。襲人又剝一殼肉給他吃。黛玉放下釣竿，走至座間，拿起那烏銀梅花自斟壺來，揀了一個小小的海棠凍石蕉葉杯。丫鬟看見，知她要飲酒，忙著走上來斟。黛玉道：「你們只管吃去，讓我自斟，這才有趣兒。」說著便斟了半盞，看時卻是黃酒。由此可見眾人玩樂時所飲之酒也是黃酒。

在第四十一回中，眾人神怡心曠。寶玉先禁不住，拿起壺來斟了一杯，一口飲盡。復又斟上，才要飲，只見王夫人也要飲，命人換暖酒，寶玉連忙將自己的杯捧了過來，送到王夫人口邊，王夫人便就他手內吃了兩口。……賈母笑道：「大家吃上兩杯，今日著實有趣。」說著擎杯讓薛姨媽，又向湘雲寶釵道：「你姐妹兩個也吃一杯。你妹妹雖不大會吃，也別饒她。」說著自己已乾了。湘雲，寶釵，黛玉也都乾了。當下劉姥姥聽見這般音樂，且又有了酒，越發喜的手舞足蹈起來。這裡劉姥姥醉酒，後文提到，所飲之酒也是黃酒。

在第六十三回中，壽怡紅群芳開夜宴，為賈寶玉做生日。寶玉與襲人商議：「晚間吃酒，大家取樂，不可拘泥。如今吃什麼，好早說給他們備辦去。」襲人笑道：「你放心，我和晴雯，麝月，秋紋四個人，每人五錢銀子，共是二兩。芳宮，碧痕，小燕，四兒四個人，每人三錢銀子，她們有假的不算共是三兩二錢銀子，早已交給了柳嫂子，預備四十碟果子。我和平兒說了，已經抬了一罈好紹興酒藏在那邊了。我們八個人單替你過生日。」這裡為寶二爺助興的紹興灑，便是黃灑中的佼佼者。紹興酒是寶玉特別愛喝的養生酒。因其性平和、不傷人、有營養，係優質糯米釀造，因此也為大觀園眾人所歡迎。

關於紹興酒，據《呂氏春秋》記載：在兩千多年前的春秋時期，紹興已經產酒，到南北朝以後，紹興酒有了較大的發展，素有越酒行天下的說法，到了《紅樓夢》成書的年代，紹興酒更是聞名遐邇。紹興酒呈琥珀色，即橙色，透明澄澈，純淨可愛，使人賞心悅目；紹興酒有誘人的馥郁芳香。它是一種複香，是由酯類、醇類、醛類、酸類、羰基化合物和酚類等多種成分組成的；紹興酒的味主要是醇厚甘鮮，由甜、酸、苦、辛、鮮、澀六味和諧融合而成。作為黃酒中之上品，紹興酒遠銷至金陵、京華，並成為上層社會達官貴人相互饋贈的禮品和封建貴族之家飲宴之佳品。

黃酒是中國最古老的飲料酒，它是以糯米為原料，酒麴為糖化發酵劑，經釀造而成。其色澤淺黃或紅褐，口味香甜甘洌，回味綿長，濃郁芳香，而且酒精含量低，是人們比較理想的酒精類飲料。

黃酒在人體保健方面同樣有其獨特的功效，適量飲用黃酒對人體十分有益。據《本草綱目》中記載：「諸酒醇不同，唯米酒入藥用。」其中提及的米酒就是指黃酒，它具有通曲脈、厚腸胃、潤皮膚、養脾氣、扶肝、除風下氣等治療作用，極具藥用價值，是很好的藥引子。

另外，黃酒還可以用來浸泡、熬煮中藥，而且效果極好。因為中藥的有些成分在水中溶解度很低或根本不溶，而在乙醇中溶解度卻很大。白酒雖對中藥溶解效果較好，但飲用時刺激性較大，不善飲酒者服用易出現腹瀉、瘙癢等。此外，黃酒還是中藥膏、丹、丸、散的重要輔助原料。黃酒氣味苦、甘、辛，大熱，主行藥勢，殺百邪、惡毒，通經絡，行血脈，溫脾胃，養皮膚，散溼氣，扶肝，除風下氣，熱飲甚良，能活血、利小便。冬天溫飲黃酒，可活血散寒，通經活絡，可有效抵禦寒冷，預防感冒。

除此之外，黃酒還是烹飪上不可缺少的原料。炒肉時加點黃酒，可以除去肉類的膻、腥、臭味；炒豆芽加少許黃酒，可去除豆腥味；烹製綠葉蔬菜時，加入黃酒可使菜餚鮮豔；烹調腥臭味較重的水產品時，用黃酒醃製，有增鮮除腥作用；醃漬的小菜過鹹或過辣時，可將小菜切好浸在黃酒中，能沖淡鹹辣味，味道更鮮美；此外，黃酒還可以促進花椒、大料等佐料氣味的揮發，使菜味更加鮮香撲鼻。

當然，黃酒雖然酒精度低，但仍然含有一定的酒精量，因此飲用時也要注意適量。

華佗所創屠蘇酒，除夕大擺合歡宴

在《紅樓夢》第五十三回「寧國府除夕祭宗祠，榮國府元宵開夜宴」中，賈母除夕之夜從寧國府歸來後，與兒、媳、孫子歡度除夕，擺上合歡宴來，男東女西歸坐，獻屠蘇酒、合歡湯、吉祥果、如意糕。這裡出現的屠蘇酒也是酒品的一種，以前由於衛生條件差，疾病流行，故常飲屠蘇酒預防疾病。

飲屠蘇酒是古代過年時的一種風俗，當時民俗，在正月初一時，家家按照先幼後長的次序飲屠蘇酒。據史書載，元旦飲「屠蘇酒」習俗始於東漢。宋王安石在〈元旦〉詩中吟誦：「爆竹聲中一歲除，春風送暖入屠蘇。千門萬戶曈曈日，總把新桃換舊符。」宋人蘇轍〈除日〉詩也說：「年年最後飲屠蘇，不覺年來七十餘。」屠蘇，也名「屠酥」、「酴酥」，之所以在元日飲屠蘇酒，唐韓鄂《歲華紀麗》中記載了這麼一個故事：「俗說屠蘇乃草庵之名。昔有人居草庵之中，每歲除夜遺閭里一藥帖，令囊浸井中，至元日，取水置於酒樽，闔家飲之，不病瘟疫。今人得其方而不知姓名，但日屠蘇而已。」

屠蘇是一種草名，而屠蘇酒是用屠蘇草浸泡的酒。但也有人說，屠蘇是古代的一種房屋，因為在這種房子裡釀的酒，所以稱為屠蘇酒。據說屠蘇酒是漢末名醫華佗創製而成的，這種藥具有益氣溫陽、祛風散寒、避除疫鬁之邪的功效。後由唐代名醫孫思邈流傳開來的。孫思邈每年臘月，總是要分送給眾鄰鄉親一包藥，告訴大家以藥泡酒，除夕進飲，可以預防瘟疫。孫思邈還將自己的屋子取名為「屠蘇屋」。

經過歷代相傳，飲屠蘇酒便成為過年的風俗。古時飲屠蘇酒，方法很別緻。一般人飲酒，總是從年長者飲起；但是飲屠蘇酒卻正好相反，是從最年少的飲起。也就是說闔家歡聚喝飲屠蘇酒時，先從年少的小兒開始，年紀較長的在後，逐人飲少許。蘇軾在〈除夜野宿常州城外〉詩中說：「但把窮愁博長健，不辭最後飲屠蘇。」巧妙運用了年長者最後喝屠蘇酒的典故，表示自己只要健康，不怕年老的想法。蘇軾晚年雖然窮困潦倒，精神卻很樂觀，他認為只要身體健康，雖然年老也不在意，最後罰飲屠蘇酒自然不必推辭。

屠蘇酒的具體製法是：用肉桂 20 克，防風 30 克，菝葜 12 克，蜀椒、桔梗、大黃各 17 克，烏頭 7 克，赤小豆 14 枚。將上藥為末，裝入絹袋中，春節前一日，將盛有藥物的絹袋沉入井底，第二天正月初一早上取藥，浸入一瓶清酒中，煮沸數次後飲用。喝屠蘇酒時，「舉家東向，從少至長，次第飲之。藥滓還投井中，歲飲此水，一世無病」。

葡萄美酒潤肝腸，滿口溢香保健康

在《紅樓夢》第六十回「茉莉粉替去薔薇硝，玫瑰露引來茯苓霜」中，襲人依寶玉之命，將一個五寸來高的小玻璃瓶子交與芳官，裡面裝著半瓶「胭脂一般的汁子」。廚師柳嫂誤以為是寶玉平時喝的西洋葡萄酒，便忙著取燙酒的器皿「鏇子」準備燙灑，其實芳官拿的是玫瑰露，一種民間古老的露酒，在清朝曾名揚京師。透過這一段的描寫，透露出了這樣一個訊息，西洋葡萄酒的顏色是「胭脂一般的」。由此可以推斷，寶玉所喝的葡萄酒應該是比較濃郁的紅葡萄酒。

《紅樓夢》誕生在十八世紀中葉，在這個時期，隨著中外交往的增多，有一些進口的葡萄酒進入賈府這樣的貴族之家，完全是有可能的。而就連柳嫂這樣的廚役都知曉，可見西洋葡萄酒在賈府的知名度。其實，葡萄酒早在唐朝就已傳到中國，詩人王翰的〈涼州詞〉便可以證明：「葡萄美酒夜光杯，欲飲琵琶馬上催。」

到了元代，成吉思汗建國後，中亞畏兀兒首領亦都護首先歸附。畏兀兒就是今天新疆維吾爾族的祖先，當時生活在如今新疆吐魯番和新疆吉木薩爾地區，這兩地便是盛產葡萄酒的地方。後來蒙古西征，征服了中亞的大片地區。隨從西征的耶律楚材，在河中等地經常喝到葡萄酒。因此，在蒙古宮廷中，便有來自中亞的葡萄酒，並得到了貴族的青睞。後來忽必烈率大軍入主中原，建都北京，就向京城內外的酒家索取葡萄酒。由此可以看出，元初北京酒戶就已經大量生產葡萄酒了。隨著歷史的發展，葡萄酒已是家喻戶曉，人人能夠品嘗的美酒了。

關於葡萄酒的來歷，這裡也有個美麗的故事：

從前有一位波斯國王很愛吃葡萄，為了怕別人偷享他的最愛，他把葡萄藏在密封容器中，外面寫上毒藥兩個字。有一位妃子因為失寵而不想活，偷偷把一罐「毒藥」打開，發現裡面是一些冒泡的液體，果然很像毒藥，於是她喝了幾口，結果不但沒死，反而帶來一股安樂陶醉的感覺。她把這個偉大的發現呈報給國王，從而再度獲得寵愛，從此，兩人過著有葡萄酒相伴的恩愛生活。

由這個故事可以知道，葡萄酒是由葡萄汁經發酵釀製而成的。葡萄酒含有對人體有益的多種無機和有機營養成分，如有機酸、胺基酸、維他命、多酚和礦質元素等，可以促進糖代謝、有利於蛋白質的消化吸收，具有滋補、強身的作用。合理適度飲用葡萄酒能直接對人體神經系統產生作用，提高肌肉的張度；也可對神經中樞產生作用，給人舒適、愉悅感，對維持和調節人體的生理機能亦有良好的功效。此外，葡萄酒具有味甘、性溫、色美、滋補、養人的特點，具有促進消化、殺菌、利尿等許多輔助作用，有「液體蛋糕」的美稱。

好的紅葡萄酒，外觀呈現一種凝重的深紅色，晶瑩透亮，猶如紅寶石。打開瓶蓋，酒香沁人心脾，啜一小口，細細品味，只覺醇厚宜人，滿口溢香。緩緩咽下之後，更覺愜意異常，通體舒坦。實在是一種不可多得的享受。

中國古代醫學早已明白葡萄酒的滋補、強身、美容、助消化作用，如《本草綱目》中記載葡萄酒可「暖腰腎，駐顏色，耐寒」。《飲膳服食譜》言其能「運氣行滯使百脈暢」。《今古圖書集成》講到葡萄酒能「治胃陰不早間納食不佳期、肌膚粗糙容顏無華」。據研究，葡萄酒中含有不飽和脂肪酸，能減少沉積於血管壁內的膽固醇，防止血管硬化。葡萄酒中含有原花青素成分，對人體心血管病的防治有著重要作用。

除此之外，女性朋友對於飲用葡萄酒關注最多的應該是它的美容作用。自古以來，紅葡萄酒作為美容養顏的佳品，備受人們喜愛。有人說，法國女子皮膚細膩、潤澤而富於彈性，與經常飲用紅葡萄酒有關。紅葡萄酒能延緩皮膚的衰老，使皮膚少生皺紋。除飲用外，還有不少人喜歡將紅葡萄酒塗於面部及體表，因為低濃度的果酸有抗皺潔膚的作用。據記載，過去的法國宮廷貴婦人，如今的影視明星和服裝模特，常將陳年紅葡萄酒外用，以此來保養皮膚，使皮膚更加光澤、細膩，富有彈性。

合歡花酒祛寒氣，安神解鬱黛玉嘗

在《紅樓夢》第三十八回「林瀟湘魁奪菊花詩，薛蘅蕪諷和螃蟹詠」中，大觀園的女孩一面寫詩，一面釣魚，一面吃螃蟹。黛玉放下釣竿，走至座間，拿起那烏梅銀花自斟壺來，揀了一個小小的海棠凍石蕉葉杯。丫鬟看見，知她要飲酒，忙著走上來斟。黛玉道：「你們只管吃去，讓我自斟，這才有趣兒。」說著便斟了半盞，看時卻是黃酒，因說道：「我吃了一點子螃蟹，覺得心口微微的疼，須得熱熱的喝口燒酒。」寶玉忙道：「有燒酒。」便令將那合歡花浸的酒燙一壺來。黛玉也只吃了一口便放下了。寶釵也走過來，另拿了一只杯來，也飲了一口。這裡的「合歡花酒」便是中藥合歡花泡的酒。

合歡，為豆科落葉喬木植物合歡或山合歡的花與皮。合歡花外觀華麗，披著滿身翠羽狀的二回複葉，盛開的花朵似朵朵白雲，散發出陣陣幽香。每到黃昏，合歡花小葉片像摺扇一樣漸漸折疊，至翌晨又會像孔雀開屏狀漸次舒展開來，給人美的享受。自古以來，合歡便被譽為吉祥之樹。相傳過去男女結婚時，夫妻要共飲用合歡花泡的茶，以示夫妻好合，白頭偕老。庭園中栽上合歡樹，能使闔家歡樂，財源廣進。

關於合歡花的由來，這裡有一個傳說：

在很久以前泰山腳下有個村子，村裡有位荷員外。荷員外晚年生得一女，取名歡喜。女兒生得聰明美貌，夫妻倆視如掌上明珠。

歡喜十八歲那年清明節到南山燒香，回來得了一種難治的病，精神恍惚，茶飯不思，一天天瘦下去，請了許多名醫，吃了很多藥，都不見效。眼看不行了，荷員外貼出告示，誰能治好荷小姐的病，千金重謝。

告示貼出去幾天後便被西莊一位窮秀才揭去。這位秀才眉清目秀，英俊儒雅，除苦讀經書之外，又精通醫書。只是家中貧寒，眼看就該進京趕考了，手中尚無分文盤纏，想為小姐治好病得些銀錢作進京之用。誰知小姐得的是相思病，這位西莊秀才正是她清明節在南山遇到的那位白面書生，今日一見，不治也病好了大半。秀才不知女子的心事，只管診了脈，看了臉色舌苔，說：「這位小姐是因心思不遂，憂思成疾，情志鬱結所致。」又說南山上有一棵樹，人稱「有情樹」，羽狀複葉，片片相對，而且晝開夜合，其花如絲，清香撲鼻，可以清心解鬱，定志安神，煎水飲服，可治小姐疾病。

荷員外趕快派人找來秀才所說的樹葉煎藥讓女兒服用了，女兒的病果然好了起來。一來二往，秀才也對小姐有了情意。不久，秀才進京應試，金榜高中，回來便和小姐結成了夫妻。後來，人們便把這種樹叫做合歡樹，這種花稱為合歡花。

合歡花有解鬱安神，理氣開胃，活絡止痛的作用。主治鬱結胸悶，失眠，健忘，風火眼疾，視物不清，咽痛，癰腫，跌打損傷疼痛等症。合歡酒是用合歡花浸泡燒酒而成的一種藥酒，具有祛除寒氣、安神解鬱之功效。描寫林黛玉吃了點螃蟹，而螃蟹性寒，黛玉平素脾胃虛弱，故吃了性寒的螃蟹後「覺得心口微微的疼」，服用此酒可產生散寒止痛的作用。

果子美酒含營養，偏偏難登大雅堂

果子酒出現在《紅樓夢》第九十三回中，賈芹在水月庵裡胡鬧，告訴眾人道：「我為你們領月錢不能進城，又只得在這裡歇著。怪冷的，怎麼樣？我今兒帶些果子酒，大家吃著樂一夜好不好？」那些女孩子都高興，便擺起桌子，連本庵的女尼也叫來了。果子酒是用水果釀造的低度酒。如橘子、蘋果、梨、棗、山楂、荔枝及野生水果都可以釀造，是一種相對平常和便宜的酒，賈芹家境寒微，僅領了個掌管庵子尼僧的差事，喝這種級別低、便宜的酒，符合他的身分。

果子酒就是我們現在所說的水果酒，水果酒清亮透明、酸甜適口、醇厚純淨而無異味，具有原果實特有的芳香，夏季常喝的水果酒有櫻桃酒、荔枝酒、李子酒、水蜜桃酒、葡萄酒、芒果酒、龍眼酒、火龍果酒等。與白酒、啤酒等其他酒類相比，水果酒的營養價值更高，水果酒裡含有大量的多酚，可以抑制脂肪在人體中堆積，它含有人體所需多種胺基酸和維他命 B_1、B_2、維他命 C 及鐵、鉀、鎂、鋅等礦物元素，水果酒中雖然含有酒精，但含量與白酒、啤酒和葡萄酒比起來非常低，一般為 5 ～ 10 度，最高的也只有 14 度，適當飲用水果酒對健康是有好處的。

不同的水果可以釀造不同的水果酒，而且還能保留釀酒水果對人體的特殊作用。如蘋果酒，它是精選優質蘋果為原料發酵釀造而成，保存了蘋果的營養和保健功效，含有多種維他命、微量元素以及人體必需的胺基酸和有機酸，常飲蘋果酒有促進消化、舒筋活血、美容健體的功效。李子酒保留了李子對人體健康的好處，有舒筋、行血、消除疲勞的功效。櫻桃酒具有櫻桃的功效，能益氣健脾，祛風溼，適用於四肢麻木，中風偏癱，風溼腰腿痠痛等症，還可以消除疲勞，增進食慾，改善睡眠。

水果酒的歷史悠久，人類釀酒是從模仿大自然的傑作開始的。中國古代史籍中就有所謂「猿酒」的記載，「粵西平樂等府，山中多猿，善采百花釀酒。樵子入山，得其巢穴者，其酒多至數石。飲之，香美異常，名曰猿酒。」另外《紫桃軒雜綴》中也曾記載：「黃山多猿猱，春夏採雜花果於石窪中，醞釀成酒，香氣溢發，聞數百步。」「猿猴造酒」聽起來近乎荒唐，其實倒很有科學道理，牠們不僅嗜酒，而且還會「造酒」。當然，這裡的「醞釀」是指自然變化養成，猿猴居深山老林中，完全有可能遇到成熟後墜落發酵而帶有酒味的果子，從而使猿猴採花果「醞釀成酒」。不過，猿猴造的這種酒，與人類釀的酒是有區別的，充其量也只能是帶有酒味的野果。也就是說這種猿酒並不是猿猴有意釀造的酒，而是猿猴採集的水果自然發酵所生成的水果酒。

除此之外，宋代周密在《癸辛雜識》中曾記載山梨被人們儲藏在陶缸中後竟變成了清香撲鼻的梨酒。元代的元好問在〈蒲桃酒賦並序〉中也記載道某山民因避難山中，堆積在缸中的蒲桃也變成了芳香醇美的葡萄酒。

水果酒酸甜美味，口感極佳，很受女性青睞。但是女性在經期前幾天最好不要飲用太多的水果酒，否則容易導致出血量過多。水果酒雖然度數低，但畢竟含有一定的酒精，因此不宜喝過量，不能無節制的飲用，否則會導致食慾下降，降低了人體抵抗力及胃腸消化功能。飲用水果酒時不宜空腹，更不要搭配其他酒同飲。最好的做法是搭配一些蘇打餅乾或者蔬菜沙拉，一方面符合果酒的口感，另一方面，此類點心和蔬菜中的纖維可以提前保護胃黏膜免受刺激，減緩酒精的吸收速度。還可達到緩解壓力、穩定情緒的效果。

酒未敵腥還用菊，寶釵作詩讚菊花

一百二十回的《紅樓夢》渲染賈府盛時光景的三個高潮。第一個高潮是從第十三回秦氏喪儀至第十八回元春省親；第二個高潮是自三十四回探春結社至四十一回賈母宴園；第三個高潮是自四十九回白雪紅梅至五十四回史太君破陳腐舊套。林黛玉引菊花為知己，就見於第二個高潮。

第三十七回「秋爽齋偶結海棠社，蘅蕪院夜擬菊花題」，第三十八回「林瀟湘魁奪菊花詩，薛蘅蕪諷和螃蟹詠」寫了由探春發起，寶玉和眾姐妹回應，於大觀園內建起了詩社。他們先起別號，次詠海棠，再詠菊花和螃蟹。大觀園的女孩個個都是詩人，具有濃烈的詩興雅趣，吟詩作詞構成了她們生命中最有意義的一部分。眾姐妹和寶玉的吟詩打趣，為大觀園帶來了無限的活力和生機，並成為賈府盛時光景最重要的點綴和象徵。不難想像，如果沒有這些詩社活動，大觀園女孩的生活將缺乏絢麗的色彩。

詩社是探春發起的，菊花詩的命題是寶釵和湘雲擬就的。共有十二道題目，按順序是憶菊、訪菊、種菊、對菊、供菊、詠菊、畫菊、問菊、替菊、菊影、菊夢、殘菊。詩社的成員，每人都有別號雅稱：寶玉叫怡紅公子，寶釵叫蘅蕪君，黛玉是瀟湘妃子，探春是蕉下客，湘雲是枕霞舊友。大嫂李紈任社長，別號稻香老農；迎春別號菱洲，出題限韻；惜春別號藕榭，謄錄監場，可謂是分工明確，各有所能，熱鬧非凡。這十二首菊花詩，寶玉、寶釵、探春各寫兩首，黛玉、湘雲各寫三首。最後的評論是詠菊第一，問菊第二，菊夢第三，這三首都是瀟湘妃子寫的，所以該回的標題就是〈林瀟湘魁奪菊花詩〉。

黛玉的詩之所以奪魁，是因為題目新、立意新，更在於她的詩中揉合了自己獨具魅力的思想個性、品格氣質與身世之感。在這些詩中，黛玉將具有「千古高風」的菊花引為知己，「毫端蘊秀臨霜寫，口齒噙香對月吟」，以傾訴衷腸，寄託了自己幽怨寂寞、無人可解的「滿紙」「素怨」。曹雪芹讓黛玉的菊花詩奪魁，而在詠白海棠時讓湘雲「壓倒群芳」，在「諷和螃蟹詠」時又讓寶釵名列第一，這都是他的有意安排，即讓所詠之物的「特質」去暗合吟詠它的人物。詠物抒情，只有黛玉的身世和氣質與菊花更為貼合。對於菊花，她比別人能更充分、更真實、更自然的表達自己的思想感情。

菊花深受人們喜愛，把它與松、竹、梅並列，稱為「四君子」。說到菊花，不得不提到陶淵明，正如屈原愛蘭、陸游愛梅一樣，陶淵明十分愛菊。他寫道：「採菊東籬下，悠然見南山」，「酒能祛百慮，菊解制頹齡」。林黛玉在〈詠菊〉一詩中還寫道：「一從陶令平章後，千古高風說到今。」這裡說的「高風」，既指菊花，又指陶淵明，或者說，陶淵明像菊花那樣不畏風霜，孤高自芳。

菊花入藥在中國有悠久的歷史，中國第一部藥物學專著《神農本草經》上就有記載。中醫認為，菊花性涼、味甘苦，歸肺、肝二經，具有疏風、清熱、明目、解毒的功效，可以治療頭痛、眩暈、目赤、心胸煩熱、療瘡、腫毒等症。菊花與桑葉、薄荷、桔梗配伍，水煎服，可以治療風熱外感之咳嗽、頭痛、頭暈、咽痛等症。菊花與生地、薄荷、車前子、青箱子配伍，水煎服，可以治療風熱症之頭痛、眩暈等。因為菊花性涼而清散，人肝經，善清風熱，而肝開竅於目，所以它又為眼科要藥，治療肝經風熱引起的眼疾。另外，市售的桑菊感冒片、杞菊地黃丸，也都含有菊花。

李時珍認為，菊花「其苗可蔬，葉可吸，花可餌，根實可藥，囊之可枕，釀之可飲」，全身上下皆有用，是群芳中的上品。菊花作枕，有明目降壓之效；菊花釀酒，有強身健骨之功；菊花泡茶，又能消暑止渴、清涼解毒、清肝明日。菊花與長壽還有密切關係。據《後漢書・郡國志》記載，南陽那縣城北有一條清流，清流兩岸的山谷中長滿了甘菊。菊花從兩岸紛紛落人水中，使水甘馨無比。在那裡居住的三十多戶人家從不打井，日常飲水、洗廁均從河裡打水。長此以往，這裡的居民普遍長壽，上壽一百二三十歲，中壽也一百歲左右，七十歲死了也算早夭。

寶玉祭晴雯，桂醑寄深情

在《紅樓夢》第七十八回中，寶玉祭晴雯作了首〈芙蓉女兒誄〉，其中出現的桂醑便是桂花酒，也就是用燒酒提取新鮮桂花液並與黃酒搭配製成的酒。

桂花食用歷史悠久，屈原在《九歌》中就有「援北斗兮酌桂漿」，說明兩千年前，我們的祖先已把桂花製成佳釀了。唐代時，民間已出現以鮮栗子肉為主料，配以桂花等煮燒而成的桂花鮮栗羹。宋代蘇東坡稱桂花酒風味不凡，在〈桂酒頌〉中寫道：「以桂酒方授吾，釀成而玉色，香味超然，非人間物也。」

在清代中期的中秋佳節上有飲桂花酒的習俗。農曆八月十五日，家人團聚，摯友相會，都以賞月飲酒抒懷。清潘榮陛撰寫的《帝京歲時紀勝》就記載了「八月中秋，時品飲『桂花陳酒』」。桂花陳酒，為京師傳統節令酒，也是宮廷御酒。時至今日也還有八月中秋飲桂花陳酒的習俗

桂花內含物豐富，營養價值頗高，如蛋白質、碳水化合物、粗纖維、灰分等。此外，桂花中還含有豐富的多種維他命、胡蘿蔔素以及微量元素。微量元素以鋅含量最豐富，是人參含量的 3 ～ 4 倍。

傳說古時候在兩英山下，住著一個賣山葡萄酒的寡婦，她為人豪爽

善良，釀出的酒，味醇甘美，人們尊敬她，稱她仙酒娘子。 一年冬天，天寒地凍。清晨，仙酒娘子剛開大門，忽見門外躺著一個骨瘦如柴、衣不遮體的男子，看樣子是個乞丐。酒仙娘子摸摸那人的鼻口，還有點氣息，就把他背回家裡，先灌熱湯，又餵了半杯酒，男子慢慢甦醒過來，激動的說：「謝謝娘子救命之恩。我身有殘疾，出去不是凍死，也得餓死，您行行好，再收留我幾天吧。」仙酒嫂子為難了，常言說「寡婦門而是非多」，像這樣的男子住在家裡，別人會說閒話的。可是再想想，總不能看著他活活凍死、餓死啊！終於點頭答應，留他暫住。

果不出所料，關於仙酒娘子的閒話很快傳開，大家對她疏遠了，到酒店來買酒的客人一天比一天少。但仙酒娘子忍著痛苦，盡心盡力照顧那男子。後來，人家都不來買酒，她實在無法維持生計，男子不辭而別，不知去向。仙酒娘子放心不下，到處去找，在山坡遇一白髮老人，挑著一擔挑著一擔乾柴，吃力的走著。仙酒娘子正想去幫忙，老人突然跌倒，乾柴散落滿地，老人閉著雙日，嘴唇顫動，以微弱的聲音叫著要喝水。可是荒山坡上哪來水呢？仙酒娘子咬破中指，頓時，鮮血直流，她把手指伸到老人嘴邊，老人忽然不見了。一陣清風，天上飛來一個黃布袋，袋中儲滿許許多多小黃紙包，另有一張黃紙條，上面寫著：「月宮賜桂子，獎賞善人家。福高桂樹碧，壽高滿樹花。採花釀桂酒，先送爹和媽。吳剛助善者，降災奸詐滑。」仙酒娘子這才明白，原來身障男子和擔柴老人都是吳剛變的。

這件事一傳開，遠近都來索桂子。善良的人種下桂子，很快長出桂樹，開出桂花，滿院香甜，無限榮光。心術不正的人，種下的桂子就會不生根發芽，使他感到難堪，從此洗心向善。大家都很感激仙酒娘子，是她的善行感動了月宮裡管理桂樹的吳剛大仙，把桂子酒灑向人間，從此人間才有了桂花與桂花酒。

桂花主要品種有金桂、銀桂、丹桂、山桂和四季桂等。丹桂香清、色橙紅；銀桂香幽、色乳黃；四季桂、山桂香溫、色淡黃；金桂香濃、色金黃，品質佳。在烹飪中桂花常作為佐料入饌，既可單味應用，也可多味組合應用，用於炒、炸或燴菜餚，尤以甜菜、甜點及小吃中使用最為普遍。如桂花炒干貝、桂花丸子、桂花皮蛋等，風味各具，常啖不厭。以桂花為佐料烹製的菜餚，在地方名菜中也占有一席之地，如浙菜中的桂花鮮栗羹，脆嫩芳香，清甜適口；蘇菜中的桂花白果，香糯酥爛，甜香誘人。桂花在小吃中應用廣泛，如桂花蜜餞、桂花月餅、桂花糖、桂花糕等，都別具特色。

喝茶養生——
諸藥為各病之藥，茶為萬病之藥

絢麗茶文化，起源於中華

先從茶具說起

喝茶自然離不開茶具，從茶藝欣賞的角度說，美的茶具比美的茶更為重要。早期茶具多為陶製。由於當時社會物質文明極其貧乏，茶具都是一具多用。直到魏晉以後，飲茶才被視為高雅的精神享受和表達志向的手段，正是在這種情形下，茶具才從其他生活用具中獨立出來。

至唐代，中國茶的生產進一步擴大，飲茶風尚幾乎遍及中國。這時出現的瓷器茶具有「南青北白」的特點。越窯青瓷代表了當時南方的最高水準，生產的茶碗器形較小，器身較淺，器壁成斜直形，適於飲茶。北方以邢窯為代表，生產的茶碗，較厚重，口沿有一道凸起的捲唇，與越窯所產的茶碗有著明顯的區別。

到了宋代，陶瓷工藝進入黃金時代，最為著名的有汝、官、哥、定、鈞五大名窯。因此，宋代茶具也獨具特色。此時的茶除供飲用，更成為民間玩耍娛樂的工具之一。因此又有「茶興於唐而盛於宋」的說法。

在元代，散茶逐漸取代團茶。此時綠茶的製作只經適當揉捻，不用搗碎碾磨，保存了茶的色、香、味。

明朝的時候，葉茶全面發展，在蒸青綠茶的基礎上又發明了晒青綠茶及炒青綠茶。茶具亦因製茶、飲茶方法的改進而發展，出現了一種鼓腹、有管狀流和把手或提梁的茶壺。茶文化中的紫砂壺便是這個時代產生的，一出現便牢牢占據了「茶具之首」的位置。紫砂壺的造型古樸別緻，經長年使用光澤如古玉，又能留得茶香，夏茶湯不易餿，冬茶湯不易涼，而壺上名家的字畫更讓人愛不釋手。

直至清代，中國六大茶類：綠茶、紅茶、白茶、黃茶、烏龍茶及黑茶都開始有了各自的地位。在茶具方面，宜興的紫砂壺、景德鎮的五彩、琺瑯彩及粉彩瓷茶具的燒製迅速發展，在造型及裝飾技巧上，也達到了精妙的藝術境界。清代除沿用茶壺、茶杯外，還常使用蓋碗，茶具登堂入室，成為一種雅玩，其品味大大提高。

而《紅樓夢》也正是出現在這個時代。在榮國府內，有專司供茶的茶房；有煎茶用的「茶吊子」、「風爐」；有端茶用的「茶托」、「洋漆茶盤」；盛茶用的「茶碗」、「蓋鐘」，以及洗滌用的「茶筅」，漱口用的「盂」……。由此可見這個貴族之家對飲茶的重視程度。

在《紅樓夢》中，講妙玉時對茶具的描述十分細緻。茶盤是「海棠花式雕漆填金雲龍獻壽的小茶盤」；蓋鐘是「成窯五彩小蓋鐘」；蓋碗是「一色官窯脫胎填白蓋碗」。這三樣茶具都非常名貴，而且年代久遠，即使在清朝也算得上是文物了。不僅如此，待妙玉領寶釵、黛玉到耳房內吃體己茶時，拿出了更為珍貴的茶具。一個旁邊有一耳，杯上鐫著「瓟爮斝」（ㄅㄢ ㄅㄛˊ ㄐㄧㄚˇ）三個隸字，後有一行小真字是「晉王愷珍玩」，又有「宋元豐五年四月眉山蘇軾見於祕府」一行小字。這是晉朝的文物，王愷是晉代著名的富豪，蘇軾又是北宋著名大文豪，僅這兩個名字就價值連城。這杯茶遞給寶釵。給黛玉的那個茶杯也是珍貴非常。給寶玉的是自己日常吃茶的那個「綠玉斗」，賈寶玉還很不滿意，稱之為俗器。妙玉馬上反駁道：「這是俗器？不是我說狂話，只怕你家裡未必找的出這麼一個俗器來呢！」由此可見，妙玉的出身也非同尋常。

時至如今，人們泡茶所用的茶具更是種類繁多。除了前面提到的陶茶具、瓷茶具、紫砂茶具、玉石茶具外，還有以石做成的石茶具，以竹木雕成的漆器茶具，以金銀製成的金銀茶具，以玻璃製成的玻璃茶具，以塑膠壓製的塑膠茶具，以及塗有琺瑯的琺瑯茶具等等。

對於一組茶具來說，又細分了茶則、茶漏、茶匙、茶船、茶海、茶盤、水盂、滌方等，它們除了有自己的名字以外，而且還各司其職。茶則為取茶時用，並有量度分量的作用；茶漏置於壺口，幫助放置茶葉；茶匙可以將茶葉掃放於茶壺、茶盞，並可用末端清理淤塞的壺嘴；茶船用來擺放茶壺或茶盞，盛載泡茶時多餘的水；茶海的目的是為了平均茶湯的濃淡；茶盤用來奉茶，便於捧托；水盂用來儲放廢棄的水或茶葉；滌方又叫「茶巾」，用來揩抹泡茶時濺溢的茶水。

古今製茶之方

茶的製造並不是件簡單的事，對於講究品茗的人而言，製茶最重要的條件是要講究天時、地利、人和。只有這三者充分配合，才可製出高品質的茶葉。這裡所謂的「天時」指的是氣候，茶樹性喜溫暖多霧的天氣，平均溫度以 15 ～ 20°C最為理想。「地利」指的是土質，茶樹生長的最佳場所是高巖峭壁，終年飽受雲霧滋潤，所以茶樹一般都生長在山坡地。 而「人和」就是栽培技術與製茶技術。

對於製茶而言，在《茶經》中，把團茶的製造方法分為採、蒸、搗、拍、焙、穿、藏等七步驟。茶葉的採摘約在二、三月間，若遇雨天或晴時多雲的陰天都不採，一定等到晴天才可摘採，茶芽的選擇，以茶樹上端長得挺拔的嫩葉為佳。好品質的茶樹多野生於奇巖峭壁上，為了採得佳茗，經常要跋山涉水，承受體力的勞累。

採回的鮮葉放在木製或瓦製的蒸籠中蒸熟，在趁其未涼前，盡速放入杵臼中搗爛，搗得愈細愈好，之後將茶泥倒入墊著表面光滑綢布的茶模中。模一般為鐵製，木模則較不常用，模子有圓、方或花形，因此團茶的形狀有很多種。

接下來將茶模固定，然後開始拍打茶泥，使其結構緊密堅實不留有縫隙，等茶完全凝固，拉起綢布即可輕易取出，然後更換下一批茶泥。凝固的團茶，水分並未乾燥，應先置於竹簍上透乾。

團茶的水分若未乾，易發霉，難以存藏，所以必須焙乾以利收藏。透乾後的團茶，先用錐刀挖洞，再用竹籤將已乾的茶穴打通，最後用一根細竹棒將一塊塊的團茶串起來，放在木架上焙乾。

最後是儲藏焙乾的團茶。這是件重要的工作，若收藏不當則茶味將大受影響。這時以竹片編成，四周半糊上紙的青器便是用來儲茶的最好工具了，此器皿中間設有埋藏熱灰的裝置，可常保溫熱，在梅雨季節時可燃燒加溫，防止溼氣霉壞團茶。

到了宋代時，製茶的方法又更為精細，品質也更加提高，此時的團茶的製法分為採、揀芽、蒸榨、研、造、過黃等七個步驟。這時由於貢茶的大量需求，所以有一批專門負責採茶工作的採茶工。採茶要在天明前開工，至旭日東升後便不適宜再採，因為天明之前未受日照，茶芽肥厚滋潤。如果受日照，則茶芽膏膚會被消耗，茶湯亦無鮮明的色澤。採茶宜用指尖折斷，若用手掌搓揉，茶芽易於受損。

採茶工摘的茶芽品質並不十分齊一，故須挑揀，如茶芽有小芽、中芽、紫芽、白合、烏帶等五種分別。將採回的茶芽先蒸熟，浸於水盆中只挑如針細的小蕊，製茶者稱之為「水芽」，水芽是芽中精品，小芽次之，中芽又下，紫芽、白合、烏帶多不用。如能精選茶芽，茶之色、味必佳，因此揀芽對茶品質之高低有很大的影響。

採回的茶芽多少沾有灰塵，最好先用水洗滌清潔，等蒸籠的水滾沸，將茶芽置於蒸籠中蒸。蒸茶須把握得宜，過熱則色黃味淡，不熟則色青且易沉澱，又略帶青草味。

蒸熟的茶芽謂「茶黃」，茶黃須淋水數次令其冷卻，先置小榨床上榨去水分，再放大榨床上榨去油膏，榨膏前最好用布包裹起來，再用竹皮捆綁，然後放在榨床下擠壓，半夜時取出搓揉，再放回榨床，這是翻榨，如此徹夜反覆，必完全乾透為止，如此茶味才能久遠，滋味濃厚。

接下來就是研茶。研茶的工具，用柯木為杵，以瓦盆為缽，茶經擠榨的過程，已乾透沒有水分了，因此研茶時每個團茶都得加水研磨，水是一杯一杯的加，同時也有一定的數量，品質愈高者加水愈多杯，研磨愈多次茶質愈細。

研過的茶，最好手指戳看看，一定要全部研得均勻，揉起來覺得光滑，沒有粗塊才放入模中定型。入模後隨即平鋪竹席上，然後過黃。所謂「過黃」就是乾燥的意思，其程序是將團茶先用烈火烘焙，再從滾燙的沸水撂過，如此反覆三次，最後再用溫火烘焙一次，焙好又過湯出色，隨即放在密閉的房中，以扇快速煽動，如此茶色才能光潤，做完這個步驟，團茶的製作就完成了。

品茶先品水

善於品茶的人常說「水為茶之母，器為茶之父」，可見水對於茶的重要作用。水質直接影響到茶質，泡茶水質的好壞影響到茶的色、香、味的優劣。古人對水的品格一直十分推崇，認為只有精茶與真水的融合，才是至高的享受，是最高的境界。因此歷代品茶人對於取水一道，頗有講究，有人取「初雪之水」、「朝露之水」、「清風細雨之中的無根水」，有人則於梅林中取花瓣上的積雪，化水後以罐儲之，深埋地下用以來年烹茶。

那麼，烹茶所用之水究竟需要什麼樣的水質呢？北宋蘇東坡在〈汲江煎茶〉一詩中寫道：「活水還須活火煎，自臨釣石取深清。」宋代唐庚在〈斗茶記〉中講道：「水不問江井，要之貴活。」南宋胡仔在《苕溪漁隱叢話》中寫道：「茶非活水，則不能發其鮮馥。」由此可見，試茶的水品，首先要講究一個「活」字。

北宋蔡襄所著《茶錄》中認為「水泉不甘，能損茶味」。明代田藝蘅在《煮泉小品》中說：「味美者曰甘泉，氣氛者曰香泉。」明代羅廩在《茶解》中強調：「梅雨如膏，萬物賴以滋養，其味獨甘，梅後便不堪飲。」由此可見，烹茶之水還需一個「甘」字。只有「甘」茶才能夠出「味」。

唐代陸羽的《茶經》中所列的漉水囊，其作用是過濾烹茶之水，使水變得清淨。宋代的「斗茶」，強調茶湯以「白」取勝，更是注重「山泉之清者」。明代熊明遇用石子「養水」，其目的也在於濾水，由此可見，水質需「清」也是烹茶之水所必備的。

清代的乾隆皇帝一生塞北江南，無所不至。他一生愛茶，是一位品泉評茶的行家。據清代陸以湉在《冷廬雜識》中的記載，乾隆每次出巡，常喜歡帶一個精製銀斗，「精量各地泉水」，精心稱重，按水的比重從輕到重，排出優次，定北京玉泉山水為「天下第一泉」，作為宮廷御用。由此可見烹茶之水還需突出一個「輕字」。

如此種種，足以見得中國茶道在品水方面學問的博大精深了。對於烹茶所用之水，古人首選山泉之水。這類水大多出自巖石重疊的山巒。山上植被繁茂，從山巖斷層細流匯集而成的山泉，富含對人體有益的各種微量元素。這些經過砂石過濾的泉水，水質清淨晶瑩，用這種泉水泡茶，能使茶的色香味形得到最好的發揮。

另外，古人對雪水和雨水也倍加推崇。古人稱雪水與雨水為「天泉」，尤其是雪水，更為古人所推崇。唐代白居易的「掃雪煎香茗」，宋代辛棄疾的「細寫茶經煮茶雪」，元代謝宗可的「夜掃寒英煮綠塵」，清代曹雪芹的「掃將新雪及時烹」，都是讚美用雪水沏茶的。至於雨水，一般說來，會因時而異：秋季天高氣爽，空中灰塵少，所落之雨水味「清冽」，是雨水中上品；梅雨時節天氣沉悶，陰雨綿綿，水味「甘滑」，較為遜色；夏季之雨，雷雨陣陣，飛沙走石，水味「走樣」，水質不淨。但無論是雪水或雨水，只要空氣不被汙染，與江、河、湖水相比，總是相對潔淨的，是沏茶的好水。

對於常人來說，更多的還是選用江、河、湖水來烹茶。這類水屬於地表之水，含雜質較多，渾濁度較高，一般沏茶難以取得較好的效果，但在遠離人煙，又是植被生長繁茂之地，汙染物較少，這樣的江、河、湖水，仍不失為沏茶的好水。唐代陸羽在《茶經》中就講到：「其江水，取去人遠者。」說的就是這個意思。

今天人們泡茶大多選用自來水。這種水含有消毒的氯氣，在水管中滯留較久的，還含有較多的鐵質。當水中的鐵離子含量超過萬分之五時，會使茶湯呈褐色，而氯化物與茶中的多酚類作用，又會使茶湯表面形成一層「鏽油」，喝起來有苦澀味。因此用自來水沏茶，最好用無汙染的容器，先儲存一天，待氯氣散發後再煮沸沏茶，或者採用淨水器將水淨化，這樣就可成為較好的沏茶用水。

由此可見，選用純淨水來泡茶相對來說應該是最好最方便了。採用多層過濾和滲透技術，可將一般的飲用水變成不含有任何雜質的純淨水，並使水的酸鹼度達到中性。用這種水泡茶，不僅因為淨度好、透明度高，沏出的茶湯晶瑩透澈，而且香氣滋味純正，無異雜味，鮮醇爽口。市面上純淨水的品牌很多，此外還有各類質地優良的礦泉水，這些都是泡茶的好水，因此我們也就不必再為用什麼水來泡茶而傷腦筋了。

烹茶飲茶的藝術

怎樣泡出一杯好茶，清朝錢椿年所著《茶譜》中提出的「煎茶四要」就十分簡潔實用。所謂「煎茶四要」，是指選擇好水、洗茶、候湯與擇品。煎茶的水如果不甘美，會嚴重損害茶的香味；烹茶之前，先用熱水沖洗茶葉，除去茶的塵垢和冷氣，這樣，烹出的茶水味道甘美；煎湯須小火烘、活火煮。活火指有焰的木炭火，煎湯時不要將水燒得過沸，這樣才能保存茶的精華；茶瓶宜選小點的，容易控制水沸的程度，點茶注水時也好掌握分寸，茶盞宜用建安的兔毫盞。

由此可以看出，要泡出一杯好茶，首先就要選擇泡茶用水。古人對泡茶用水的選擇，一是甘而潔，二是活而鮮，三是儲水得法。泡茶用水，一般都用天然水，天然水按來源可分為泉水、溪水、江水、湖水、井水、雨水、雪水等。自來水是透過淨化後的天然水。自來水有時使用過量氯化物消毒，氣味很重，可先將水儲存在罐中，放置二十四小時後再用火煮沸泡茶。水的硬度和茶水的品質關係密切，軟水易溶解茶葉有效成分，故茶味較濃。因此泡茶宜選軟水為好。在天然水中，雨水和雪水屬軟水，蒸餾水為人工軟水。

要享受茶藝之道，泡茶的器皿也要講究。古代茶之器皿很多，陸羽在《茶經》裡列舉了煮茶和飲茶的二十九種器皿。而如今的茶具通常是指茶壺、茶杯、茶碗、茶盤、茶盅、茶托等。中國東北、華北一帶，多數人喜喝花茶，一般常用較大的瓷壺泡茶，然後斟入瓷杯飲用。江南一帶，普遍愛好喝綠茶，多用有蓋瓷壺泡茶。福建、廣東、臺灣以及東南亞一帶，特別喜愛烏龍茶，宜用紫砂器具。四川、安徽地區流行喝蓋碗茶，蓋碗由碗蓋、茶碗和茶托三部分組成。喝西湖龍井等名綠茶，則選用無色透明玻璃杯最理想。品飲名綠茶和細嫩綠茶，無論使用何種茶杯，均宜小不宜大，否則，大熱量容易使茶葉燙熟。

泡茶時對於茶葉的用量也要掂量準確。由於茶葉的種類繁多，因此泡茶時茶葉用量各有不同。考慮到泡茶用具的大小和飲茶者的習慣。沖泡一般紅茶、綠茶，茶與水的比例大致掌握在 1：50 或 1：60，即每杯放 3 克左右茶葉，加沸水 150 ～ 200 毫升。如飲用普洱茶、烏龍茶，每杯放茶量 5 ～ 10 克，如用茶壺沖則按茶壺容量大小適當掌握比例，投入量為茶壺容積的一半，或更多。

對於泡茶水溫的掌握因茶而定。高級綠茶，特別是芽葉細嫩的名綠茶，一般用 80℃左右的沸水沖泡。水溫太高容易破壞茶中維他命 C，咖啡因容易析出，致使茶湯變黃，滋味較苦。飲泡各種花茶、紅茶、中低級綠茶，則要用 90 ～ 100℃的沸水沖泡，如水溫低，茶葉中有效成分析出少，茶葉味淡。沖泡馬龍茶、普洱茶和沱茶，因每次用茶量較多而且茶葉粗老，必須用 100℃的沸滾開水沖泡。

而茶葉沖泡的時間與茶葉種類、用茶量、水溫和飲茶習慣都有關係。一般來說，紅、綠、花茶，沖泡次數通常以三次為佳。烏龍茶因沖泡時投茶量大，可以多沖泡幾次。以紅碎茶為原料加工包裝成的袋泡茶，由於易於浸出，通常適宜於一次性沖泡。

對於四季喝茶的安排，我們可以因季節的不同來選擇不同的茶葉。一般認為，紅茶是熱性的，綠茶是涼性的。綠茶比紅茶含有較多的茶多酚，味較苦澀。因此春、秋季喝花茶，性溫而芬芳；夏季喝綠茶，或在綠茶中添加幾朵菊花、金銀花，或滴幾滴檸檬汁、薄荷汁，更能增加清涼消暑的作用；冬季喝加糖的紅茶或牛奶紅茶，具有養胃、暖身的作用。

飲茶與中醫的養生之道 ……………………

飲茶之所以成為一種傳統，一種時尚，其起因還是源於茶的藥用價值。從「神農嘗百草，日遇七十二毒，得茶而解」的傳說開始，茶葉僅僅是一種治病的藥物，由生嚼到煎煮成湯液飲用，逐漸形成了飲茶和茶療的養生之道。

東漢末年醫聖張仲景在其《傷寒雜病論》中對茶有這樣一個評論，他說茶治便膿血甚效，意思是說你要是肚子痛，拉膿拉血，喝點茶就沒事了。還有三國的名醫華佗，他當時就講了「苦茶久食益思意」，意思是說常喝茶能夠振奮精神，加強你的思維。梁代名醫陶弘景，他也提出了一句話，說常喝茶可以輕身換骨。唐代的大醫學家陳藏器所著的《本草拾遺》中寫到了這麼一句千古傳頌的話，說是「諸藥為各病之藥，茶為萬病之藥」，意思是所有的草藥都只能治與之相關的一個病，而茶卻是什麼病都能治。唐朝藥王孫思邈在《千金翼方》中提到茶的功效時說，茶能治熱毒下痢，同時還能治腰疼難轉。元朝的《飲善正要》一書中對於茶的描述是，凡諸茶，味甘苦微寒無毒，去痰熱止咳利小便，消食下氣。

除了以上所述，中國還流傳著許多以茶治病的美麗傳說：

相傳在古時，有一窮秀才上京趕考，路過武夷山時，病倒在路上，幸被天心廟老方丈看見，泡了一碗茶給他喝，果然病就好了，後來秀才金榜題名，中了狀元，還被招為東床駙馬。一個春日，狀元來到武夷山謝恩，在老方丈的陪同下，前呼後擁，到了九龍窠，但見峭壁上長著三株高大的茶樹，枝葉繁茂，吐著一簇簇嫩芽，在陽光下閃著紫紅色的光澤，煞是可愛。老方丈說，去年你犯鼓脹病，就是用這種茶葉泡茶治好。每逢春日茶樹發芽時，就鳴鼓召集群猴，穿上紅衣褲，爬上絕壁採下茶葉，炒製後收藏，可以治百病。狀元聽了就採集了一盒茶葉裝入錫盒，準備進貢給皇上。狀元帶了茶進京後，正遇皇后肚疼鼓脹，臥床不起。狀元立即獻茶讓皇后服下，果然茶到病除。皇上大喜，將一件大紅袍交給狀元，讓他代表自己去武夷山封賞。而這茶就是現在產於武夷山的「大紅袍」了。

還有產於安徽休寧縣松羅山的松羅茶：

傳說在明太祖洪武年間，松羅山的讓福寺門口擺有兩口大水缸，引起了一位香客的注意，水缸因年代久遠，裡面長滿綠萍，香客來到廟堂對老方丈說，那兩口水缸是個寶，要出三百兩黃金購買，商定三日後來取。香客一走，老和尚怕水缸被偷，立即派人把水缸的綠萍水倒出，洗淨搬到廟內。三日後香客來了見水缸被洗淨，便說寶氣已淨，沒有用了。老和尚極為懊悔，但為時已晚。香客走出廟門又轉了回來，說寶氣還在廟前，那倒綠水的地方便是，若種上茶樹，定能長出神奇的茶葉來，這種茶三盞能解千杯醉。老和尚照此指點種上茶樹，不久，果然發出的茶芽清香撲鼻，便起名「松羅茶」。兩百年後，到了明神宗時，休寧一帶流行傷寒痢疾，人們紛紛來讓福寺燒香拜佛，祈求菩薩保佑。方丈便給來者每人一包松羅茶，並面授「普濟方」。病輕者沸水沖泡頻飲，兩三日即癒；病重者，用此茶與生薑、食鹽、粳米炒至焦黃煮服，或研碎吞服，兩三日也癒。果然，服後療效顯著，制止了瘟疫流行。從此松羅茶成了靈丹妙藥，名聲大噪，蜚聲天下。

這些傳說到今天依舊如此動人，茶能養生治病已是所有人的共識。茶中的芳香物質能夠調節人體的神經系統，提神醒腦；茶中的有機酸和維他命能夠促進唾液的分泌，達到生津止渴的效果；飲茶能夠保證人體攝取大量的水分，可利尿消疲，防治便祕；茶葉中的含氟物質能夠健齒防齲，此外，茶還能夠幫助人體消化，能清心明目，能增強人體免疫力，能排除人體毒素，能延緩衰老，如此種種，都表明茶對於人體的健康有著不可替代的功效。一杯清茶，一縷幽香，養生竟因茶而變得如此簡單。

紅樓話香茗，唇齒亦留香

寶玉遷怒李嬤嬤，其因源於楓露茶

紅樓夢中多處提到茶，而且茶名也很多，一些茶不光有茶味，而且還透過茶味來刻劃出人味。如這裡提到的楓露茶。楓露茶的出現與寶玉密不可分，寶玉的雙重性格也正是因為這小小的楓露茶而被刻劃得淋漓盡致。

楓露茶出現在《紅樓夢》的第八回「比通靈金鶯微露意，探寶釵黛玉半含酸」中，寶玉在薛姨媽處吃了酒後回到自己房中，茜雪端了茶給他喝，他想起早上沏的楓露茶，叫端上來喝，卻不知已經被其乳母李奶奶喝了，賈寶玉遂大怒，將手中的茶杯順手往地上一扔，打了個粉碎，茶水潑了茜雪一身。然後又跳起來罵茜雪道：「她是你那一門子的奶奶，你們這麼孝敬她？不過是仗著我小時候吃過她幾日奶罷了。如今逞的她比祖宗還大了。如今我又吃不著奶了，白白的養著祖宗作什麼！攆了出去，大家乾淨！」說著便要去立刻回賈母，攆她乳母。

在這裡我們先不去討論賈寶玉為何如此，就單說這楓露茶。寶玉說這茶「三四次後方出色」，這特徵剛好與紅茶相符合。另外這個「楓」字應該和紅相關，大家都知道，北京的香山紅葉，一到秋天，漫山紅葉紅得像火焰一般，著實喜人。由此可見，透過這個「楓」字來判斷楓露茶屬於紅茶系列，也是有其道理的。至於「露」字，也許是為了突出楓露茶的珍貴。古人稱露乃「天酒」，是屬於神仙的飲品，而且寶玉夢遊太虛幻境時，仙姑曾以「千紅一窟」招待，「千紅一窟」雖也為茶，卻是曹雪芹杜撰出來的，說這茶乃是出自放春山遣香洞，又以仙花靈葉上所帶之宿露而烹煮出來的。看來楓露茶的確不便宜，怪不得寶玉會發如此大的脾氣。

關於楓露茶，清朝的顧仲在他的《養小錄．諸花露》中記載：「仿燒酒錫甑、木桶減小樣，製一具，蒸諸香露。凡諸花及諸葉香者，俱可蒸露，入湯代茶，種種益人，入酒增味，調汁製餌，無所不宜……」意思是取香楓之嫩葉，入甑蒸之，滴取其露，然後將楓露點入茶湯中，即成楓露茶。按照這裡的介紹，我們可以按照以下方法來製取楓露茶：取楓葉適量，洗淨，放入藥罐中，加清水適量，蓋上放置一套管，插入藥罐中，蓋緊先用武火煮沸後，改用文火慢慢煎煮，使水汽從管口流出，收集裝瓶即成楓露。然後將楓露倒入茶湯中混合，一杯楓露茶便製作出來了。

寶玉在薛姨媽家吃了「好鵝掌鴨信」又喝了「最上等的酒」，三、五杯進肚之後，正是心甜意洽，醉意醺醺之時，想起早上泡的楓露茶，正好拿來解酒，誰知被乳母李嬤嬤喝了，寶玉原想留給晴雯的「豆腐皮包子」也被李嬤嬤拿走了，接二連三，都不對寶玉心思，所以肝火一下子就冒出來了，因此才發了脾氣。幸虧襲人相勸，寶玉才怒火稍熄，被襲人等扶至炕上，脫換了衣服睡下。

賈母夜宵嫌油膩，最後選中杏仁茶 ··············

杏仁味苦、性溫，入肺、大腸經。據古醫典記載，杏仁「有發散風寒之能，復有下氣除喘之力，緣辛則散邪，苦則下氣，潤則通祕，溫則行痰」。《紅樓夢》中賈母深諳養生之道，在《紅樓夢》第五十四回有這樣一個細節：在元宵節的夜裡，當大家都在準備看煙火的時候，賈母突然覺得腹中飢餓。這時鳳姐兒忙回答說：「有預備的鴨子肉粥。」賈母道：「我吃些清淡的罷。」鳳姐兒忙道：「也有棗兒熬的粳米粥，預備太太們吃齋的。」賈母笑道：「不是油膩膩的就是甜的。」鳳姐兒又忙道：「有杏仁茶。」

賈母道：「倒是這個還罷了。」賈母深知夜食油膩和過甜食物，都會傷害內臟，影響消化，最後選中了喝清淡去油膩的杏仁茶。

杏仁除了有養陰清肺的作用之外，它還有美容養顏的作用。用杏仁來美容，早在幾千年前的中國宮廷裡，就已經非常普遍了，連中國古代四大美人之一的楊貴妃，都用杏仁來做美容的面膜。自唐宋以來，許多宮廷嬪妃認為吃杏仁可以增加自己身體的香味，去除異味，因此那些宮女、嬪妃都喜歡用杏仁來做茶點。傳說著名的香妃，就是因為喜食杏仁，身體出現異香，而深得皇帝寵愛的。

杏仁本身含有大量的脂類和微量元素，它可以讓人肌膚潤澤富有光彩。同時，杏仁中還有大量的維他命 E，可以抗氧化，防止各種因素對面部的損傷，從而達到非常好的去斑效果，使人皮膚延緩衰老。

在西湖邊，至今還流傳著一個聰明女子煮杏仁茶應付刁蠻欽差的故事：

話說在西湖邊上的杏花村裡，有一個美麗的女子名叫杏嬋。杏嬋從小聰明能幹，長大嫁人後又持家有道，孝敬公婆，幫助鄰里，深得大家的喜愛和稱讚。杏嬋的事傳來傳去，最後傳到了皇宮裡皇帝的耳朵裡。皇帝不信真有這麼能幹的媳婦，就派一個欽差大臣，送一粒杏仁去給杏嬋一家人吃，看看杏嬋拿它怎麼辦。杏嬋的家人聽了聖旨，都驚呆了，這一顆杏仁怎麼吃啊！只有杏嬋不慌不忙的從欽差大臣手中接過杏仁，說道：「欽差大人，辛苦了。請進堂屋裡坐坐，看我們一家吃了這杏仁再走吧！」杏嬋搬來磚頭，當場在堂屋裡迭起一座灶，灶上安一口大鍋，燒了滿滿的一鍋滾水。她把杏仁放在鍋裡煮爛了，又往鍋裡加了一些紅糖，就一勺一勺盛起來。不多不少，正好均均勻勻的每人一碗，全家大小都吃到了杏仁茶！欽差見狀無言以對，狼狽的跑回宮裡向皇帝稟報去了。

當然，傳說中的杏仁茶是如此簡單就做出來了，而我們今日所做的杏仁茶還加了其他的材料。取甜杏仁 100 克，糯米 50 克，冰糖適量。將甜杏仁和糯米洗淨以後，用涼水浸泡幾個小時。然後將泡好的甜杏仁和糯米放進攪拌機中，倒入 200 克清水，蓋上蓋攪拌，等杏仁和糯米已經打爛，攪拌機裡沒有明顯的顆粒，杏仁和糯米就攪拌好了。接下來在砂鍋裡放入一點清水，根據自己的口味加入適量冰糖，用中火慢慢煮，直到冰糖完全化開。此時找一個空碗，上面蓋上一塊乾淨的紗布，把榨好的杏仁糯米汁倒進碗裡，然後收起紗布的四角，用力擠，要把杏仁和糯米的渣滓過濾掉，以保證杏仁茶的口感。最後將濾好的汁倒進鍋中，燒開以後裝進小碗，這道香滑可口的杏仁茶就做好了。

這裡需要注意的是，用來做杏仁茶的杏仁指的是甜杏仁，是可以用來食用的杏仁，而不是從藥局裡買來的苦杏仁。

酒飽飯足品香片，味濃耐泡茉莉花

茉莉花茶是在茶中加入茉莉花朵薰製而成的，其茶香氣馥郁芬芳，滋味鮮爽甘美。具有收縮平滑肌、降低血壓、長髮、潤燥、生津、香肌等藥理功效。如用茉莉花十餘朵，沸水沖泡代茶飲，則有理氣和中、芳香化溼之功效，對治療慢性痢疾和慢性大腸炎亦有效。

傳說在明末清初，蘇州虎丘住著一趙姓農民，家中夫婦倆和三個兒子生活貧苦。趙老漢外出謀生，每隔兩三年才能回來看看。孩子漸漸大了，便把地分為三塊，每人一塊，都以種茶樹為主。一年，趙老漢帶回一捆花樹苗，說是南方人喜歡的香花，不知道叫什麼名字，便種在了大兒子的茶田裡。

隔年，樹上開出了朵朵小白花，雖香，卻沒有引起村民的多大興趣。一天，趙家大兒子驚訝的發現，茶枝也帶有小白花的香氣，隨即檢查了整塊茶田，發現到處都帶著香氣。他不聲不響的採了一筐茶葉，到蘇州城裡去賣，含香的茶葉非常暢銷，讓他發了大財。這時兩個弟弟眼紅了，認為賣茶所得的錢應該平分。而哥哥認為這是自己的茶葉，當然不同意把錢拿出來平分。於是本來一個和睦的大家庭因此鬧得四分五裂。

趙老漢看不下去了，就叫來村裡一位長者來勸導。長者把三兄弟叫到一塊，說道：「你們三人是親兄弟，應該親密無間，不能只為眼前一點點利益鬧得四分五裂。哥哥發現的香茶多賣了錢，是好事，全家都應該高興，你們反而鬧起來了，這像話嗎？如果你們繁枝發展這些香花，每人茶田裡都種上香花，那麼兄弟都能賣香茶，大家不就都發大財了嗎？像你們這樣自私自利，如何能成大事？我為你家的香花取個花名，就叫末利花，意思就是為人處事，都把個人私利放在末尾。」

兄弟三人聽了這話很受感動。回家以後，和睦相處，生活一年比一年富裕起來。後來末利花漸漸被推廣，為了字形的美麗，人們把末利花寫成了茉莉花，但其涵義卻一直留在人們心中。

大家看到了，僅僅是茶樹邊種著茉莉花，茶葉就如此清香，那麼將茉莉花摻入茶葉中泡茶，那茶香又是怎樣誘人！茉莉鮮花潔白高貴，香氣清幽，近暑吐蕾，入夜放香，花開香盡。如果茶能飽吸花香，那麼茶味該是何等的美妙。其中滋味只要泡上一杯茉莉花茶，便可盡情領略了。

其實將茉莉花加入茶中，傳說還是北京一位茶商陳古秋所創。陳古秋為什麼想出把茉莉花加到茶葉中去呢？

相傳有一年冬天，陳古秋邀來一位品茶大師，研究北方人喜歡喝什麼茶，正在品茶評論之時，陳古秋忽然想起有位南方女子曾送他一包茶葉未品嘗過，便找出那包茶，請大師品嘗。沖泡時，碗蓋一打開，先是異香撲鼻，接著在冉冉升起的熱氣中，看見有一位美貌女子，兩手捧著一束茉莉花，一會兒工夫又變成了一團熱氣。

陳古秋十分不解，這時大師笑道：「陳老弟，你做下好事啦，這乃茶中絕品『報恩仙』，過去只聽說過，今日才親眼所見，這茶是誰送你的？」陳古秋就講述了三年前去南方購茶住客店遇見一位孤苦伶仃少女的經歷，少女訴說家中停放著父親屍身，無錢殯葬，陳古秋深為同情，便取了一些銀子給她，並請鄰居幫助她搬到親戚家去。三年過去，今春又去南方時，客店老闆轉交給他這一小包茶葉，說是三年前那位少女交送的。當時未沖泡，誰料是珍品。

大師說：「這茶是珍品，是絕品，製這種茶要耗盡人的精力，這女子你可能再也見不到了。」陳古秋說當時問過客店老闆，老闆說女子已死去一年多了。兩人感嘆一會，大師忽然說：「為什麼她獨獨捧著茉莉花呢？」兩人又重複沖泡了一遍，那手捧茉莉花的女子又再次出現。陳古秋一邊品茶一邊悟道：「依我之見，這是茶仙提示，茉莉花可以入茶。」

於是在第二年，陳古秋將茉莉花加到茶中，果然製出了芬芳誘人的茉莉花茶。這茶深受北方人喜愛，茉莉花茶便這樣產生了。

賈母不吃六安茶，酒食油膩怕停食 ....

在《紅樓夢》第四十一回「櫳翠庵茶品梅花雪，怡紅院劫遇母蝗蟲」中，賈母等吃過茶，又帶了劉姥姥至櫳翠庵來。妙玉忙接了進去。至院中見花木繁盛，賈母笑道：「到底是她們修行的人，沒事常常修理，比別處越發好看。」一面說，一面便往東禪堂來。妙玉笑往裡讓，賈母道：「我們才都吃了酒肉，你這裡頭有菩薩，沖了罪過。我們這裡坐坐，把你的好茶拿來，我們吃一杯就去了。」妙玉聽了，忙去烹了茶來。寶玉留神看她是怎麼行事。只見妙玉親自捧了一個海棠花式雕漆填金雲龍獻壽的小茶盤，裡面放一個成窯五彩小蓋鐘，捧與賈母。賈母道：「我不吃六安茶。」妙玉笑說：「知道。這是老君眉。」賈母接了，又問是什麼水。妙玉笑回「是舊年蠲的雨水。」賈母便吃了半盞，便笑著遞與劉姥姥說：「你嘗嘗這個茶。」劉姥姥便一口吃盡，笑道：「好是好，就是淡些，再熬濃些更好了。」賈母眾人都笑起來。

雖然酒肉之後的賈母不喜歡六安茶，但這種著名的綠茶卻是中國十大名茶之一。六安茶又被稱為六安瓜片，其真正的產地的安徽省的六安、金寨和霍山三縣，以金寨縣齊雲山鮮花蝙蝠洞所產之茶品質最高，故又稱「齊雲名片」。「天下名山，必產靈草。江南地暖，故獨宜茶。大江以北，則稱六安。」這是明代茶學家許次紓《茶疏》開卷的第一段話。由此可知六安茶在中國茶史上的重要地位。

六安產茶，有著悠久的歷史。據史書記載，六安茶始於唐代，揚名於明清。早在唐代，大詩人李白就有「揚子江中水，齊雲頂上茶」之讚語。宋代更有茶中「精品」之譽。明代科學家徐光啟在其著《農政全書》中記述「六安州之片茶，為茶之極品」。

清道光年間《壽州志》記載：「唐、宋史志，皆云壽州產茶，蓋以其時盛唐、霍山隸壽州、隸安豐軍也。今土人云：壽州向亦產茶，名雲霧者最佳，可以消融積滯，蠲除沉荷……」六安瓜片至今已有三百多年歷史，明清時代均為貢品。慈禧膳食單上規定月供「齊山雲霧」瓜片十四兩。直到現在，中國各級評茶機構仍把六安瓜片列為十大名茶之一。

幾乎每一種茶葉都有一個美麗的傳說，六安茶也不例外。

在很早以前，現在盛產六安茶的齊頭山還沒有六安茶，但也是個富饒的地方。這個地方缺少鮮花，正在人們議論為齊山種一些花草的時候，來了一個身穿灰黑色衣衫的冶豔女人，阻止人們栽種花草，說：「花多妖豔，於人畜莊稼不利。」村民相信了她的話，女人也在這個地方落下了腳。

自從這個女人來了之後，村裡怪事連連。雖然她長得面如滿月，眼若流星，但一見到花，就面目猙獰，眼若銅鈴，把花掐光。連小女孩穿的花衣裳，她都搶過來把它撕掉。更怪的是，自她來後，齊頭山的那個洞裡，每天五更便冒出一股濃濃的黑氣，彌漫村莊，村裡的樹竹越長越小，莊稼年年減產，餓得人們面黃肌瘦。

後來人們發現，那女人原來是個妖怪，是她在危害村莊。正當人們日子過不下去的時候，村裡來了一位銀髮如雪的老太婆。她手提一個籃子，籃子裡裝滿了茶籽，她告訴村民，這隻妖怪怕鮮花，而這種茶籽開出的茶花便是她最大的威脅。

於是村民接過茶籽開始播種，轉眼間，種下的茶籽就冒出了新芽，慢慢長大，直至開花。妖怪受到鮮花的刺激顯出了原形，原來是隻蝙蝠精。蝙蝠精臨死前朝村民噴出一股黑煙，企圖毒死村民，這時老太太搖身化為一位仙女，把黑煙全吞進肚子裡了。

村民得救了，仙女卻中毒倒下了。仙女告訴村民，趕快去摘些茶葉泡水給她喝，便能夠解此毒。村民遵命，採摘茶樹葉子，培成茶葉，泡水讓仙女服下。三日後，仙女恢復如初，告別了村民。人們為了感謝仙女去除禍害，便把漫山遍野的茶樹照顧得更好，由於那裡霧氣濃，溫差大，茶樹所產的茶葉葉厚、醇香，成了遠近聞名的好茶，這便是現在齊雲山鮮花嶺蝙蝠洞所產的六安茶了。

成品的六安茶葉緣向背面翻捲，呈瓜子形，自然平展，色澤寶綠，大小勻整。每一片不帶芽和莖梗，微向上重疊，形似瓜子，內質香氣清高，水色碧綠，滋味回甜，葉底厚實明亮。假的則味道較苦，色比較黃。六安瓜片宜用開水沏泡，沏茶時霧氣蒸騰，清香四溢；沖泡後茶葉形如蓮花，湯色清澈晶亮，葉底綠嫩明亮，氣味清香高爽、滋味鮮醇回甘。六安瓜片還十分耐沖泡，其中以兩道茶香味最好，濃郁清香。常喝此茶可清心明目，提神消乏，通竅散風。

舊年雨水老君眉，劉姥姥不識樂大家 ············

前面說過，賈母不吃六安茶，但是妙玉所煮的「老君眉」卻吃了半盞，那麼這「老君眉」究竟是什麼茶呢？中國藝術研究院紅樓夢研究所注釋的「老君眉」為：「湖南洞庭湖君山所產的銀針茶」；而在《紅樓夢大辭典》中的解釋為：「今安徽六安銀針即老君眉」。這兩種說法都形容老君眉茶滿布毫毛或銀毫，形如長眉或針長如眉。然而在明清時代，湖南君山和安徽六安出產的銀針茶都不名為「老君眉」。當然「老君眉」茶亦不是曹雪芹興之所至的意象之名。

如果「老君眉」為君山銀針的話，這裡還有個傳說：君山銀針原來叫白鶴茶。據說是唐朝的時侯，有一位名叫白鶴真人的雲遊道士從海外仙山歸來，隨身帶了八株神仙賜予的茶苗，將它種在君山島上。後來，在他親手挖掘白鶴井邊，蓋了一座白鶴道觀。閒暇時刻，他用白鶴井水沖泡仙茶，只見杯中一股白氣嫋嫋而上，水氣中一隻白鶴扶搖而起，最後沖天而去，因此，他把這個茶叫做「白鶴茶」。又因為茶葉葉色金黃，形似黃雀的翎毛，所以別名稱做「黃翎毛」。

後唐的第二個皇帝明宗李嗣源第一回上朝的時候，侍臣為他捧杯沏茶，開水向杯裡一倒，馬上看到一團白霧騰空而起，慢慢出現了一隻白鶴。這隻白鶴對明宗點了三下頭，便朝藍天翩翩飛去了。再往杯子裡看，杯中的茶葉都齊嶄嶄的懸空豎了起來，就像一群破土而出的春筍。過了一會，又慢慢下沉，就像是雪花墜落一般。明宗感到很奇怪，就問侍臣是什麼原因。侍臣回答說：「這是君山的白鶴泉水，泡銀針茶的緣故。」明宗心裡十分高興，立即下旨把君山銀針定為「貢茶」。君山銀針沖泡時，棵棵茶芽立懸於杯中，極為美觀的。

再來看看小說中的對話。賈母道：「我們才都吃了酒肉。」眾人都知道，賈母是一位養生高手，自然也深諳茶道，「吃了酒肉」之後油膩太重，倘若飲了六安茶容易停食、腹痛。所以，同樣精於茶道的妙玉在旁說：「知道。這是老君眉。」意思是告訴賈母這不是六安茶，您放心的喝吧，由此看來，「老君眉」應該屬於發酵的紅茶或半發酵的烏龍茶中的一種，其特點是湯色深色鮮亮，香馥味濃。在清代頗為時興這種茶葉，所謂「老君」即「壽星」，因此時人又稱此茶為「壽眉」。

「老君眉」是賈母最愛喝的養生茶。其實此茶是湖南洞庭湖中君山所產的一種銀針茶。每次賈母喝此茶時，都取用梅花雪水浸泡。此茶色澤鮮亮，香氣高爽，其味甘醇，既養心又養生，所以成為賈母最喜愛的養生茶。妙玉為賈母一行人備下的「老君眉」，既有茶理上「吃油膩」不宜飲綠茶的原因，同時也有恭維、討好「老祖宗」的心理，表現了這位「檻外人」不僅擅於茶道，同時聰明乖巧，格外招人喜愛。

消食利尿除煩熱，性溫味香普洱茶 ···············

普洱茶產於雲南西雙版納等地，因自古以來即在普洱集散，因而得名。在《紅樓夢》第六十三回「壽怡紅群芳開夜宴，死金丹獨豔理親喪」中，寶玉過生日，襲人晴雯她們想晚上替寶玉祝壽，林之孝家的來查夜，見寶玉還沒睡覺，就讓他早點睡。寶玉忙笑道：「媽媽說的是，我每日都睡得早，媽媽每日進來可都是我不知道的，已經睡了。今兒因吃了麵怕停住食，所以多玩一會子。」林之孝家的又向襲人等笑說：「該沏些個普洱茶吃。」襲人晴雯二人忙笑說：「沏了一盅子女兒茶，已經吃過兩碗了。大娘也嘗一碗，都是現成的。」說著，晴雯便倒了一碗來。在這裡寶玉撒謊說吃了麵食，怕睡早了不消化，而林之孝家的說該喝些普洱茶，由此可見，普洱茶有消食的作用。

普洱茶性味苦、甘，涼，入心、肺、胃經，有清熱除煩，清利頭目，消食化積，通利小便之功，適用於熱病煩渴，風熱頭痛，食積不消，小便淋澀等。據《太草綱目拾遺》中記載：「普洱茶性溫味香，味苦性刻，解油膩牛羊毒，虛人禁用。苦澀逐痰下氣，刮腸通泄。普洱茶膏黑如漆，醒酒第一，綠色者更佳。消食化痰，清胃生津，功力尤大也。」

相傳在三國年間，武侯諸葛亮帶兵出征孟獲，途經西雙版納猛海南糯山，士兵因水土不服而生眼病，在山巒間東撞西碰。諸葛亮將手杖插入石頭寨的地裡，這時奇蹟出現了：諸葛亮的手杖生根發芽長葉，成了蔥綠的茶樹，士兵摘葉煮水，飲之病癒，原來此茶竟有明目功效！自此，南糯山上便有了茶樹，所製茶葉便是普洱茶。

另有傳說是普洱茶生於深山，而且茶樹高大，山地地勢險要，極難採摘。一天，一群採茶人結夥攀岩到茶山採茶，巧遇猴群騷擾，行進受阻。無奈之下，這些採茶人以石塊扔猴群，猴群四散，立即似飛爬上茶樹。採茶人見狀繼續用石塊擊打猴群，這下可把群猴激怒了，於是群猴便用茶葉團來還擊採茶人。只見猴子將茶葉採下放入口中潤溼，掌壓成團，隨即扔下擊打採茶人。菜茶人拾起茶團一看，這茶團緊密，茶香宜人，採茶人欣喜萬分，繼續來往還擊，直至天黑，菜茶人收集到大量茶團。眾人下山返鄉，個個如獲至寶。茶團久放不見腐爛、發霉，一傳十十傳百，遠近茶鄉耳聞目睹，成為佳話。

不管普洱茶是怎麼出現的，其養生價值都是我們不容忽視的。除了直接飲用外，普洱茶還有其他的食療方法，煮菜、熬粥，俱可養生。

用普洱茶 5 克，鵪鶉 1 隻，老鴨 1 隻，生薑、調味品適量。將普洱茶用沸水沖泡數次取汁。鵪鶉、老鴨去毛雜，洗淨，與茶汁、生薑同放煲內，先用武火煲沸，然後改為文火煲熟，最後調入適量食鹽、味精等。此湯名為鵪鶉茶鴨湯，可清熱養陰，適用於糖尿病、肺結核等病症。

取麥芽 30 克，雞內金 10 克，粳米 50 克，普洱茶葉 5 克。將麥芽、雞內金、普洱茶葉水煎去渣取汁，加稻米煮粥服食，每日兩次。此粥可健胃消食，適用於傷食泄瀉等病症。

還有一藥膳名為普洱茶排：取豬排骨 500 克，普洱茶葉 10 克，以及調味品適量。將排骨清洗乾淨，切成小塊，放入滾水中略煮，然後撈出待用；大蔥切成兩公分的小段；薑切片；大蒜去皮，用刀拍散。排骨放入鍋中，加入普洱茶葉、蠔油、大蔥、薑片、大蒜和開水適量，用文火將豬排燉熟，最後用食鹽、味精調味即成。此藥膳可開胃消食，適用於脾胃虧虛，納差食少，脘腹脹滿等症。

尤氏惜春吵完架，李紈勸解奉麵茶

在《紅樓夢》第七十五回中，話說尤氏從惜春處賭氣出來，正欲往王夫人處去。跟從的老嬤嬤們因悄悄的回道：「奶奶且別往上房去。才有甄家的幾個人來，還有些東西，不知是什麼機密事。奶奶這一去恐怕不便。」尤氏聽了，便不往前去，仍往李紈這邊來了。恰好太醫才診了脈去，李紈近日也覺清爽了些，擁衾倚枕坐在床上，正欲人來說些閒話。因見尤氏進來，不似方才和藹，只呆呆的坐著，李紈因問道：「你過來了，可吃些東西？只怕餓了。」命素雲：「瞧有什麼新鮮點心拿來。」尤氏忙止道：「不必不必。你這一向病著，那裡有什麼新鮮東西？況且我也不餓。」李紈道：「昨日人家送來的好茶麵子，倒是兌碗來你喝罷。」說畢，便吩咐去對茶。由此段對話可以看出，麵茶原來和茶搭不上多少關係，說是點心恐怕更貼切一點。

其實麵茶是一種以黃小米粉為主料的粥。主要是把炒芝麻、麻油、麻醬、鹽和黃小米粉煲成粥狀物。是太原市、晉中地區的一種傳統的麵類小吃，一般冬、春季食用最多。麵茶還可加白糖製作成甜味麵茶，一般常作為早點、消夜。

製作這種麵茶需要的原料有白麵粉、芝麻仁、花生仁、豆腐乾、核桃仁、食油、紅棗、薑片、鹽、味精等。

製時先把鍋上火放入食油，油熱後倒入麵粉發、紅棗、薑片，用小鏟翻炒，略炒後再加入芝麻仁、核桃仁翻炒，待將麵粉炒至黃色，有明顯的炒麵香味時，即可出鍋，撿出紅棗和薑片，留麵粉備用。

接下來根據自己的食量取適量的炒麵放入碗中，加入冷水攪成稀糊。豆腐乾切成小片，花生仁用水泡發。將鍋上火加入清水適量，然後放入少許食鹽、味精、花生仁、豆腐乾片，燒開後，將麵糊倒入鍋內，攪開後略熬片刻即成。

除了上述的麵茶之外，老北京的麵茶也十分有名。老北京麵茶顏色鮮黃，質地細膩，味道香濃，是一道非常可口的風味小吃。麵茶在北京小吃中，一般在下午售賣。民間有詩云：「午夢初醒熱麵茶，乾薑麻醬總須加。」老北京喝麵茶十分講究，不用筷子，也不用勺子，應該一手端碗，沿著碗邊轉圈喝，其風味滿嘴留香。

老北京製作麵茶，需要的材料有小米麵或糜子麵、芝麻醬、香油、芝麻、鹹鹽等。首先用擀麵棍把芝麻碾碎，然後放入少許鹹鹽拌成芝麻鹽。然後在芝麻醬中倒入少許香油，這樣做的原因是芝麻醬很乾，如此經過香油的稀釋，味道會更加的香濃。

接下來把適量的小米麵或糜子麵倒入鍋中，用少許的冷水調成麵糊，等到麵糊調勻後再根據所需要的量加水，這裡需要注意的是所加之水一定要用冷水。接下來就可以上火熬製了，熬的時候要不停的攪拌，這樣做的目的是防止黏鍋。等到快開鍋時改小火接著熬，用小火熬製的時間可以稍長些，不過仍然需要不停的攪拌。等到麵茶熬得十分黏稠，而且又很容易倒出來的時候，就可以關火了。

最後在盛入小碗的麵茶上澆上一層芝麻醬，再在芝麻醬上撒上一些芝麻鹽，這樣一碗地道的老北京風味麵茶就做好了。

真者甘香而不冽，太和之氣龍井茶 ....

在《紅樓夢》第八十三回「省宮闈賈元妃染恙，鬧閨閫薛寶釵吞聲」中，寶玉到瀟湘館看黛玉，黛玉吩咐紫鵑道：「把我的龍井茶給二爺沏一碗」。此茶因出產於杭州西湖龍井村一帶，故名龍井茶。古人曾言：「龍井茶，真者甘香而不冽，啜之淡然，似乎無味，飲過之後，覺有一種太和之氣，彌淪於齒頰之間。」龍井茶向來以色綠、香郁、味醇、形美四絕聞名於世，自宋代以來一直為皇室的貢品，是中國綠茶中的絕品。

關於龍井茶，民間流傳著許多神奇的傳說。

故事一：

傳說在很久以前，王母娘娘在天庭舉行一年一度的蟠桃大會，各地神仙都應邀赴會。大會上仙樂飄飄，神童仙女，奉茶獻果，往返不絕。這時一位粗心的地仙不留神將茶盤端歪了，一盞茶杯骨碌碌的翻落到塵世間去了。地仙嚇得三魂出竅，臉色煞白。這時，好心的呂洞賓忙接過地仙的茶盤，把僅有的七杯茶分給七洞神仙，自己面前空著，吩咐地仙說：「這裡我暫時替你照應著，你快下去找茶杯吧。」地仙非常感激，道謝後就走了。

地仙下到凡間，落到了杭州，搖身變成一個和尚，四處尋找茶杯。這天，他看見有座山像隻獅子蹲著，秀石碧壑，山間竹林旁有座茅草房，門口坐著一位八十多歲的奶奶。地仙上前施禮問道：「老施主，這裡是什麼地方？」老奶奶答道：「叫暉落塢。聽先輩說，有天晚上，突然從天上落下萬道金光，從此這裡就叫做暉落塢了。」地仙聽了心裡又驚又喜，趕緊四下一看，忽然他眼睛一亮，那不是我落下的茶杯嗎？

原來老奶奶屋旁有口堆滿垃圾的舊石臼，裡面長滿了蒼翠碧綠的青草。有根蜘蛛絲晶瑩閃亮，從屋簷邊直掛到石臼裡。地仙明白了，這隻蜘蛛精在偷吸仙茗呢，忙說：「老施主，我用一條金絲帶換妳這石臼行嗎？」老奶奶說：「你要這石臼子嗎？反正我留著也無用，你拿去吧！」

地仙想，我得去找根繩子捆住才好拎走。地仙剛離去，老奶奶心想，這石臼兒髒呢，怎麼沾手呀！於是找來勺子，把垃圾都掏出，倒在房前長著十八棵茶樹的地裡，又找塊抹布來擦乾淨。沒想這些動作驚動了蜘蛛精，蜘蛛精以為有人要搶牠的仙茗呢！一施法，將石臼打入了地底深層。等地仙帶著繩回來一看，石臼已經不在了，只好空手回天庭。

後來，被打入地下的茶杯成了一口井。後來又有一條龍來吸仙茗，待龍飛走後，留下一井水，這就是傳說中的龍井了。而老奶奶茅屋旁的十八棵茶樹經過仙露的滋潤，長得越來越茂盛，品質超群。

故事二：

乾隆皇帝下江南時，微服來到杭州龍井村獅峰山下，一天遊山觀景時，忽見幾個村女喜孜孜的正從十八棵茶樹上採摘新芽，不覺心中一樂，快步走茶樹前，也學著採起茶來。剛採了一會兒，忽然太監來報：「皇上，太后有恙，請皇上急速回京。」乾隆一聽太后有恙，不覺心裡發急，隨即將手中茶芽向袋內一放，日夜兼程返京，回到宮中向太后請安。

其實，太后也沒什麼大病，只是一時肝火上升，雙眼紅腫，胃中不適。忽見皇兒到來，心情好轉，又覺一股清香撲面而至，忙問道：「皇兒從杭州回來，帶來了什麼好東西，這樣清香？」乾隆皇帝也覺得奇怪：「我匆忙而回，未帶東西，哪來的清香？」仔細聞聞，確有一股馥郁清香，而且來自袋中。他隨手一摸，原來是在杭州龍井村胡公廟前來的一把茶葉，幾天後已經乾燥，並發出濃郁的香氣。

太后想品嘗一下這種茶葉的味道，宮女將茶泡好奉上，果然清香撲鼻，飲後滿口生津，回味甘醇，神清氣爽。幾杯之後，眼腫消散，腸胃舒適。當時太后可樂了，稱杭州龍井茶是靈丹妙藥。乾隆皇帝見太后這麼高興，自己也樂得哈哈大笑，忙傳旨下去，將杭州龍井獅峰山下自己親手採摘過茶葉的十八棵茶樹封為御茶，每年專門採製，進貢太后。從此，龍井茶的名氣就傳出來了。

藥物養生——
虛則補之，實則瀉之

《紅樓夢》中藥，治病加養生

養生先從人參說起

說養生不得不談到人參，《紅樓夢》有多處寫到人參。第三回寫林黛玉吃人參養榮丸這種丸藥的主藥就是人參。人參養榮丸是在十全大補湯的基礎上衍化而來。十全大補湯由十味藥組成，即黨參、白朮、茯苓、甘草、當歸、熟地、白芍、川芎、黃芪、肉桂。十全大補湯去川芎，加上五味子、陳皮、遠志、薑、棗，就成了人參養榮丸。

在第十回「金寡婦貪利權受辱，張太醫論病細窮源」中，張太醫為秦可卿開了益氣養榮補脾和肝湯，共有十四味藥，外加去心蓮子、大棗為引，人參也是主藥。

在第十二回「王熙鳳有毒設相思局，賈天樣正照風月鑑」中，又著重寫了以人參為主藥的獨參湯。賈瑞中了王熙鳳設的圈套，在「臘月天氣，夜又長，朔風凜凜，侵肌裂骨，一夜幾乎不曾凍死。」相思病難禁，又添了債務，日間功課又緊，他自己又不爭氣，反覆手淫，加上遺精，已經危在旦夕，此時極需要用「獨參湯」，以挽救生命。他的爺爺賈代儒，一個窮文人，哪有這樣的力量？只得到榮國府求援。王夫人命鳳姐秤二兩給他。鳳姐也不遣人去尋，只將些渣末湊了幾錢，命人送去。對於一個危重患者，幾錢渣末哪能管用？於是賈瑞就命歸西天了。

在第四十五回「金蘭契互剖金蘭語，風雨夕悶製風雨詞」中，薛寶釵看林黛玉的藥方，覺得人參、肉桂太多了，「雖說益氣補神，也不宜太熱。」建議她以平肝養胃為主，於是推薦了「燕窩粥」。

第七十七回「俏丫鬟抱屈夭風流，美優伶斬情歸水月」中，醫生開了丸藥「調經養榮丸」給鳳姐，要用上等人參二兩。圍繞這二兩人參，編者又費了一番筆墨，使讀者獲得了許多關於人參的知識。

自古以來，人參被中國人奉為包治百病的神藥。《神農本草經》首次將人參當成藥物收入，在書中，人參被定為上品君藥。人參的實際作用非常廣泛，具有滋補強壯、補氣、固脫、安神、生津、止渴、明目、開心、益智之功效。另外人參具有提高體力和腦力勞動能力，降低疲勞，提高血液中血紅素的含量、調節中樞神經系統的作用；具有鎮靜大腦、調節神經、促進代謝、恢復疲勞功效；具有增強肝臟解毒功能、改善骨髓造血能力、活躍內分泌系統、增強肌體免疫作用。對於治療虛症發熱、內傷中風、病後體虛失血、治虛脫及心血管疾病，胃和肝臟疾病、糖尿病，不同類型的神經衰弱症、抗癌等均有較好的療效。

人參的種類主要有野山參、紅參、白參、高麗參、園參、邊條參、糖參、西洋參等，按加工工藝可分為紅參、模壓紅參、生晒參、全鬚生晒參、保鮮參和活性參等。通常來說，一般人進補，可以吃一些生晒參，但不要吃太多。年老體弱而且身體虛寒的人，可以適當吃一些紅參或野山參，如果經濟條件不允許吃野山參，也可以吃一些生晒參。婦女產後體虛者，可以吃一些紅參。大出血患者，最好吃野山參，其次是吃紅參，再次是生晒參。夏天進補，可以選用西洋參。體質較熱的人，最好選用西洋參或者生晒參。

當然，也不是所有的人都適合吃人參。比如說高血壓患者；脾氣暴躁而面色發紅者；消化不良或有炎症者；胸悶腹脹者；瘡瘍腫毒，身患疔瘡疥癬和咽喉腫痛者；舌質紫暗，煩躁不安、手足心發熱者不宜吃紅參和野山參；脾胃虛寒者，不宜吃西洋參。身體健康的人當以飲食和運動為強身之良策，多服、過服人參無益於健康，尤其是兒童、血氣方剛的青壯年，更不可盲目服用人參。

另外，無論是紅參或是生晒參，在食用過程中一定要循序漸進、不可操之過急，過量服食。食用人參時還應該要注意季節的變化，一般來說秋冬季節天氣涼爽，此時進食比較好；而夏季天氣炎熱，則不宜食用。

紅樓談寶玉，佩玉益身體

寶玉之所以被名為「寶玉」，是因其一生下來，嘴裡所銜之玉上，鐫著「通靈寶玉」。由於寶玉並非「通靈寶玉」本身，所以寶玉僅僅是假（賈）寶玉而已。玉是寶玉的命根子，離開了玉寶玉便神志不清，瘋瘋癲癲。那麼，玉真的有這麼神奇嗎？

玉自古以來便被人們視為吉祥貴重的物品，在中國，玉器從舊石器時代便有記載了。它記錄了人類生活，社會的變遷，比金、銀、銅、鐵器不知要早多少年。從舊石器時代到奴隸社會、封建社會，玉器的佩帶代表著人們的社會地位。美玉得到東方人的萬般垂愛。人們往往用玉來比喻人的德性，儒家講究「君子必佩玉」，「無故，玉不去身」等。

《紅樓夢》第十七回賈元春省親，帶給賈母的禮物是金、玉如意各一柄，沉香拐杖一根，伽楠念珠一串。紅樓夢第七十一回賈母八十大壽時，送壽禮者絡繹不絕。禮部奉旨：欽賜金玉如意一柄，彩緞四端，金玉杯四個，帑銀五百兩。這如意為何物呢？據陳重遠《古玩史話與鑑賞》所述：如意是器物品，出自印度。最早的如意，柄端做手指之形，以示手不能至，搔之可以如意，也有柄端做心字形的，用竹、骨、玉、銅製作，講僧持之記文於上，以備遺忘。而賈母所受的金、玉如意，是用金和玉製作的，因「如意」之名，蘊含吉祥如意、幸福來臨的韻味，在明清時期備受人們青睞。

其實，玉雖不具有寶玉的「通靈寶玉」那樣神奇的效用，但除了用來觀賞、當禮品之外，它對於人體的養生保健來說，的確是十分有益的。早在兩千多年前，人民已懂得將玉石雕琢成飾物佩帶，並運用在保健醫療方面。據古代醫藥名著《神農本草經》等記載，玉石具有「除中熱、解煩懣、潤心肺、助聲喉、滋毛髮、養五臟、安魂魄、疏血脈、明耳目」等療效。含有玉石或用以作引子的方劑，也為數不少。佩玉能使人頭腦清晰、反應敏捷，所以民間說老年人佩帶玉器能防中風。

玉石具有特殊的光電效應，在切割、打製、研磨的過程中，這些效能可積聚能量，形成一個電磁場，會使人體發生諧振，促使人體各器官更協調、精確的運轉，起到穩定情緒、平衡生理機能的作用。玉石中還含有許多對人體有益的微量元素，如硒、鎳、鈣、鋅、銅、鎂、鐵等，玉器佩帶在人身上手上，與人的皮膚密切接觸，便能使人體吸收這些少量有益元素，因而有利人的健康。

佩玉還有益於孕婦，醫學認為，玉石類可「安心神而鎮魂魄」，孕婦佩帶玉器，可使心神安定，心平氣和，從而防止孕婦心情浮躁及妊娠高血壓的發生。另外，中國古代胎養經書中有「珠寶玉石類安胎養兒法」，取其「外相而內感也」之理，孕婦佩玉可消去胎毒，使日後孩子相貌端正，肌膚細嫩。相傳慈禧太后有個奇特的美容法，用玉尺在面部搓、揉、磨、操，玉尺就是用珍貴的玉石做成的一根較短的圓形玉棍。事實上，適度的按摩能促進皮膚的新陳代謝，改善面部的血液循環，有利於皮膚健美。同時，玉石中含有的微量元素，也有利於皮膚的養護。

經研究證明，海藍玉石能益氣潤肺，緩解呼吸系統的病痛；鑽石能強心壯神，使人精力旺盛；紫晶能解除人的緊張狀態，具有鎮靜安神的功效。因此對於佩玉來說，人們不僅是把玉作為美麗的裝飾物品，更多的是看重它對人體的保健作用。其效果編者不能一一盡述，也許讀者親身體驗一番，佩玉的神效便能了然於心。

葵花也是養生藥，驅蟲止痢混身寶 ....

葵花籽是我們日常生活中最常見的休閒食品了，逢年過節，閒暇無事時，一捧瓜子總會為我們平添諸多樂趣。瓜子人人愛吃，《紅樓夢》中人更是如此。黛玉愛吃瓜子，在《紅樓夢》第八回「比通靈金鶯微露意，探寶釵黛玉半含酸」中，寶玉來到薛姨媽家玩，薛姨媽已擺了幾樣細茶果來留他們吃茶。寶玉因誇前日在那府裡珍大嫂子的好鵝掌鴨信。薛姨媽聽了，忙也把自己糟的取了些來與他嘗。寶玉想飲酒，寶玉的奶媽又不准寶玉多飲，黛玉磕著瓜子兒，只管抿著嘴兒笑。丫鬟們也愛吃瓜子，在《紅樓夢》第十九回「情切切良宵花解語，意綿綿靜日玉生香」中，寶玉覺襲人回家去了，不知情況怎麼樣，於是和茗煙一起去看看。寶玉出門後，家中無人管束，他房中這些丫鬟們都越性恣意的頑笑，也有趕圍棋的，也有擲骰抹牌的，磕了一地瓜子皮。

葵花，又名向日葵，為菊科植物。向日葵為俄羅斯、烏克蘭國花。蘇聯人民熱愛向日葵，並將它定為國花。向日葵，意為嚮往光明之花，為人們帶來美好希望之花。

相傳古代有一位農夫女兒名叫明姑，她憨厚老實，長得標緻，卻被繼母視為眼中釘，受到百般淩辱虐待。一次，因一件小事，頂撞了繼母一句，惹怒了繼母，使用皮鞭抽打她，可是一下子失手打到了前來勸解的親生女兒身上，這時繼母又氣又恨，夜裡趁明姑熟睡之際挖掉了她的眼睛。明姑疼痛難忍，破門出逃，不久死去，死後她墳上開出許多鮮麗的黃花，終日面向陽光，它就是向日葵。表示明姑嚮往光明，厭惡黑暗之意，這個傳說激勵人們痛恨暴力、黑暗，追求光明。

另外在希臘神話中，也有關於向日葵的傳說：

克莉緹是一位水澤仙女。一天，她在樹林裡遇見了正在狩獵的太陽神海利歐斯，她深深為這位俊美的神所著迷，瘋狂愛上了他。可是，海利歐斯連正眼也不瞧她，一下子就走了。克莉緹熱切盼望有一天海利歐斯能對她說說話，但她卻再也沒有遇見過他。於是她只能每天注視著天空，看著海利歐斯駕著金碧輝煌的日車劃過天空。她目不轉睛的注視著海利歐斯的行程，直到他下山。每天每天，她就這樣呆坐著，頭髮散亂，面容憔悴。一到日出，她便望向太陽。後來，眾神憐憫她，把她變成一大朵金黃色的向日葵。她的臉蛋變成了花盤，永遠向著太陽，每日追隨他，向他訴說她永遠不變的戀情。

不管是哪個傳說，都講出了向日葵嚮往光明之意。在秋季將向日葵花托摘下，收集成熟的種子，晒乾即成葵花籽。向日葵一身是藥，其種子、花盤、莖葉、莖髓、根、花等均可入藥。

葵花籽性味甘、平，入大腸經，有驅蟲止痢之功。葵花籽中所富含的脂肪油和亞油酸，有良好的降脂作用。可以延緩人體細胞的衰老，提高機體的抗病力。增強大腦細胞的記憶功能，而且能安定精神情緒。另外吃葵花籽還可以預防高血壓、心臟病、糖尿病以及某些惡性腫瘤，降低這些疾病的發生率。此外，葵花籽油還有高效的潤膚功效，中國新疆盛產葵花，維吾爾族女子的辮子又多又長，烏黑油亮，據說與她們愛吃葵花籽有關。但葵花籽炒後性多溫燥，多食後易出現口乾、口瘡、牙痛等「上火」症狀，故應適量。

葵花的花盤有清熱化痰、涼血止血之功，對頭痛、頭暈等有效。將葵花盤晒乾研末，每取 5 克，黃酒送服，每日三次，可治療功能性子宮出血；將花盤水煎服，可治療氣喘；將花盤水煎加紅糖飲服，可治療痛經。

葵花的莖葉可疏風清熱、清肝明目。取向日葵乾莖葉 5 克，大棗 10 枚，水煎服，每日一劑，連續服用 5 ～ 7 天，可治療高血壓；取鮮向日葵莖葉適量，水煎服，可治療眼紅目赤、淚多等症。

葵花的莖髓可健脾、利溼、止帶。取向日葵莖內白髓適量，水煎服，可治療白帶清稀、腰膝痠軟；取向日葵莖髓 20 克，燈芯、竹葉、通草各 5 克，水煎服，可治療淋症、攝護腺炎。

葵花根可以清熱利溼、行氣止痛。取向日葵根適量，水煎服，可治療淋症尿頻、尿急、尿痛；取向日葵根 30 克，白朮 10 克，水煎服，可治療胃痛。

驢皮浸泡熬阿膠，補血止血之要藥

阿膠與人參，鹿茸並稱中藥「三寶」，因產老東阿縣而得名。中國現存最早的藥物學專著《神農本草經》將其列列為「上品」，《本草綱目》稱之為「聖藥」，為中華民族醫藥寶庫中一顆璀璨的明珠。在《紅樓夢》第十回「金寡婦貪利權受辱，張太醫論病細窮源」中，賈蓉妻子秦可卿病重，迭經治療，效果不顯，後經馮紫英介紹張大醫，診脈片刻工夫就將秦可卿的病症揣摩得八九不離十。爾後，張太醫提筆開了一藥方，乃是益氣養榮補脾和肝湯，處方為人參、白朮、雲苓、熟地、歸身、白芍、川芎、黃苓、香附米、醋柴胡、懷山藥、真阿膠、延胡索、炙甘草。最後，引用建蓮子七粒去心，紅棗兩枚。

此方中阿膠為養血、止血要藥。阿膠色澤棕黑光亮半透明，質堅而脆無腥氣，為驢皮經熬煮濃縮製成的膠塊。主產於中國山東、浙江、江蘇等地。製作阿膠，宰殺毛驢後，收取驢皮。將驢皮置清水中浸泡 2 ～ 3 天，浸軟後取出去淨毛及汙垢，切成小塊，洗淨，放入沸水中煮 15 分鐘，至皮捲成筒狀時取出，放入另一有蓋鍋中，加 5 倍量的清水，熬煮約三晝夜，待液汁稠厚時取出，加水再煮，如此反覆 5 ～ 6 次，直至驢皮溶化而成膠質溶液為止。將所得液汁用細銅篩過濾，濾液中加入少量白礬粉攪攔，靜置數小時，待雜質沉澱後，取上青液，加熱濃縮。在出膠前兩小時加入矯臭、矯味劑、黃酒、冰糖。見鍋面起大泡時，改用文火繼續熬煮，至濃度達到用鏟挑起少許，斷續成片落下時，再加香油，然後立即停火出膠。將膠傾入不鏽金屬膠盤，待膠凝固後，取出切塊反覆晾乾即成。

關於阿膠的來歷，傳說在很久以前，流傳著一種無法醫治的疾病，人若患上它便會吐血而死。有個心地善良的女子名叫阿嬌，她獨自一人去東嶽泰山祭祀藥王，尋求治好這病的藥草。路上，一位老人告訴她：「要治好這病，非用食獅耳山之草，飲狼溪河的水生長的小黑驢的皮不可。」阿嬌一聽，心中大驚，家鄉就有這麼一頭驢，牠穿山越河如平地，連山上猛虎惡狼都懼牠三分。阿嬌哪裡知道，這頭小黑驢就是上天受貶的一條烏龍，所以神通廣大。老人交給阿嬌一把寶劍，教會她劍術，讓她對付黑驢。阿嬌回到家鄉後，用老人所傳授的劍術殺死了黑驢，並按照老人的吩咐，和鄉親一起把驢皮剝下來，熬成了黃澄澄、亮晶晶、香噴噴的藥膠。患者服下這藥，病很快就好了。大家十分感激阿嬌，她卻不見了。有人說，那老人一定是藥王菩薩下凡，他帶阿嬌到仙山當藥童去了。從此，人們為了紀念阿嬌，便把這種由黑驢皮熬製成的藥膠稱為「阿膠」。

這當然只是個美好的傳說，熬製阿膠與驢皮的顏色並無關係。阿膠性味甘平，補血止血功效卓著，且能滋陰潤燥，臨床上常用來治療血虛所引起的眩暈、心悸、萎黃以及多種出血症，如吐血、衄血（鼻血）、咳血、便血、婦女崩漏下血、妊娠出血等，尤其對出血兼見血虛、陰虛者最為適宜。相傳慈禧懷孕時曾胎漏出血，時作時止，雖遍請名醫診治，但都毫無療效。眼見她的病情越來越重，唯恐胎兒難保。這可急壞了一直沒有子嗣的咸豐皇帝。正在此時，山東東阿人戶部侍郎陳宗媯奏告咸豐，建議慈禧服用東阿阿膠。慈禧聽從他的意見，服下阿膠，果然血止病癒，後又足月順產一個男嬰。這個男孩就是後來的同治皇帝。

有些人服用了阿膠後出現口舌生瘡，甚至流鼻血的狀況，這是因為人們在加工阿膠時，加入過多的黃酒、龍眼肉、胡桃肉、紅棗等熱性滋補品，服了這些加工過的阿膠出現「上火」的症狀。因此對於陰虛火旺甚者來說，服用阿膠時最好用玄參 50 ～ 100 克濃煎 50 ～ 100 毫升湯液，加入配製好的阿膠中，可去除熱性反應。另外，阿膠性較膩，如胃納不佳，溼困中焦、脾胃運化功能差者，應先用開胃健脾方進行調理，可選用陳皮、半夏、川朴、枳殼、神曲、山楂等藥，煎湯服用，使脾胃健運，方可服用阿膠。

甘草祛痰又止咳，緩和藥性解熱毒

在《紅樓夢》第十回「金寡婦貪利權受辱，張太醫論病細窮源」中，賈蓉妻子秦可卿病重，經過治療，效果不顯，後經馮紫英介紹張太醫，診脈片刻工夫就將秦可卿的病症揣摩得八九不離十。然後張太醫提筆開了一藥方，名為「益氣養榮補脾和肝湯」，處方為：人參、白朮、雲苓、熟地、歸身、白芍、川芎、黃苓、香附米、醋柴胡、懷山藥、真阿膠、延胡索、炙甘草。最後，引用建蓮子七粒去心，紅棗兩枚。

此方中出現了甘草這味中藥，甘草又名蜜草，以味道甜而得名，自古還有「靈草」、「國老」的美名。早在西元前兩百年左右，中國就已經有了甘草的記載。古代醫家對甘草的使用更是廣泛，直至目前，甘草也仍是中醫常用藥。中國傳統醫學認為，甘草味甘，性平，歸心、肺、脾、胃經。可驅五臟六腑寒熱邪氣，堅筋骨，長肌肉，倍氣力，解毒，久服輕身延年，生用瀉火熱，熟用散表寒，去咽痛，除邪熱，緩正氣，養陰血，補脾胃，潤肺。甘草生用清熱解毒，蜜炙後用則能補中緩急。

對於甘草的由來，這裡有一個傳說：

從前，在一個小山村裡有位郎中，一天，郎中外出替一位鄉民治病未歸，家裡又來了很多求醫的人。郎中妻子一看這麼多人坐在家裡等她丈夫回來治病，而丈夫一時又不回來。她暗自思索，丈夫替人看病，不就是那些草藥嘛，一把一把的草藥，一包一包的往外發放，我何不替他包點草藥打發這些求醫的人們呢？

包什麼藥給他們呢？她忽然想起灶前燒火的地方有一大堆草棍子，拿起一根咬上一口。覺得還有點甜。於是就把這些小棍子切成小片，用小紙一包一包包好，又一一發給那些來看病的人，並告訴這些患者這藥是郎中出門時留下的，回去煎水喝了病就會好。那些早就等得不耐煩的患者一聽都很高興，每人拿了一包藥告辭致謝而去。

過了幾天，好幾個人提著禮物來答謝郎中，說吃了他留下的藥，病就好了。郎中愣住了，他妻子心中有數，悄悄把他拉到一旁，小聲對他說了一番話，他才恍然大悟。他問妻子給的是什麼藥，他妻子拿來一根燒火的「乾草」棍子，告訴丈夫就是這種「乾草」。郎中問那幾個人原來得了什麼病？他們回答說，有的脾胃虛弱，有的咳嗽多痰，有的咽喉疼痛，有的中毒腫脹……可是現在，他們吃了「乾草」之後，病已經全部好了。

從那時起，草藥郎中就把「乾草」當做中藥使用，用以治療脾胃虛弱，食少，腹痛便溏；生用，治咽喉腫痛，消化性潰瘍，癰疽瘡瘍，解藥毒及食物中毒；又以其潤肺功能治咳嗽多痰；不單如此，郎中又讓它調和百藥，每帖藥都加一兩錢進去，並正式把「乾草」命名為「甘草」。從此，甘草一直沿用下來。

甘草不僅是著名中藥，而且在糖果、捲菸、醫藥和啤酒製造工業中均可作為調味劑，還可用於蜜餞果品中，如甘草橄欖、甘草梅子、甘草瓜子等。但需要注意的是，長期大量使用甘草，會引起浮腫、高血壓、胸腹脹滿、嘔吐等不良反應。同時中醫認為甘草不可與海藻、大戟、甘遂、芫花同用，以免發生毒副作用。

甘草有許多食療方，如：

◆甘草黃芪湯

取黃芪 15 克、麥冬 10 克、甘草 3 克洗淨，同入鍋中，加適量水，濃煎兩次，每次 30 分鐘，合併濾汁，加白糖 10 克即成。上下午分服。功能益氣固表，養陰生津，適用於反覆感冒的亞健康狀態者，對兼口乾咽乾者尤為適宜。

◆蓮子甘草茶

取蓮子 15 克，甘草 2 克，綠茶葉 5 克。將上述物品一併放入茶杯內，沖入開水浸泡，代茶頻飲。功能清心泄熱，適用於心火亢盛，口腔潰瘍反覆發作者。

◆綠豆甘草湯

取甘草 30 克，綠豆 90 克。把甘草洗淨潤透，切片；綠豆洗淨，去雜質，把甘草、綠豆放入燉鍋內，加入清水 400 毫升，再將燉鍋置武火上燒沸，用文火燉煮一小時即成。每日分兩次服完。此湯解毒而不傷正氣，中毒性肝炎患者可每天隨意飲用。

賈芸行賄用麝香，通絡散瘀治癲狂 ··············

《紅樓夢》中的大觀園實為迎接賈元春的省親別院。當傳出要修建大觀園的消息之後，賈家的許多人無不想在這件工程上撈到一些油水，而賈芸便是其中之一。賈芸是賈府本家的少爺，寶玉的姪輩，「後廊上住的五嫂的兒子」，很想在賈府謀得一份差事，先求賈璉不成，又準備去求王熙鳳。

賈芸伶俐乖覺，比寶玉年長四、五歲，卻甘願當寶玉的乾兒子。他家境貧寒，親舅舅現開香料鋪，為巴結鳳姐，賈芸在端陽節前去找舅舅賒一些冰片、麝香，以作送給鳳姐的禮物，並向舅舅保證「八月節按數送了銀子來」。不料卻遭到舅舅、舅媽的冷遇，深感世態炎涼。倒是街坊醉金剛倪二輕財仗義，一次就借給他十五兩三錢銀子。他拿銀子買了冰片、麝香，便向榮國府去，打聽賈璉出了門，才來候見鳳姐。

賈芸深知鳳姐是喜奉承尚排場的，又是請安，又是問候，誇她年輕能幹，將一個大家子「料理得周周全全的」。鳳姐聽了這些恭維話，又是得意，又是歡喜。賈芸謊稱一個開香鋪的朋友，因去雲南做官，不開香鋪了，剩下的貨物送人的送人，該賤賣的賤賣，像這貴重的，都送給親友，他也得了一些。他對鳳姐說：「我和我母親商量：賤賣了可惜；要送人也沒有人家兒配使這些香料。因想到嬸娘往年間還拿大包的銀子買這些東西呢，別說今年貴妃宮中，就是這個端陽節所用，也一定比往年要加十幾倍，所以拿來孝敬嬸娘。」

從這些話可以看出，賈芸是何等之乖覺之人，以鳳姐之精明能幹，也被他這些恭維的話說得心花怒放。毫無疑問，賈芸向鳳姐行賄成功了，謀得了一個種樹種花的差事，一次就領了二百兩銀子，先找倪二還了賬，又拿五十兩銀子去買樹。

賈芸行賄用了冰片和麝香。冰片別名艾片、梅片、龍腦，為半透明薄片狀結晶，青白色，質稍硬，手捏不易碎。氣清香，味辛涼。燃燒時有黑煙，無殘跡遺留。以片大、質薄、潔白、酥脆、清香氣濃者為佳。

冰片辛香走竄，性涼清熱，其開竅醒神之力較弱，而以清熱止痛見長，故為五官外科常用之品。可治療神昏痙厥諸症。宣竅醒腦作用與麝香相似。外用可治療咽喉腫痛、目赤腫痛。常用於中風口噤，熱病神昏，驚癇痰迷，氣閉耳聾，喉痺，口瘡，中耳炎，癰腫，痔瘡，目赤翳膜等病的治療。

麝香入藥早在《神農本草經》上就有記載。《本草綱目》言：「通諸竅，開經絡，透肌骨，解酒毒，消瓜果食積，治中風、中氣、中惡、痰厥、積聚症瘕。」「蓋麝香走竄，能通諸竅之不利，開經絡之壅遏，若諸風、諸氣，諸血、諸痛、症瘕諸病，經絡壅閉，孔竅不利者，安得不用為引導以開以通之耶？非不可用也，但不可過耳。」

關於麝香的發現，這裡有一個傳說：

相傳一位老獵人與其子人山射獵，兒子跌落澗中，無法動彈。老人奔至澗中，卻聞一股奇香沁人心脾。其子聞香後疼痛頓解。老人深感其異，循香搜索，發現香氣是一塊不毛之地的土下散發出來。老人挖土得一塊雞蛋大小、被有細毛的香囊，便將其帶在兒子身上，不久其子傷癒。後每逢有人跌打損傷，帶上此囊其傷自癒。此事傳出，被縣裡的縣官得知，便派人強行搶走香囊，讓小妾戴著。誰知其妾懷孕三月的胎兒流產，便被視為不祥之物，扔到河中。老人失去香囊，十分傷心，決定上山再找一個。後來發現一種名為麝的動物，在發情交配期，雄麝便從腹部脫落香囊，然後將其埋入泥下，這便是麝香發現的來歷。

麝香辛溫，氣極香，走竄之性甚烈，有極強的開竅通閉醒神作用，為醒神回甦之要藥，最宜閉症神昏，無論寒閉、熱閉，用之皆效。治療溫病熱陷心包，痰熱蒙蔽心竅，小兒驚風及中風痰厥等熱閉神昏，常配伍牛黃、冰片、朱砂等藥，組成涼開之劑。治療中風卒昏，中惡胸腹滿痛等寒濁或痰溼阻閉之機，蒙蔽神明之寒閉神昏，常配伍蘇合香、檀香、安息香等藥，組成溫開之劑。另外麝香還可治療於瘡瘍腫毒、咽喉腫痛、於血瘀經閉、症瘕、心腹暴痛、跌打損傷、風寒溼痺、難產、死胎、胞衣不下、心絞痛、白癜風等症。對於治療小兒麻痺症的癱瘓，麝香亦有一定療效。

大觀園內翠綠景，桑榆槿柘顯清新

《紅樓夢》第十七回「大觀園試才題對額，榮國府歸省慶元宵」裡寫道：賈政引眾人觀看省親別墅，一面走，一面說，倏爾青山斜阻。轉過山懷中，隱隱露出一帶黃泥築就矮牆，牆上皆用稻莖掩護。有幾百株杏花，如噴火蒸霞一般。裡面數楹茅屋。外面卻是桑，榆，槿，柘，各色樹稚新條，隨其曲折，編就兩溜青籬。

◆「桑」指的是桑樹

可謂一身是寶。桑樹為桑科落葉小喬木植物，分布於中國南北各省，葉叫桑葉，枝叫桑枝，根皮叫桑白皮，成熟果實為桑葚，均可入藥。桑葚還可食用，以其色香味美、香甜可口而深受人們喜愛。

桑葉經霜後採收，晒乾，生用或蜜炙入藥。性味苦甘寒，入肺肝經，有疏風情熱、清肝明目的功能，臨床常用於治療風熱感冒、燥熱咳嗽、咽喉腫痛、目赤澀痛、眼目昏花等病症。桑白皮適宜冬季採挖，刮去黃色表層皮，剝離皮部，洗淨，切段。晒乾，生用或蜜炙使用。

桑白皮性寒味苦，入肺經，有潤肺平喘、利水消腫的功能。臨床常用於治療肺熱咳嗽、痰熱氣喘、面目浮腫、小便不利、眩暈頭痛等病症。桑枝春夏採收，枝嫩時切片。其味苦性平，入肝經，有祛風通絡的功能。臨床常用於治療風寒溼痺、四肢拘急、關節腫痛、手足麻木等病症。

桑葚在四到六月果穗紅熟時採收，洗淨，晒乾生用，或用蜂蜜熬成膏劑使用。其味甘，性微寒，可入心肝腎經，功能滋陰補血、潤腸通便。臨床常用於治療肝腎陰虛、精血不足、年老體衰、鬚髮早白、腸燥便祕、燥熱煩渴等病症。

◆「榆」指的是中藥地榆

地榆始載於《神農本草經》。陶弘景說：「其葉似榆而長，初生布地，故名。其花子紫黑色如豉，故又名玉豉。」李時珍也提到：「按外丹方言地榆一名酸赭，其味酸，其色赭故也。」

地榆性味苦、酸，微寒。入大腸經。可涼血止血，瀉火斂瘡。地榆用於便血、血痢、痔瘡出血、尿血、崩漏等症，可涼血止血，尤其是痔血、便血等症常用之品，往往與槐花等藥配合應用。用於燙傷、皮膚潰爛、流脂水、疼痛等症，可瀉火毒並有收斂作用，燙傷後，取生地榆研極細末，麻油調敷，可使脂水減少，疼痛減輕，癒合加速，為治燙傷要藥。

◆「槿」指的是木槿

木槿的用途很多，槿皮可代麻製作繩索，槿條可編製簍、筐、箱等日用品。過去農婦慣用槿汁洗頭，既去汙又治頭皮瘙癢。木槿根皮及葉可分別用來釀酒。值得一提的是，木槿根用來燉肉作藥膳，可治吐血、咳血。

據明代李時珍《本草綱目》載：「木槿，種之易生，嫩葉可茹，作飲代茶。」《醫林纂要》中記載：「木槿花，肺熱咳痰吐血者宜之。」取木槿花適量，開水沖泡代茶飲。赤痢用紅花，白痢用白花。可起到祛風、除溼熱、利小便的功效。取鮮木槿花、玉米麵各適量。先將木槿花切碎，加入玉米麵和勻，蒸熟後加調味料，隨意食用。可治痢疾，能活血潤燥、清熱祛溼。取木槿花、瘦豬肉等量。先將木槿花，加水煮沸，去渣留汁，放入豬肉塊煮熟，加調味料，吃肉飲湯，可治大便下血，溼熱帶下。利腸胃，除痢疾。取紅木槿花適量，陰乾研末，用以煎麵餅蒸食，可治下痢。用木槿花陰乾研末，用陳糯米煮湯調服。可治反胃吐食。

◆「拓」指的是拓樹

其莖葉為常用中藥。拓樹莖皮是很好的造紙原料；葉可用於飼蠶；果可食用並用於釀酒。中國古時常「桑拓」並稱，如《禮記．月令》記載：「季春之月，毋伐桑拓。」中醫認為，拓葉性味淡而微甘、涼，入肺、脾經，有清熱解毒、祛風活血之功，適用於癢腮、癧腫、溼疹、跌打損傷、關節扭傷、腰腿痛。其莖葉經加工製成的糖漿有抗癌作用。

寶玉也會配丸藥，名貴首烏紫河車

《紅樓夢》第二十八回「蔣玉菡情贈茜香羅，薛寶釵羞籠紅麝串」中，寶玉對母親道：「太太給我三百六十兩銀子，我替妹妹配一料丸藥，包管一料不完就好了。」王夫人道：「放屁！什麼藥就這麼貴？」寶玉笑道：「當真的呢，我這個方子比別的不同。那個藥名兒也古怪，一時也說不清。只講那頭胎紫河車，人形帶葉參，三百六十兩不足。龜大何首烏，千年松根茯苓膽，諸如此類的藥，都不算為奇，只在群藥裡算。那為君的藥，說起來唬人一跳。前兒薛大哥哥求了我一二年，我才給了他這方子。他拿了方子去又尋了二三年，花了有上千的銀子，才配成了。」

這裡所說的「頭胎紫河車」即胎盤。紫河車是人體胎盤的中藥名，中醫稱為胞衣、胎衣等。胎盤的鮮品、乾品均可入藥。每個紫河車重約 30～60 克，質地硬脆，有腥氣。以整齊、紫紅色、潔淨者為佳。那麼胎盤既非草木，又非金石，世上也沒有紫河，何以命名為「紫河車」呢？其實，這名字的來歷帶有濃厚的神話色彩。據《本草綱目》解釋，「天地之先，陰陽之祖，乾坤之始，胚胎將兆，九九數足，胎兒則乘而載之」，其遨遊於西天佛國，南海仙山，飄蕩於蓬萊仙境，萬里天河，故稱之為河車。母體娩出時為紅色，稍放置即轉紫色，因此，入藥時稱為「紫河車」。

但取胎盤作為補氣養血、安神益精的藥物卻有著悠久的歷史。早在西元 739 年唐代陳藏器所著《本草拾遺》一書中首先有了胎盤藥用的記載。唐代著名養生學家孫思邈也提出了衣胞洗淨、晒乾，爐上焙乾研成末，可治目赤眼疾、生翳。明代大醫學家更加重視胎盤的醫療價值，其他許多本草書籍亦有詳盡藥用方法。不過古人因開方忌諱，多不稱胎盤、胞衣等，而稱「紫河車」。

傳統中藥裡胎盤多用乾品，即將新鮮胎盤，橫直割開血管，用水反覆洗漂乾淨。另取花椒裝入袋中加水蒸湯，將洗淨之胎盤置花椒湯中浸 2 ～ 3 分鐘，及時撈出、瀝淨水，以黃酒適量拌勻，置籠中蒸透取出烘乾而成。中醫學認為，胎盤屬血肉有情之品，出諸人體而與人同氣相求，可調補機體、振奮生機，對人體虛損、羸瘦、勞熱骨蒸、咳喘、盜汗、遺精、陽萎、婦女氣血不足、不孕或乳少等均很有療效。著名古方「河車大造丸」就是以紫河車為主，治療虛損勞傷、神疲乏力、腰痠腿軟、潮熱、夢遺等的良藥。胎盤需經長時期服用，始能見大補氣血的功效。若患感冒、腹瀉以及有內熱口苦等症者，應暫停服用。

而寶玉提到的「龜大何首烏」即何首烏，為常用補益中藥。據《本草綱目》記載，何首烏一名野苗，二名交藤，三名夜合，四名地精，五名何首烏。本出順州，江南渚道皆有。苗如木槁，葉有光澤，形如桃柳，……有雌雄：雄者苗色黃，雌者苗黃赤，根遠不過三尺，夜則苗蔓相交……其根味甘溫無毒，茯苓為使治五痔腰膝之病，冷氣心痛，積年勞瘦痰癖，……長筋力，益精髓，壯氣駐顏，黑髮延年。

何首烏有延年益壽烏髮黑髮的功效：

相傳何首烏本為一人名，其祖父原名田兒，生來身體虛弱，沒有性慾，於是從師學道，住在山中。一天酒醉之後臥在山石上憩息，天色已晚，忽見有兩株藤枝紛披，青翠可愛，漸漸枝葉互相交纏，過了很久才分開，後來又交纏在一起，他感到十分奇怪。第二天順藤掘根，沒有什麼發現，於是他就把根取回請人辨認，都不知道是什麼東西，後來有個老人對他說，這恐怕是一種仙藥，不妨服用試一試。他服了七天漸有性慾，幾個月以後身體也好起來了，一年之後早疾全癒頭髮烏黑，容貌轉少，十年內生了幾個兒子，就改名為能嗣。他又把藥拿給父親服用，其父也活到了一百三十幾歲。何首烏的鄰居李安期與何首烏的交情很好，弄到這種藥來吃，壽命也增加了，並公開了此藥，從此以後這種藥就被命名為何首烏。

另外何首烏還有一個起死回生的故事：

相傳古時候，有個被關押在黑牢裡的人，因為得罪了奸佞而入獄，官宦要折磨餓死他，命令獄卒不給他飯吃，過了半年，官宦以為他早就死了，打開牢房一看，不由大吃一驚，這個人不但沒餓死，反而面色豐潤目光炯炯，原來的白髮也變了黑髮了，這個人自斷炊之後，飢渴難忍，想不出辦法來，只好摘取從外面伸進來的一種藤葉來充飢，藤葉吃完了發現有些藤葉的根長在牢房裡，他又挖根來吃，官宦們以為這個人是位仙人，只好釋放了他。出獄後他把這件事告訴別人，後來人們就用何首烏來治病，何首烏的神奇功效也就漸漸傳開了。

金桂害人卻害己，砒霜劇毒藥自己

在《紅樓夢》中，曹雪芹是這樣描繪夏金桂的：「這姑娘出落得花朵似的，在家裡也讀書寫字」，「這夏家小姐十分俊俏，也略通文翰」，「今年方十七歲，生得亦頗有姿色，亦頗識得幾個字」。由此可見，夏金桂的長相是沒得挑剔的。然而如此美麗的女子內心卻不善良，「若論心理的丘壑徑渭，頗步熙鳳的後塵……養成個盜跖的情性，自己尊若菩薩，他人穢如糞土；外具花柳之姿，內秉風雷之性。」見有香菱這個才貌俱全的愛妾在室，嫉妒之心油然而生，欲致香菱於死地而後快。一次在香菱患病之時，託人買了砒霜對香菱下毒。金桂與香菱各有一碗湯，香菱那碗已下了砒霜，丫鬟寶蟾不知，將兩碗湯對調了，結果金桂誤服了砒霜，以致急性中毒，命染黃泉。

夏金桂服砒霜後，「鼻子眼睛裡都流出血來，在地下亂滾，兩隻手在心口裡亂抓，兩隻腳亂蹬……鬧了一會子就死了。」死後「滿臉黑血，直挺挺的躺在炕上」。由此可知，夏金桂是急性砒霜中毒而死亡。

砒霜的學名是三氧化二砷，又叫信石或信精。純品砒霜是無臭無味的白色粉末，不純的砒霜為紅色或紅黃色的塊狀結晶或顆粒，其中含有少量硫化砷，俗稱紅砒、紅礬、紅信石。砒霜屬於砷化合物。砷化合物在類金屬毒物中占有重要地位，常見的有砒霜、亞砷酸鈉、亞砷酸鈣、砷酸鈣、砷酸鉛、雄黃、雌黃、五氧化二砷、巴黎綠等。在各種砷化合物中，以砒霜的毒性最強。

純品砒霜外表與食鹽、鹼麵、麥粉極為相似，且無臭無味，混人以上食品中不易發覺，因此容易誤服，也常被壞人利用投毒。這在文學作品中和現實生活中屢見不鮮。砒霜服後即發生急性中毒，主要表現為咽部燒灼感、口渴、噁心、劇烈腹痛、嘔吐。嘔吐的最初為胃液和食物殘渣，繼之吐出黃色膽汁。同時劇烈腹瀉，初為糞樣，後為米湯樣，有時帶血，嚴重者酷似霍亂。隨後血壓下降、體溫降低、尿量減少，以至於發生尿閉、虛脫、昏迷，最後因循環衰竭而死亡。當極大量的砷進人體內時，出現中樞神經系統麻痺症狀，發生四肢疼痛性痙攣、意識模糊、譫妄、昏迷，能在一小時內死亡。

砒霜中毒實際上是砷中毒，而古代的煉丹術與砷是緊密相關的，因此古代也有許多服食丹藥死亡的事例。《紅樓夢》中的賈敬就是其中的一位。賈敬是寧國府的第三代，第一代是寧國公。當時朝中有八大國公，除了寧榮兩位國公之外，還有鎮國公、理國公、齊國公、治國公、修國公、繕國公等。寧榮兩國公是同胞兄弟，分別建了寧國府與榮國府，街東是寧國府，街西是榮國府，二宅相連，竟將大半條街占了。

寧公生了兩個兒子，寧公死後，長子代化襲了官，也養了兩個兒子，長子名賈敷，八、九歲就死了，只剩下一個次子賈敬，襲了官，如今一味好道，只愛燒丹煉汞，別事一概不管。兒子賈珍，因父親一心想做神仙，倒又因此襲了官。賈敬倒無官職，一身清閒，又不肯住在家裡，每天只在城外道觀中和那些道士在一起。賈敬修道是很虔誠的，一味在玄真觀打坐靜默、燒煉金丹。後來將祕製的丹砂悄悄服了下去，原想成為神仙，升飄而去，誰知卻因中毒而死亡。

書中的描述是：「腹中堅硬似鐵，面皮嘴唇，燒得紫絳皺裂」，用科學的觀點看，是急性汞中毒死亡，但當時卻有人說是「修煉功成圓滿，升仙去了」，是「虔心得道，已出苦海，脫去皮囊了」，純粹是一派胡言。這種虛妄之說在當時就有很多人不信。大夫們「素知賈敬導氣之術，總屬虛誕，更至參星禮斗，守庚申，服靈砂等，妄作虛為。」連玄真觀的道士也說：「原是祕製的丹砂吃壞了事。」

觀賞藥用鳳仙花，紅樓眾女染指甲

《紅樓夢》第二十七回「滴翠亭楊妃戲彩蝶，埋香塚飛燕泣殘紅」中寫道：寶玉低頭看見許多鳳仙石榴等各色落花，錦重重的落了一地……把那花兒兜了起來，登山渡水，過樹穿花，一直奔了那日同黛玉葬桃花的去處來。第五十一回晴雯生病，請來太醫看病。晴雯從幔中單伸出手去，那大夫見這隻手上有兩根指甲，足有三寸長，尚有金鳳仙花染的通紅的痕跡。鳳仙花為觀賞藥用兩相宜的花卉。

鳳仙花，又叫指甲花、金鳳花等，其色彩鮮豔，花姿動人。吟詠者甚多，宋人楊誠齋詩云：「細看鳳仙小花叢，費盡司花染作工。雪色白邊袍色紫，更饒深淺四般紅。」元代楊維楨有詩曰：「有時漫托香腮思，疑是胭脂點玉顏。」讚美了鳳仙花的美麗。古代女子常用鳳仙花敷指甲上，將其染紅，可數月不退。因此，鳳仙花又叫指甲花。

鳳仙為鳳仙花科，屬一年生庭院觀賞性草本植物，易栽易活，夏秋季開花。莖圓錐形，直立光滑，肉質多汁。花朵大，花色鮮豔，有紅、白、橘紅、玫瑰紅、粉紅等色。《本草綱目》言「其花頭翅尾足、俱翹然如鳳狀，故以名之」。

關於鳳仙花藥名的來歷，還有一段有趣的傳說：

相傳很早很早以前，有個叫鳳仙的女子，長得亭亭玉立，秉性溫柔善良，與一個名叫金童的男子相愛。一天，縣官的兒子路過此地，見鳳仙這般漂亮，頓生歹心，前來調戲。被鳳仙臭罵一頓灰溜溜的走了。鳳仙知道這下可闖了大禍，縣官肯定會來找麻煩。於是決定與金童一起投奔外地。鳳仙只有父親，金童上有母親。兩老兩少連夜啟程遠走他鄉逃難。途中金童的母親患病，閉經腹痛，荒山野嶺又無處求醫訪藥，四人只好停步歇息。縣官聽說兒子被村姑罵了一通，就命手下前來捉拿鳳仙，眼看就要追上，無奈之下鳳仙、金童拜別父母，縱身跳入萬丈深淵，以此殉情。兩位老人強忍悲痛，將鳳仙和金童二人合葬。晚上兩位老人依墳而臥。鳳仙和金童夜間託夢給父母，告之山澗盛開的花朵能治母親的病。次日醒來，果見山澗滿是紅花、白花，紅的似朝霞，白的似純銀。老人採花煎湯，服後果真藥到病除。後來，人們就把這種花命名為鳳仙花以示紀念。

鳳仙花既可食用，也可藥用。其嫩莖可炒、燒、燴、醃、泡，炒肉片、燒肉片、燒青筍等，有獨特的風味。鳳仙花全身入藥。花有祛風、解毒、活血、消腫、止痛等功效，可用於治療風溼性偏癱、腰脅疼痛、婦女閉經腹痛、跌打損傷、蛇咬傷等症。莖，中藥名叫透骨草或鳳仙花梗，有祛風溼、活血止痛、清熱利尿、消腫解毒的功效，可治風溼疼痛、關節炎、咽炎、跌打損傷等疾病。根，有活血通經、消腫止痛作用，可用於治療風溼筋骨疼、跌打損傷等。種子，中藥叫急性子，有軟堅消腫作用，可治骨、魚刺鯁喉。

除此之外，將鮮鳳仙花適量，置掌中，兩手搓擦，每日 1 ～ 2 次，可治療手癬。取鮮鳳仙花 15 朵，冰糖適量，共燉服，可治療吐血、咳血。取鳳仙花 15 克，墨魚 30 克，共燉食，每日一劑，可治療白帶過多、顏色不正。取鳳仙全草 30 克，商陸根 15 克，瘦豬肉適量，共燉食，食肉飲湯，可治療風溼性關節炎。將乾鳳仙花研末，每次 9 克，空腹兌酒適量服下，可治療腰脅疼痛。取鮮鳳仙全草 30 克，紅花 9 克，水煎服，可治療閉經。取鮮鳳仙全草 15 克，當歸、紅花各 9 克，水煎服，可用於跌打損傷。另外被蛇咬傷時，取鮮鳳仙全草 150 克，搗爛，擠汁服，渣敷患處，也有一定的療效。

薔薇三傑可治病，金銀花也宜養生

在《紅樓夢》第五十六回「敏探春興利除宿弊，賢寶釵小惠全大體」中，探春說蘅蕪院和怡紅院這兩處大地方，竟沒有出息之物。李紈忙笑道：「蘅蕪院裡更利害，如今香料鋪並大市大廟賣的各處香料香草兒，都不是這些東西？算起來，比別的利息更大。怡紅院別說別的，單只說春夏兩季的玫瑰花，共下多少花朵兒？還有一帶籬笆上的薔薇、月季、寶相、金銀花、藤花，這幾色草花，乾了賣到茶葉鋪藥鋪去，也值好些錢。」然後探春想想，的確是這個道理。這裡提到的玫瑰、薔薇、月季、寶相、金銀花、藤花等植物，不光可以用來觀賞，其藥用價值也是非同尋常的。

◆玫瑰

與月季、薔薇並稱為「薔薇三傑」，為中國主要的觀賞花卉之一。玫瑰花豔麗多姿，呈紫色或白色，其氣芳香濃烈，往往使人留連忘返，徘徊止步，故又名「徘徊花」。玫瑰還可食用，其味鮮美無比。據《食物本草》記載：「玫瑰花食之芳香甘美，令人神爽。」此外，玫瑰花還可薰茶、浸酒、做糕點、蜜餞和製作菜餚食用。取含苞待放的玫瑰花，將花瓣輕輕揪下，一層花瓣一層白糖放在瓷罈中或玻璃瓶中密封，糖吸收花瓣中的水分後即可成為玫瑰糖糕。此糖糕甜味適中，營養豐富。用玫瑰花還可以製作玫瑰炒肉片、抽炸玫瑰花、玫瑰花烤羊心、玫瑰鍋巴雞肉片、玫瑰棗糕等美味食品來。

除觀賞、食用外，玫瑰尚有很高的藥用價值。中醫認為，玫瑰花性味甘、微苦而溫，有理氣解鬱、和血散疲之功。其藥性溫和，溫而不燥，疏肝而不傷陰，長於舒發肝膽，肺脾鬱氣，溫養心肝血脈，在臨床上有著廣泛的用途。寶玉吃的「玫瑰滷子」就是以玫瑰為主料製作的：取玫瑰花、蜂蜜、烏梅各適量。將含苞初放的玫瑰花洗淨，晒乾水汽，而後與蜂蜜、烏梅同放置於淨瓶中，密封儲存一個月即可食用。

◆月季花

被譽為花中皇后，別名長春花、月月紅、四季薔薇等，屬薔薇科。月季花數朵集成一簇，花梗長，散生短腺毛。其花色繁多，主要有紅、紫、白、粉紅、黃、橙黃、綠等顏色。花期為四到十二月，月月紅便是由此而得名。月季花甘、淡、微苦，平。歸肝經。可活血調經，解鬱，消腫。主要用於肝氣鬱結而致月經不調，痛經、閉經及胸腹脹痛等症。月季花氣味消香，而入血分，善於疏肝解鬱，調暢氣血而活血調經。常配玫瑰花、當歸、香附等用以加強療效。需要注意的是月季花用量不宜過大，過量可能引起腹痛，多服久服強引起便溏腹瀉。孕婦亦當慎用。

關於月季花的藥用功效：

傳說在很久以前，神農山下有一高姓人家，家有一女名叫玉蘭，年方十八，溫柔沉靜，很多公子王孫前來求親，玉蘭都不同意。因為她有一老母，終年咳嗽、咳血，多方用藥，全無療效。無奈之下，玉蘭背著父母，張榜求醫：「治好吾母病者，小女子以身相許。」有一位叫長春的青年揭榜獻方。玉蘭母服其藥，果然康復。玉蘭不負前約，與長春結為百年之好。洞房花燭之夜，玉蘭詢問什麼神方如此靈驗，長春回答說：「月季月季，清咳良劑。此乃祖傳祕方：冰糖與月季花合燉，乃清咳止血神湯，專治婦人病。」

◆薔薇花

又名刺花、白殘花、柴米米花，為薔薇科落葉小灌木野薔薇的花朵，分布於山東、河南、江蘇、安徽、新疆等地。五到六月間，當花盛開時，擇晴天採收，晒乾作藥用。薔薇花味甘溫、酸、涼性涼，入脾、肺、大腸。薔薇花有清暑化溼、順氣和胃、止血的功效。適用於治療暑熱胸悶、口渴、嘔吐、不思飲食、口瘡、口噤、腹瀉、痢疾、吐血及外傷出血等。對痢疾、胸悶、中暑都有一定的療效，同時還是治療厭食、口瘡潰瘍的良藥。

關於薔薇花的來歷，這裡有一個傳說：

很久以前在一個山村裡，有位美麗的女子名叫常媚，她勤勞、勇敢，一年到頭採茶、打柴、種田、狩獵，養活自己和母親。一天，常媚來到山上狩獵，卻碰見了鄉裡的惡霸沈虎。沈虎仗著父親在京城做官，胡作非為，見常媚長得漂亮，便和幾個家丁把常媚搶回了家，把她關在花樓上，派人在樓下日夜看管著，天天逼她成親。常媚見逃脫無望，就做了一件刺蝟皮衣服穿在身上保護自己。這天，沈虎喝醉之後想對常媚霸王硬上弓，剛一碰常媚便被刺得哇哇直叫。常媚乘機擺脫了沈虎，奔下樓，衝出了大門。沈虎氣急敗壞，急忙提燈拿刀，帶著家丁去追常媚，他們把常媚逼到了一個山巖旁。常媚見逃脫無望，便一頭撞死在山巖上了。後來常媚撞死的地方長出了一株美麗的花，慢慢延伸出一大片。鄉親說，這是常媚的化身，她死了也要長刺，用來刺那些壞人，於是把它移栽到家裡去種植。因為常媚死得可憐，變成了花草，鄉親就把這種花叫做「常媚花」，慢慢的，「常媚花」被叫成了「薔薇花」。

◆金銀花

又名銀花、雙花、二花、兩寶花、忍冬花等。

傳說在很久很久以前，在一個偏僻的小村裡，住著一對勤勞善良的小夫妻。小夫妻生了一對雙胞胎女孩，並替倆人取了好聽的名字，分別叫「金花」和「銀花」。金花銀花在父母的呵護下茁壯成長，不久便長成了如花似玉的美少女。一年初夏，村子裡流行一種不知名的怪病。患病者無一例外的發燒，高燒不退，渾身上下泛起紅斑或丘疹；病後不久即臥床不起，神昏譫語，隨即命喪黃泉。村裡的郎中均束手無策，外地的郎中均不敢進入，眼看全村人就只好等死了。在這危急的關頭，金花銀花挺身而出，主動要求外出為鄉親求醫問藥。姐妹倆走遍千山萬水，訪遍中原名醫，終於在一位老和尚的口中得知一種名叫「忍冬」的草藥能夠治好鄉親的病。回到家鄉後，由於操勞過度，姐妹倆旋即病倒了。雖然如此，兩人還是親自用採來的草藥煎湯讓鄉親服用。鄉親服藥後，病情很快就痊癒了。為紀念姐妹倆的功績，鄉親便把「忍冬」改名為「金花銀花」，最後簡稱為「金銀花」了。

此後不久，醫聖神農聞訊來訪，並把「金銀花」帶回去研究。研究得知，金銀花性味甘、寒，歸肺、胃、大腸經，具有清熱、解毒、涼血、止痢等功效。於是，神農便把「金銀花」廣泛用於熱毒症、乳癰、肺膿瘍、腸癰以及癤、癰、丹毒等疾病的治療，並把它記載在《神農本草經》裡，一直流傳至今。

珍珠美容之上品，佩帶裝飾顯光華 ....

珍珠，歷來被視作奇珍至寶。它象徵純真、完美、尊貴和權威，與璧玉並重。在《紅樓夢》第九十二回中，馮紫英受朋友之託，帶了四件西洋貢品去見賈政；一是二十四扇格子的圍屏；二是三尺多高、能自動報時的鐘。第三件是一顆桂圓般大的珍珠；第四是紋綃帳。其中以珍珠最昂貴，要價一萬兩銀子。馮紫英還向賈政等人展示了珍珠的妙處。他將一包小珠子倒在黑漆盤裡散著，把那顆桂圓大的母珠擱在中間，將盤放於桌子上，只見那些小珠子，滴滴溜溜都豁在大珠上。賈政解釋：這叫「母珠」，是珠之母。

珍珠，又名真珠，為珍珠貝殼動物產生的顆粒狀物，是裝飾、美容之上品。自古以來，中國歷代帝后的皇冠上均嵌有大而多的珍珠，璀璨奪目，以顯示威嚴、華貴。在西方，珍珠也受到了人們的重視和喜愛。在羅馬的歷史故事中，也有提及珍珠為貴族最喜愛的首飾。有些羅馬婦人更整日佩帶，認為珍珠會使人們健康和富貴。在歐洲歷史上，有一個時期被稱「珍珠時代」，十字軍東征的時期，歐洲人由東方帶回大量珍珠，開始了珍珠在歐洲的熱潮，隨後數世紀都被貴族、武士等用作個人飾物。後來，珍珠更演變成皇室專有的寶石，只有帝王之家才可以有此特權。英國女王伊莉莎白一世亦非常喜愛珍珠，她的衣著及頭飾都常有珍珠陪襯。隨著時間的推移和現代養珠業的發展，珍珠已從帝王專用品成為人們生活的飾物之一。

珍珠來自珍珠貝科動物。能產珍珠的貝類約二三十種，這類動物的外套膜外側，有分泌珍珠質的功能，有時砂粒或其他異物進到貝殼內，珍珠為保護自己，會分泌珍珠質把人侵者一層一層的包圍起來，久而久之成為珍珠。除天然珍珠外，也可人工養珠。中國在宋代就開始了海水養珠；人工養殖時，將石明顆粒放人蚌殼內，數年後即可成珠。天然珍珠與人工養殖之珍珠相比，又以天然珍珠為佳。

珍珠除了用作裝飾之外，其養生美容之功效也為人們所獨鍾。《本草綱目》中記載「珍珠粉塗面，令人潤澤好顏色」。《抱朴子》中也講到「真珠徑寸以上，服食令人長生」。據史料記載，中國古代四大美女之一的西施家鄉就盛產珍珠；此地河流湖泊眾多，陽光充足，雨量豐富，浮游生物豐富。浮游生物是珍珠貝類動物的良好飼料，珍珠貝生長旺盛，所以珍珠產量甚大。西施經常服用天然的珍珠粉，也用其洗顏敷面，再加上她的天生麗質，因此西施才擁有了「沉魚落雁之容，閉月羞花之貌」。

此外清代的慈禧也是用珍珠來養顏防老的。據記載，她每十天服珍珠粉一銀匙，並且是在同一時辰服用，數十年來從不間斷。她還命太監在製作香粉時也摻入珍珠粉末，用其作為粉底化妝。所以慈禧年逾古稀之時，看起來仍像五十多歲的人，皮膚光潔柔潤，皺紋甚少，令身邊的侍臣、宮女羨慕不已。據說京劇藝術大師梅蘭芳也有常服珍珠末的習慣。由此可見珍珠對皮膚美容的重要作用。

珍珠除裝飾點綴、美容護膚、養生防衰外，還用於優生優育、婦科諸疾。據古代胎養經書中介紹的「珍珠玉石類安胎養兒法」記載，懷孕婦女佩帶珍珠項鍊或手鏈，且懷孕三月後每日摩挲珍珠，可使孕婦安神定驚、心平氣和，能消除胎毒。據說還可使孩子日後相貌端正，肌膚細嫩。眾所周知，孕婦若經常處於良好的心態環境中，有益於胎兒的生長發育。不少婦女在經前、經期容易情緒不穩、胸脅脹悶，而珍珠有平肝潛陽、定驚安神、清肝解鬱作用，佩帶珍珠項鍊有良好的調節作用，可使情緒平穩，心境安泰，這對於孕婦來說無疑是百利而無一害的。

傳世中成藥，《紅樓夢》中方

黛玉先天顯不足，體弱補虛人參丸

林黛玉出現在《紅樓夢》第二回：「今如海年已五十，只有一個三歲之子，又於去歲亡了。雖有幾房姬妾，奈命中無子，亦無可如何之事。只嫡妻賈氏生得一女，乳名黛玉，年方五歲，夫妻愛之如掌上明珠；見她生得聰明俊秀，也欲使她識幾個字，不過假充養子，聊解膝下荒涼之嘆。」「這女學生年紀幼小，身體又弱……。不料女學生之母賈氏夫人一病而亡，女學生奉侍湯藥，守喪盡禮，過於哀痛，素本怯弱，因此舊病復發。」

第三回寫林黛玉千里迢迢乘船到榮國府外婆家，「家人見黛玉年紀雖小，其舉止言談不俗，身體面貌雖弱不禁衣，卻有一般風流態度，便知她有不足之症。」不足之症是中醫的病症名，民間也常說「先天不足」，泛指各種虛症。

中醫認為，人之所以賴以生者，唯氣與血耳，氣與血是人體生命活動的物質基礎。氣為血之帥，血為氣之母，兩者關係極為密切。虛症即指人的正氣虛弱不足，又分氣虛、血虛，氣虛可發展為陽虛，血虛可發展為陰虛，有些患者可氣血俱虛或陰陽俱虛。氣虛主要表現為少氣、懶言、語聲低微、自汗、心悸、怔忡、頭暈、耳鳴、倦怠少力、食少、小便清或頻，脈虛弱或虛大等。血虛主要表現為面色蒼白、唇舌爪甲色淡無華、頭暈目眩，心悸怔忡，疲倦乏力或手足發麻，脈細弱等。虛症的形成，有先天、後天兩方面的原因。前者常與遺傳、體質因素有關；後者則在於後天失養所致，如缺乏運動、營養不良、消化系統不好，或大病久病之後，正氣為邪氣所傷，或患病過程中失治、誤治等等，皆會造成虛症。

分析林黛玉的虛症，是既有先天因素，又有後天因素。黛玉之母賈敏身體就很虛弱，以致黛玉從小便替她「奉侍湯藥」，然最終未能挽回她的性命，導致中年而喪。黛玉之父林如海去世的時候也不過五十多歲，都未能達到長壽，以致黛玉先天不足。後天更是缺乏運動，父母視為掌上明珠，自然是嬌生慣養，不讓她吃一點苦，再加消化系統不好，患有疾病，久治不癒，故造成氣血雙虛。

黛玉在書中說道：「我自來如此，從會吃飯時便吃藥，到如今了，經過多少名醫，總未見效。」「如今還是吃人參養榮丸。」中醫認為，形不足者溫之以氣，精不足者補之以味，虛症的治療大法就是「補」。氣虛則補氣，血虛則補血，氣血俱虛則氣血雙補。補時有峻緩之別，應量症為用：凡陽氣驟衰，真氣暴脫，或血崩氣脫，或津液枯竭，皆宜峻補，使用大劑重劑，以求速效。如正氣已虛，但邪氣尚未完全消除，宜用緩補之法，不求速效，積以時日，逐漸收功。根據林黛玉的病情，亦以緩補為宜，常吃人參養榮丸，就是緩補之道。

人參養榮丸是氣血雙補的著名方劑，始自宋代《太平惠民和劑局方》，西元 890 年以來，為醫家廣泛應用，治療氣血雙虛，效果甚佳。本方組成共有 14 味藥：黃芪、肉桂、當歸、白芍、熟地、人參、白朮、茯苓、甘草、五味子、遠志、陳皮，薑、棗等。此方是由十全大補湯衍化而來，而十全大補湯又是由四君子湯、四物湯加黃芪、肉桂所組成。四君子湯藥僅四味，即人參、白朮、茯苓、甘草。人參味甘性溫，歸經脾胃，為補中益氣之要藥。

可惜林黛玉所患之症為肺結核，那個時代尚無治結核的特效藥，人參養榮丸也未能挽救林黛玉，她最後還是因肺結核大咳血而死亡。對於林黛玉的死，另一個不可忽視的因素便是精神因素，林黛玉居住的賈府雖然是富貴無比，雖有賈母百般憐愛，但林黛玉心裡很清楚，那並不是她的家。她父母雙亡，寄人籬下，之所以沒有淪為奴婢，就是那一點血緣關係。因此，她「步步留心，時時在意，不肯輕易多說一句話，多行一步路」，精神的壓抑可想而知。在黛玉生命的後期，和寶玉的愛情成為她唯一的精神寄託。然而，長輩的決策和玉熙鳳的偷梁換柱之計，又使這一寄託化為泡影，這對她的肺痔病疑無是雪上加霜，加速了林黛玉的死亡。

寶釵生來帶熱毒，咳嗽需要冷香丸

薛寶釵也是《紅樓夢》中的重要人物之一，曹雪芹以極大的熱情讚美她的才和貌。她學識淵博，諸子百家無所不知，唐詩宋詞、元人百種無所不通，甚至連草名也無所不曉。致使史湘雲甘拜下風。她的藝術造詣又深，或三言兩語，或侃侃而談，無不鞭辟入裡。至於詩才之敏捷，足與林黛玉媲美，筆揮海棠詩，諷和螃蟹詠，案翻柳絮詞，博得眾口稱讚。談到容貌，「比黛玉另具一種嫵媚風流」，以至「豔壓群芳」，曾使賈寶玉羨慕得發呆。就是這樣一個才貌雙全的女子，由於缺乏運動，也是經常「喘嗽」。

林黛玉的先天不足需要人參養榮丸，薛寶釵的喘嗽則需要冷香丸。薛寶釵的喘嗽還是「從胎裡帶來的一股熱毒」，「也不知請了多少醫生，吃了多少藥，花了多少錢，總不見一點效驗兒」。後來還是一個和尚說了個「海上仙方兒」，又給了一包末藥作引子，倒還效驗些。這種藥就叫冷香丸。

冷香丸的配製十分繁瑣，要春天開的白牡丹花蕊十二兩，夏天開的白荷花蕊十二兩，秋天開的白芙蓉蕊十二兩，冬天開的白梅花蕊十二兩。將這四樣花蕊於次年春分這一天晒乾，和在末藥一處，一齊研好；又要雨水這日的天落水十二錢，白露這日的露水十二錢，霜降這日的霜十二錢，小雪這日的雪十二錢，把這四樣水調勻了，製成龍眼大的丸子，盛在舊瓷罈裡，埋在梨花樹底下。若發病的時候，拿出來吃一丸，用一錢二分黃柏湯送下。

如此繁瑣的配製常人看來也許有點「故弄玄虛」，但從中醫角度來看，倒也符合道理。中醫治療疾病，無論是湯劑、飲片，還是膏、丹、丸、散，都講究遵古炮製，對藥物採集的時間、地點、配製要求等都極為嚴格，這樣才能保證藥效。冷香丸用的四種花蕊，皆要在花兒綻開時採花蕊，並保存好，到來年「春分」這天晒乾。因為春分這天晝夜等長，取的是陰陽和諧之意。製藥需要的「雨水」、「白露」、「霜降」、「小雪」四節氣的水，雖說玄妙，但自有它的道理。中醫認為，雨、露、霜、雪的水質輕清上揚，易於上達肺部而產生治療功效。現代科學研究顯示，雨、露、霜、雪這些自然水含的雜質少，尤其是霜雪是由水蒸氣直接凝聚而成的冰狀水，含的重水少，結構緊密，表面張力大，分子內部壓力和相互作用的能力顯著增加，與生物細胞液非常接近，進入人體後易被吸收利用，並能激發酶的活性，促進代謝，充分發揮藥物療效。

再看看四味花蕊的藥效。白牡丹花性平味淡，可調經活血除煩。白荷花性味甘平，能祛暑除溼，止咳平喘。白芙蓉花性平味辛，可清熱解毒，平喘止咳。白梅花性平味酸微澀，可利肺化痰，開鬱和胃。四種花蕊又與蜂蜜、白糖及四季之水配伍，共奏升清降濁、清肺瀉熱、定喘止嗽之功。且這四味藥皆白色，根據中醫五行歸經理論，白色屬肺，而喘嗽屬肺疾，故用四種白色花蕊可直達肺經，發揮藥理作用。

至於用黃柏煎湯送服，是因為黃柏是治腎要藥，可滋陰和治療下焦腎之熱毒，而寶釵恰是從「娘胎裡帶來的一股熱毒」，患的是熱氣喘，故以黃柏清利下焦熱毒，肺腎互滋，下焦熱毒清利，自然上焦肺熱可解，喘嗽自癒。曹雪芹獨具匠心為寶釵開的冷香丸，理、法、方、藥絲絲入扣，引人入勝。精通醫理的曹雪芹，針對薛寶釵的病情而設的冷香丸，之所以能達到藥未服而病減三分的效果，這裡面包含著神奇的暗示作用，即心理療法。

氣喘病的發作與心理因素、情緒好壞有密切關係，面對藏愚守拙、攻於心計的薛寶釵來說，運用暗示療法可與藥物療法收到「殊途同歸」的效果。一個「海上方」從和尚口中說出，首先在寶釵的心中留下神祕感及深刻印象，而後採四季花蕊、四節之水，研末做丸，埋在梨花樹下，給人神祕莫測之感。且藥物劑量均為十二錢，與人體十二經脈、一年十二月、一天十二時辰相吻合，給人天意促成、疾病向癒之預感。故薛寶釵服後感覺藥物尚可。

失眠可用補心丹，養心安神除心煩

林黛玉多愁善感，經常患失眠症，特別在遇到精神刺激之後，更是如此。《紅樓夢》第二十六回「蜂腰橋設言傳心事，瀟湘館春困發幽情」寫到黛玉去怡紅院找寶玉，敲門後丫鬟沒聽清是黛玉的聲音，還使性子說：「憑你是誰，二爺吩咐的，一概不許放人進來呢！」黛玉聽了這話，不覺氣怔在門外，待要高聲問她，逗起氣來，自己又回思一番：「雖說是舅母家如同自己家一樣，到底是客邊。如今父母雙亡，無依無靠，現在他家依，若是認真嘔氣，也覺沒趣。」一面想，一面又滾下淚珠來了。後來聽到裡面一陣笑語之聲，竟是寶玉、寶釵二人，黛玉心中越發動了氣，獨立牆角邊花卉之下，悲悲切切，嗚咽起來。當天晚上，黛玉再也睡不著覺，「倚著床欄杆，兩手抱著膝，眼睛含著淚，好似木雕泥塑的一般，直坐到二更多天，方才睡了」。黛玉多思、多愁、多疑、多慮，又不會自我排遣，故經常失眠。

第二十八回「蔣玉菡情贈茜香羅，薛寶釵羞籠紅麝串」寫到王夫人、寶釵、寶玉、黛玉等人在一塊說話。因說到黛玉用藥，王夫人道：「前兒大夫說了個丸藥的名字，我也忘了。」於是寶玉猜測了「人參養榮丸」、「八珍益母丸」、「左歸」、「右歸」、「八味地黃丸」等，王夫人說都不是。最後還是寶釵猜對了，那就是「天王補心丹」。

「天王補心丹」首見於《攝生祕剖》一書，相傳終南山大師誦經勞心，夢到天王授以此方，故取名「天王補心丹」。該方由 13 味中藥組成：生地 120 克，五味子、當歸身、天冬、麥冬、柏子仁、酸棗仁各 30 克，人參、玄參、丹參、白茯苓、遠志、桔梗各 15 克。上藥共為細末，煉蜜為小丸，以朱砂為衣，就製成了「天王補心丹」，每次服 9 克，每天兩次，主要作用為滋陰清熱，補心安神，常用以治療陰虛火旺型失眠。

「天王補心丹」的配伍十分嚴謹。中醫理論認為，心為君主之官，主神明，憂愁思慮則傷心，神明受傷則主不明，主不明則十二官危，所以出現心悸、怔忡、失眠、健忘。神衰則火為患也，故治療必清其火，而神始安。心腎不足，陰虧血少，則虛煩心悸、睡眠不安、精神疲乏、虛熱盜汗，治療又需滋陰清熱。

「天王補心丹」的主藥為生地、玄參，生地能下足少陰腎經而滋水，水盛可以伏火，使心神不為虛火所擾。玄參除了養陰生津之外，還能瀉火解毒。輔以丹參、當歸補血養心，人參、茯苓益心氣，柏子仁、遠志安心神，使心血足而神自藏；佐以天冬、麥冬之甘寒滋陰液以清虛火，心火平則無以擾心神，五味子、酸棗仁之酸溫以斂心氣，心氣平則神自安；使以桔梗載藥上行，朱砂入心安神。諸藥合用，共成滋陰安神之劑。

現代說的失眠，古代叫做不寐，又稱為「不得眠」、「不得臥」、「目不瞑」等，是由於外感或內傷等病因，致使心、肝、膽、脾、胃、腎等臟腑功能失調，心神不安而發病。由外感病引起的失眠，主要見於各種熱病過程中；由內傷引起者，則多由於情志不舒、心脾兩虛、陰虛火旺、心腎不交、痰熱內擾、胃氣不和所引起。根據受病臟腑和臨床表現的不同，可將失眠分為以下七型：即心脾兩虛、陰虛火旺、心腎不交、肝鬱血虛、心虛膽怯、痰熱內、胃氣不和等。根據林黛玉的種種症狀，可以歸於陰虛火旺型，陰虛火旺型的治療應該採用「天補心丹」，亦可應用「黃連阿膠湯」或「朱砂安神丸」。

林黛玉患有肺疹之症，再加多愁善感，內傷七情，故經常心煩不寐、五心煩熱、虛火上炎，這些均由陰虧火旺引起。所以應該選用壯水制火、滋陰清熱、養心安神的「天王補心丹」。本方滋膩藥物較多，對脾胃虛弱、胃納欠佳、溼痰滯留者，並非所宜。林黛玉在某些階段，適宜於用本藥，但若胃納不佳，溼痰較多而不易咳出時，服此藥就不適宜了。中醫用藥強調因時、因地、因病情用藥，在疾病的不同階段給予不同的藥物，同時每次複診後，都要隨症狀的變化而靈活加減，才能增強藥物的針對性，達到良好的療效，切忌千篇一律的服下去。

賈環懷恨燒寶玉，王夫人忙用敗毒散

《紅樓夢》第二十五回「魘魔法姐弟逢五鬼，紅樓夢通靈遇雙真」中寫道：賈寶玉和彩霞說笑，賈環素日原恨寶玉，如今又見他和彩霞鬧，心中越發按不下這口毒氣。雖不敢明言，卻每每暗中算計……因而故意裝作失手，把那一盞油汪汪的蠟燈向寶玉臉上只一推。只聽寶玉「噯喲」了一聲，滿屋裡眾人都唬了一跳。連忙將地下的戳燈挪過來，又將裡外間屋的燈拿了三四盞看時，只見寶玉滿臉滿頭都是油。王夫人又氣又急，一面命人替寶玉擦洗，一面又罵賈環。只見寶玉左邊臉上燙了一溜燎泡出來，幸而眼睛竟沒動。王夫人看了，又心疼，又怕明日賈母問怎麼回答，急的又把趙姨娘數落一頓。然後又安慰了寶玉一回，又命取了「敗毒散」來敷上。敗毒散即人參敗毒散，多用於內服，曹雪芹將其外用治療燙傷，取其「敗毒」之意。

人參敗毒散，又名敗毒散，出自《太平惠民和劑局方》，其組方為：羌活、獨活、前胡、柴胡、甘草、人參、茯苓、桔梗、枳殼、川芎、生薑、薄荷等量。功效發汗解表，散風祛溼。對治療外感風寒溼邪，憎寒壯熱，頭痛項強，肢體痠痛，無汗，脈浮緊，苔白滑者。又如時疫、痢疾、瘧疾、瘡瘍等，均有一定效果。

據《醫方集解》記載：此足太陽、少陽、手太陰藥也。羌活入太陽而理遊風，獨活入少陰而理伏風，兼能去溼除痛，柴胡散熱升清，協川芎和血平肝，以治頭痛目昏，前胡、枳殼降氣行痰，協桔梗、茯苓以泄肺熱而除溼消腫，甘草和裡而發表，人參輔正以匡邪，疏導經絡，表散邪滯，故曰敗毒。另外《溫病條辨》中也記載：此症乃內傷水穀之釀溼，外受時令之風溼，中氣本自不足之人，又氣為溼傷，內外俱急，立方之法，以人參為君，坐鎮中州；為督戰之帥，以二活、二胡合芎藭，從半表半裡之際領邪外出，喻氏所謂逆流挽舟者此也，以枳殼宣中焦之氣，茯苓滲中焦之溼，以桔梗開肺與大腸之痺，甘草和合諸藥，乃陷者舉之之法，不治痢而治致痢之源。痢之初起，憎寒壯熱者，非此不可也。

人參敗毒散是一種扶正解表的方劑，適用於感冒而體虛不耐發散的病症。人參、甘草補氣扶正，以助羌活、獨活解表發散風寒溼邪；羌活、獨活解除頭痛身痛；桔梗、前胡、積殼祛痰降氣，止咳嗽；柴胡退表熱，升清陽；茯苓協同甘草和裡強胃。至於稍加生薑、薄荷，也是為了輔助治療。本方對於慢性患者或老年體弱而患感冒挾溼者最為適合。

相傳在嘉靖己未，五六七月間，江南淮北，在處患時行瘟熱病，沿門闔境，傳染相似，用本方倍人參，去前胡、獨活，服者盡效，全無過失。萬曆戊子己丑年，時疫盛行，凡服本方發表者，無不全活。由此可見，此方對於祛除瘟疫也曾做過重大貢獻。

功能不同地黃丸，紅樓夢中養生丹

《紅樓夢》第二十八回「蔣玉菡情贈茜香羅，薛寶釵羞籠紅麝串」中寫道：王夫人見了林黛玉，因問道：「大姑娘，你吃那鮑太醫的藥可好些？」林黛玉道：「也不過這麼著。老太太還叫我吃王大夫的藥呢。」寶玉回答說：「太太不知道，林妹妹是內症，先天生的弱，所以禁不住一點風寒，不過吃兩劑煎藥就好了，散了風寒，還是吃丸藥的好。」王夫人道：「前兒大夫說了個丸藥的名字，我也忘了。」寶玉說：「我知道那些丸藥，不過叫她吃什麼人參養榮丸。」王夫人道：「不是。」寶玉又說：「八珍益母丸？左歸？右歸？再不，就是麥味地黃丸。」

這裡所說的左歸丸、右歸丸、麥味地黃丸等都是六味地黃丸之類的變方。在養陰補腎的中成藥中，人們經常使用的是六味地黃丸，其實，六味地黃丸只是地黃丸家族中的一個分支，其餘的均含有六味地黃丸的成分，其藥物組成相似，但由於所加減藥物的不同而使其功能不盡相同，臨床應用時，應有所區別。

六味地黃丸是地黃丸中最為常見的，可謂地黃丸中的佼佼者，方由熟地、山藥、棗皮、澤瀉、丹皮、茯苓六味藥組成，其特點是甘淡性平、補而不滯，能滋補腎陰，填精益髓，適用於肝腎陰虧、虛火上炎所致的眩暈、耳鳴、腰痛、消渴等。

除此之外：

- 左歸丸為六味地黃丸減茯苓、澤瀉、丹皮，加枸杞子、牛膝、菟絲子、龜角膠、鹿膠而成，有滋補肝腎真陰之功，適用於真陰腎水不足，不能滋養營衛，漸至衰弱，或虛熱往來、自汗、盜汗或神不守舍、血不歸源、虛損傷陰、遺淋不盡、氣虛昏暈、眼花耳聾、口燥舌乾或腰痠產腿軟等症。

- 右歸丸為桂附地黃丸減茯苓、澤瀉、丹皮，加枸杞子、杜仲、菟絲子、當歸、鹿角膠而成，有溫補腎陽、填精止遺之功，適用於腎陽不足、命門火衰、年老久病而出現氣衰神疲、畏寒肢冷、陽萎滑精、腰膝痠軟者。
- 桂附地黃丸是在六味地黃丸的基礎上加入肉桂和附子而成，因本方有肉桂、附子的加入，而使本方成了溫補腎陽的專劑，適用於腎陽虛弱的四肢厥冷、肮腹冷痛、小便清長、大便溏薄，或見陽萎、滑精、女子宮冷不孕等。
- 麥味地黃丸是在六味地黃丸的基礎上加入五味子和麥冬而成，以增強六味地黃丸的養陰生津、斂肺澀精之效，此方妙在補陰而祛邪，專治肺腎陰虛所致的肺痧、喘咳、遺精等。
- 杞菊地黃丸是在六味地黃丸的基礎上加入枸杞子和菊花而成，治療肝腎陰虛所致的眩暈、耳鳴、視物模糊、眼目乾澀疼痛等，可收到補精、清肝、明目的目的。
- 歸芍地黃丸是在六味地黃丸的基礎上加入了養血柔肝的當歸和白芍而成，有填精養血之功，對血虛頭暈、崩漏等療效顯著。
- 知柏地黃丸是在六味地黃丸的基礎上加入知母、黃柏而成，其獨特之處是對肝腎陰虛火旺所致的腰膝痠軟、遺精、血淋等症，能滋其陰，降其火。但方中知母、黃柏性寒，故脾虛便塘者須慎用，以免傷脾胃之氣。
- 濟生腎氣丸是在桂附地黃丸的基礎上加入車前子和牛膝而成，由於兩者的加入，使其利水除溼之功增強，適用於腎陽虛衰所致的水腫、小便不利等。

・六味都氣丸是在六味地黃丸的基礎上加入五味子而成，五味子有補益固澀之功，故六味都氣丸適用於腎陽不足所致的虛咳、氣喘、遺精等。
・耳聾左磁丸是在六味地黃丸的基礎上加入五味子、菖蒲、磁石而成，主治腎虛耳聾、耳鳴、目眩者，用以滋陰通竅。

黛玉中暑香薷飲，和中化溼可解表

《紅樓夢》第二十九回，寫到賈母、鳳姐、寶釵、寶玉、黛玉等一行人去清虛觀打醮，當時是農曆五月初一，天氣卻已經炎熱起來了。那個時代既無空調，又無電扇，即使是在室內，也悶熱難當。當時是封建社會，不像現代女性開放，在天熱時可以坦胸露背，而必須衣著整齊；特別是去道觀打醮，又是正式場合，更要一絲不苟。天氣炎熱，機體散熱又受到阻撓，這就是中暑的外因。林黛玉體質虛弱，弱不禁風，又患有慢性病，對外界惡劣的氣候耐受力甚差，這又是中暑的內因，如此內外交加，黛玉便不幸中暑了。

中暑是人體在高溫和熱輻射的長時間作用下，機體體溫調節出現障礙，水、電解質代謝紊亂及神經系統功能損害症狀的總稱，是熱平衡機能紊亂而發生的一種急症。中暑可以分成三種狀況：

第一種是在悶熱的房間裡容易出現的熱射病（heat stroke），患者會感覺到頭痛、頭暈、口渴，然後體溫迅速升高、脈搏加快、面部發紅，甚至昏迷。

第二種是日射病（sun stroke），如果人們在烈日下活動或停留時間過長，直接在烈日的曝晒下，強烈的日光穿透頭部皮膚及顱骨引起腦細胞受損，進而造成腦組織的充血、水腫；由於受到傷害的主要是頭部，所以，最開始只有頭部溫度增加，高的時候可以達到攝氏 39 度以上，然後有劇烈頭痛、噁心嘔吐、煩躁不安，繼而可出現昏迷及抽搐，但體溫不一定升高。

第三種叫熱痙攣 (heat cramps)，人在高溫環境中，身體會大量出汗，丟失大量鹽分，使血液中的鈉含量過低，引起腿部甚至四肢及全身肌肉痙攣。

中暑的原因可分為環境因素和自身因素，即上面說的外因與內因。發生中暑的環境因素主要為高溫、高溼、風速小。在溼熱環境中易發生。同時也要注意有時雖然氣溫不高，溼度不大，但由於環境通風較差，也易發生中暑，比如夏季人們在密閉的工作環境中，易發生中暑。而自身因素包括產熱增加，如從事勞力型工作和體育活動，以及患有發燒、甲亢等代謝增加的疾病；熱適應差，如營養不良、年老體弱、孕產婦、過度疲勞、缺乏運動、睡眠不足、飲酒、飢餓以及突然進入旅遊熱區和高溫環境；散熱障礙，如過度肥胖、穿緊身、透氣性差的衣褲、先天性汗腺缺乏症、硬皮病、痱子、大面積燒傷患者恢復的疤痕。另外，使用一些過敏性藥物以及患有脫水、休克、心衰等疾病的患者，也可能導致中暑。

林黛玉中暑既有天氣炎熱的外因，又有體質虛弱的內因。此外還有一個另外的原因，那就是精神因素。清虛觀的張道士送了一個「赤金點翠的麒麟」給寶玉，這又引起了黛玉的心病。薛寶釵有一個金鎖，史湘雲有一個金麒麟，這次張道士又向賈府提親：「要論這小姐的模樣兒，聰明智慧，根基家當，倒也配的過……」在婚姻方面，黛玉又多了一個競爭對手。薛寶釵、史湘雲的競爭力量都很強。而自己在外婆家住，寄人籬下，孤立無援，父母雙亡，連一個傾吐心聲的對象都沒有，每想至此，黛玉都要淚流不止。年紀漸大的她，萌發了對寶玉的愛情，她對愛情視之為生命。寶玉到底對她怎麼樣？不得而知，於是屢次對寶玉進行試探。這種慢性的精神折磨，使黛玉的健康每況愈下，抵抗力越來越差。以上原因加之氣候炎熱，於是黛玉就中暑了。

黛玉在清虛觀中暑之後，回家休養，並且吃了「香薷飲」。香薷飲是中醫有名的方劑，由香薷散演變而來，藥味相同，製成散劑叫香薷散，熬成煎劑就是香薷飲。本方出自《太平惠民和劑局方》，藥僅三味：香薷、炒扁豆、薑厚朴。主要功用為祛暑解表，和中化溼。若在暑夏季節，外感於寒，內傷於溼，或受暑熱侵襲，常會頭重頭痛、身熱畏寒、食慾不振，或者腹痛吐瀉、四肢睏乏、精神倦怠。此時用香蕾飲治療，常能取得良好的效果。

主藥香薷，是唇形科植物香薷的乾燥莖葉，全身被有白色茸毛，有濃烈香氣，味辛，微麻舌。香薷為多年生草本植物，高 30 ～ 40 公分，莖直立，通常呈棕紅色，葉對生，生於山野，主產中國江西、河北、河南等地，以江西產量最大，品質亦佳，特稱「江香薷」，為地道藥材。在挑選時，以質嫩、莖淡紫色、葉綠色，花穗多，香氣濃烈者為佳。香蕾性味辛、微溫，人肺、胃、腎經，為夏令之解表化溼藥。辛溫氣香入肺胃，能外敵暑邪而解表。

劉姥姥二進大觀園，帶走一些中藥丹

《紅樓夢》第四十二回「蘅蕪君蘭言解疑癖，瀟湘子雅謔補餘香」中劉姥姥返鄉時，鴛鴦對劉姥姥說：「這包子裡是你前兒說的藥：梅花點舌丹也有，紫金錠也有，活絡丹也有，催生保命丹也有，每一樣是一張方子包著，總包在裡頭了。」

◆梅花點舌丹

在上面所提到的藥中，梅花點舌丹為喉科要藥。組方為西紅花、紅花、雄黃蟾酥（製）、乳香（製）、沒藥（製）、血竭、沉香、硼砂、蒲公英、大黃、葶藶子、穿山甲（製）、牛黃、麝香、珍珠、熊膽、蜈蚣、金銀花、朱砂、冰片。製時將以上 21 味，除牛黃、麝香、熊膽、冰片、蟾酥外，朱砂、雄黃、珍珠分別水飛或粉碎成極細粉；其餘西紅花等 13 味粉碎成細粉。將牛黃、麝香、熊膽、冰片、蟾酥研細，與上述粉末配研，過篩，混勻，用水泛丸，低溫乾燥，用朱砂粉末包衣，打光，即得。

此丹可清熱解毒、活血消腫、生肌定痛。適用於瘰瘡癰腫初起、咽喉牙齒即中痛、口舌生瘡等症。現代多用於癤腫、咽炎、扁桃體炎、牙周炎等。服用前先飲溫開水一口，將藥放在舌上，以口麻為度，再用溫開水或溫黃酒送下。外用時，以醋化開，敷於患處。需要注意的是症虛體弱者慎用。孕婦忌服。按定時服，不可多服。

另外：

取本品一粒口服，每日三次，同時取本品 1 ～ 2 粒，研為細末，用清茶適量調勻，外塗患處，每日 3 ～ 4 次，連續 5 ～ 7 天，可治療帶狀疱疹。

取本品一粒，研為細末，將消炎膏攤平，再將六神丸粉末倒在上面，外敷患處，敷料包紮，膠布固定，每日換藥一次，連續 3 ～ 5 天，可治療麥粒腫。

取本品每次一丸，每日 1 ～ 2 次口服。同時取本品一粒，研為細末，用消炎鎮痛膏適量調勻，外敷肚臍及雙足心湧泉穴處，敷料包紮，膠布固定，每日換藥一次，連續 3 ～ 5 天。可治療扁桃體炎、急性咽炎、急慢性喉炎。

◆紫金錠

紫金錠為暑病要藥。組方為山慈姑、紅大戟、乾金子霜、五倍子、麝香、朱砂、雄黃。製時將以上 7 味中朱砂、雄黃分別水飛成極細粉；

山慈姑、五倍子、紅大戟粉碎成細粉；將麝香研細，與上述粉末及千金子霜配研，過篩，混勻。另取糯米粉 320 克，加水做成團塊，蒸熟，與上述粉末混勻，壓製成錠，低溫乾燥，即得。

此藥可辟瘟解毒，怯痰開竅，消腫止痛。內服多用於中暑、皖腹脹痛、噁心嘔吐、痢疾泄瀉、小兒痰厥驚風等病症。外治多用於瘡瘍腫毒。外用時醋磨調敷患處，每日次數不限。此藥孕婦忌服。年老體弱者忌內服。

另外：

取本品壓碎成末，用雞蛋清調勻，分數次塗敷患處，每天塗兩三次，連用兩三天即癒。可治療口腔潰瘍、復發性口腔潰瘍。

取本品適量壓碎成末，用醋調勻，塗在患處，以紗布覆蓋，膠布固定，每天換藥一次，連用兩三天可癒，可治療帶狀疤疹。

肌注部位出現紅腫疼痛感染者，先準備好瘡面大小的無菌紗布塊，用如意金黃散加凡士林油膏調勻，攤在紗布塊上，再用玉樞丹壓碎的粉末，撒在上面，貼患處，再以膠布固定，每天換藥一次，輕者一次見效，重者連敷兩三次即癒。

◆小活絡丸

小活絡丸的組方為膽南星、製川烏、製草烏、地龍、乳香（製）、沒藥（製）等。此丸可祛風除溼、活絡通痺。適應於風寒溼痺、肢體疼痛、麻木拘攣。此丸為蜜丸劑，用黃酒或溫開水送服，每次一丸，每日兩次。孕婦禁服。

大活絡丸的組方為麝香、天麻、乳香、沒藥、丁香、白朮、當歸、龜板、人參、肉桂、首烏、防風、沉香、新蛇、烏梢蛇、冰片、威靈仙、地龍等 50 味藥。此丹可祛風除溼、理氣豁痰、舒筋活絡。適用於氣血雙虧、肝腎不足和風痰阻絡引起的中風、痺症、胸痺等。症見偏癱、半身不遂，甚至猝然昏仆、不省人事或風寒溼痺、關節疼痛等。現代多用於面部神經麻痺、腦血栓形成、風溼性或類風溼性關節炎、冠心病、心絞痛等。此丸為蜜丸劑，口服，每次一丸，每日 1 ～ 2 次。孕婦忌服。

另外：

取活絡丸一粒，口服，另取活絡丸適量，研細，用白酒調為稀糊狀外敷患處，局部包紮，每日換藥一次，連續一週，可治療肩周炎。

將患足用熱水浸泡 30 分鐘後，取活絡丸一粒，壓成藥餅，放在壯骨關節膏中央，而後對準足跟部疼痛敷貼，黏緊，每日換藥一次，七天為一療程，連續兩到三個療程，可治療足跟痛症。

巧姐因寒急驚風，藥方首選四神散 ....

《紅樓夢》第八十四回「試文字寶玉始提親，探驚風賈環重結怨」中寫道：巧姐病了，賈母由邢、王二位夫人陪著來到鳳姐房中看望：「巧姐兒到底怎麼樣？」鳳姐兒道：「只怕是搐風的來頭。」賈母道：「這麼著還不請人趕著瞧！」鳳姐道：「已經請去了。」賈母因同邢、王二夫人進房來看，只見奶子抱著，用桃紅綾子小綿被兒裹著，臉皮趣青，眉梢鼻翅微有動意。賈母同邢、王二夫人看了看，便出外間坐下。正說間，只見一個小丫頭回鳳姐道：「老爺打發人問姐兒怎麼樣。」鳳姐道：「替我回老爺，就說請大夫去了。一會兒開了方子，就過去回老爺。」……大夫同賈璉進來，給賈母請了安，方進房中看巧姐。看了出來，站在地下躬身回賈母道：「妞兒一半是內氮，一半是驚風。須先用一劑發散風痰藥，還要用四神散才好，因病勢來得不輕。如今的牛黃都是假的，要找真牛黃方用得。」

驚風是兒科常見病症。也稱驚厥。臨床以四肢抽搐或意識不清為主要特徵。引起驚風的原因較多，一般分為急驚風和慢驚風兩大類。以熱性、急性病引起的急驚風尤為多見，如小兒肺炎、中毒性痢疾、日本腦炎等病，如持續高燒不退，均會出現驚風。近代習慣上將驚厥出現於成人的稱「痙病」，出現於幼兒的稱「驚風」。其臨床表現常為意識突然喪失，眼球上翻、凝視或斜視，面肌及四肢強直性或陣發性痙攣或不停的抽動，一般經數秒或數分鐘，自行緩解，也可反覆發作或持續狀態，驚厥時間過長會造成腦細胞長期缺氧性損害。

驚風以五歲以下小兒為多見，年齡越小，發生率越高，病情變化越迅速，是小兒科危重急症之一。如治療不及時或誤治，往往在短時間內會威脅小兒生命，應加注意。根據病變情況和臨床表現，驚風分為急驚風和慢驚風兩種。

急驚風的發生主要是外感風溫時邪所致，暴受驚恐，乳食積滯也是發生本病的原因。小兒乃屬純陽之體，臟腑嬌嫩，陰氣未充，一旦受邪之後，極易化熱，化火，熱極生風，風火相煽，引動肝風，而出現四肢抽搐；壯熱擾亂神明，則出現煩躁不安，神昏譫語；熱邪灼津，煎液成痰，痰濁蒙蔽清竅，則出現昏迷、驚厥。另外兒肝氣未充，膽氣最怯，驟聞異聲或偶見異物，或不慎跌仆等而受驚恐，擾亂心神，以致神志不寧，精神失守，出現驚惕不安及短暫性的驚厥或抽風等症狀。除此之外，小兒臟腑嬌嫩，脾常不足，若乳食不節，或飽食過度，損傷脾胃，脾胃運化失司，乳食積滯鬱結於胃腸，壅塞不消而化熱，熱極生風，導致肝風內動則可導致驚厥或抽風。

慢驚風的病因多由病後體虛，或吐瀉遷延日久，或由急驚風久治不癒轉變而成。吐瀉日久損傷脾胃，胃不消穀，脾不散精，水穀精微不能化生氣血，以致津液虧損，肝血不足，筋失濡養，而出現肢體強直，拘攣抽搐等症狀。

根據巧姐兒驚風的表現及大夫診治情況認為，巧姐急驚風可能因寒暖不調，氣候驟變，而小兒又肌膚薄，膜理疏，衛外不固，感受風邪，由表入裡，小兒純陽，元氣皆從火化，鬱而化熱，熱盛生痰，熱極生風。患者初起，先有外感表症，繼則引動肝風，或逆傳心包，出現發熱、頭痛、神昏、抽搐等症，也即重感冒發高燒所引起的慢驚風。

讓巧姐用「四神散」辯證得當，用藥合理。四神散是由牛黃、真珠、冰片、朱砂四味藥組成。牛黃是黃牛或水牛膽囊、膽管或肝管中的結石。其性味甘，涼。歸心、肝經。可清心，豁痰，開竅，涼肝，息風，解毒。用於熱病神昏，中風痰迷，驚癇抽搐，癲癇發狂，咽喉腫痛，口舌生瘡，癰腫疔瘡等症。真珠，即珍珠，可安神定驚，清熱滋陰，明目，解毒。適用於驚悸怔忡、癲癇驚風、目赤腫痛、翳膜遮睛、咽喉腐爛、口舌生瘡、潰瘍久不收口等症，並能潤澤肌膚。冰片的功用在於通諸竅、散鬱火、去黯明目、消腫止痛，主治驚病、熱病神昏、中風及無名腫毒等。朱砂又名母砂、辰砂，主要成分為硫化汞。其主要功用為安神、定驚、明目、解毒，用於治癲狂、驚悸、心煩、失眠、腦暈、目昏、腫毒等症。

寶釵因為薛潘事，患病服用至寶丹

《紅樓夢》第九十一回「縱淫心寶蟾工設計，布疑陣寶玉妄談禪」中寫道：薛寶釵為薛潘之事，心上又急，又勞苦了一會，晚上就發燒。到了明日，湯水都吃不下。早驚動榮寧兩府的人，先是鳳姐打發人送十香返魂丹來，隨後王夫人又送至寶丹來。

至寶丹是由生烏犀屑、生玳瑁屑、琥珀、朱砂、雄黃、龍腦、麝香、牛黃、安息香、金箔、銀箔等藥物組成。用於中暑，中惡，中風，溫病；以及小兒驚厥屬於痰濁內閉諸症。有化濁開竅，清熱解毒之功。

清代名醫張秉成在其《成方便讀》中講到：「方中犀角、牛黃，皆秉清靈之氣，有涼解之功；玳瑁、金箔之出於水；朱砂、雄黃之出於山，皆得寶氣，而可以解毒鎮邪。冰、麝、安息，芳香開竅…… 領諸藥以成其功，拯逆濟危，故得謂之至寶也。」 「至」者，極也，最也；「寶」者，珍寶之物品也。本方為清熱熄風，鎮驚，豁痰開竅的重要方劑，用於熱邪內擾，痰濁蒙閉心包諸症，療效顯著，是極珍貴的方劑之一，所以稱「至寶丹」。

市面上的至寶丹一般有局方至寶丹、小兒至寶丹、人參至寶丹、牛黃至寶丹四種。

◆局方至寶丹

出自《太平惠民和劑局方》，也就是常說的至寶丹。其組方為犀角、牛黃、玳瑁、琥珀、朱砂、雄黃、麝香、安息香、冰片等。此丹可清熱解毒、開竅定驚。適用於熱病、痰熱內閉、高熱驚厥、神昏譫語。其中犀角、牛黃、玳瑁清熱涼血解毒；琥珀、朱砂重鎮安神；雄黃解毒豁痰；麝香、安息香辟穢化濁、開竅醒神。現常用於日本腦炎、流行性腦脊髓膜炎、腦血管意外、中暑、肝昏迷、癲癇、尿毒症等疾病的治療。

◆小兒至寶丹

組方為紫蘇葉、廣藿香、薄荷、羌活、陳皮、白附子、膽南星、白芥子、川貝母、檳榔、山楂、茯苓、六神曲、麥芽、琥珀、冰片、天麻、鉤藤、僵蠶、蟬蛻、全蠍、牛黃、雄黃、滑石、朱砂等。此丹可疏風清熱、消食導滯、化痰熄風。適用於小兒感冒風寒、停食停乳、發熱鼻塞、咳嗽痰多、嘔吐泄瀉、驚惕抽搐等症。此丹所含的紫蘇葉、羌活、薄荷疏風解表；檳榔、山楂、六神曲、麥芽、茯苓消導宿食積滯；藿香、陳皮和胃止嘔；膽南星、川貝母、白芥子、白附子祛風化痰；琥珀、冰片、牛黃、朱砂鎮驚安神、開竅醒腦；天麻、鉤藤、全蠍、蟬蛻平肝熄風止痙；雄黃解毒；滑石利尿，引熱下行。是治療小兒感冒挾滯的常用成藥之一。

◆人參至寶丹

組方為人參、牛黃、天竺黃、製南星、雄黃、朱砂、琥珀、水牛角粉、玳瑁、麝香、安息香、冰片等。此丹可祛痰開竅、鎮驚醒神。適用於溫病高熱、神昏譫語、中風等症。此丹中所含的人參補氣扶正；牛黃、天竺黃、製南星、雄黃清熱解毒、祛痰開竅、息風止痙；朱砂、琥珀清熱鎮驚安神；水牛角粉、玳瑁清熱平肝；麝香、安息香、冰片芳香辟穢開竅。

◆牛黃至寶丹

組方為連翹、梔子、大黃、芒硝、石膏、青蒿、陳皮、木香、廣藿香、牛黃、冰片、雄黃等。製時將以上藥材中的雄黃水飛或粉碎成細粉，牛黃，冰片分別研細，其餘連翹等 9 味粉碎成細粉，與上述雄黃等 3 味細粉配研，過篩，混勻。每 100 克藥粉末加煉蜜 145 ～ 150 克製成大蜜丸，即成。此丹可清熱解毒、瀉火通便。適用於胃腸積熱引起的頭痛眩暈、目赤耳鳴、口燥咽乾、大便燥結等症。孕婦忌服。

疾病與養生——
中醫治未病，預防要先行

寶玉愛發痴，癲狂益早治

每一個讀《紅樓夢》的人，都想弄明白賈寶玉究竟是一個怎樣的人，眾說紛紜，每一個人都有自己心中的一個寶玉。賈寶玉第一次出場，是在第三回，也就是黛玉進賈府的時候。寶玉第一次亮相可謂光彩照人，書中是透過林黛玉的眼睛來對寶玉進行描述的：忽見丫鬟話未報完，已進來了一位年輕的公子：頭上戴著束髮嵌寶紫金冠，齊眉勒著二龍搶珠金抹額;穿一件二色金百蝶穿花大紅箭袖，束著五彩絲攢花結長穗宮滌，外罩石青起花八團倭緞排穗褂；登著青緞粉底小朝靴。面若中秋之月，色如春曉之花，鬢若刀裁，眉如墨畫，面若桃瓣，目若秋波。雖怒時而若笑，即嗔視而有情。項上金螭瓔珞，又有一根五色絲絛，繫著一塊美玉。

如此漂亮的一個公子哥，其性格又是怎樣的呢？說到他的性格，人們總要提到寶玉身上有許多脂粉氣，像個女孩子，缺少男性的陽剛之氣等等。他的秉性溫柔，對女兒的體貼，以及待人接物等，無不透出女性的氣質。但寶玉身上的女性氣質，從後來的文中可以看出，這是與他對女兒的崇拜有著直接的關聯，而不是什麼病態的心理。

賈寶玉在賈府中是個極為特殊的人物，被視為賈府的「命根子」。因此常做出一些不合時宜的舉動來，如發癲發痴便是其中的兩項。在《紅樓夢》第三回寶玉初見黛玉時，寶玉又問黛玉：「可也有玉沒有？」眾人不解其語，黛玉便忖度著因他有玉，故問我有也無，因答道：「我沒有那個。想來那玉是一件罕物，豈能人人有的。」寶玉聽了，登時發作起痴狂病來，摘下那玉，就狠命摔去，罵道：「什麼罕物，連人之高低不擇，還說『通靈』不『通靈』呢！我也不要這勞什子了！」嚇的眾人一擁爭去拾玉。賈母急的摟了寶玉道：「孽障！你生氣，要打罵人容易，何苦摔那命根子！」寶玉滿面淚痕泣道：「家裡姐姐妹妹都沒有，單我有，我說沒趣，如今來了這們一個神仙似的妹妹也沒有，可知這不是個好東西。」賈母連忙哄他，最後親與他帶上。寶玉才聽話重新帶上。由此可見寶玉也不是一個十分溫順的人物。

在第五十七回「慧紫鵑情辭試忙玉，慈姨媽愛語慰痴顰」中，紫鵑告訴寶玉，說黛玉要回南面去了，寶玉聽說後呆呆的，一頭熱汗，滿臉紫脹。襲人見了這般，慌起來，只說時氣所感，熱汗被風撲了。無奈寶玉發熱事猶小可，更覺兩個眼珠兒直直的起來，口角邊津液流出，皆不知覺。給他個枕頭，他便睡下；扶他起來，他便坐著；倒了茶來，他便吃茶。眾人見他這般，一時忙起來。王大夫看後說：「世兄這症乃是急痛迷心。古人曾云：『痰迷有別。有氣血虧柔，飲食不能熔化痰迷者，有怒惱中痰裹而迷者，有急痛壅塞者。』此亦痰迷之症，係急痛所致，不過一時壅蔽，較諸痰迷似輕。」一時，按方煎了藥來服下，果覺比先安靜。後來賈母又命將祛邪守靈丹及開竅通神散各樣上方祕製諸藥，按方飲服。次日又服了王太醫藥，才漸漸好了起來。

那麼寶玉為什麼老是發癲發痴呢？從現在看來，寶玉的發癲發痴應該是屬於現在的精神病範疇。精神疾病是指在各種生物學、心理學以及社會環境因素影響下，大腦功能失調，導致認知、情感、意志和行為等精神活動出現不同程度障礙的一類疾病。如上面說到寶玉聽說黛玉要回去後，「便如頭頂上響了一個焦雷一般」，沉浸在黛玉要回去的思念中，從而出現精神障礙，導致疾病發作。中醫認為此症乃屬於「鬱症」、「癲狂」範圍，多為肝氣鬱滯，所願不遂，或痰熱阻滯，清竅神蒙，或心肝血虛，心神失養所為，當以疏肝解鬱、清熱化痰、養心安神為治。所以王大夫看後，說寶玉是「急痛迷心」，「亦痰迷之症」，給予化痰通竅治療有效。

黛玉先天弱，後天亦失養

在《紅樓夢》第一回中，對於林黛玉的前世是這樣介紹的：說她是西方靈河岸上三生石畔的一株小草，由於神瑛侍者，也就是後世的賈寶玉每日灌以甘露，才得以久延歲月，修成女體，所以林黛玉的生命力是非常脆弱的，這就是她自幼多病、體質虛弱的原因。而書中林黛玉自己也說是會吃飯時便會吃藥，到今日未斷，由於自小體弱多病，常需藥物調理。對於林黛玉的母親書中的形容是「一疾而終」，暗示其母賈敏身體也較柔弱。照此推斷，賈敏在懷有黛玉之時，想必體質也不太好，正所謂「母病及子」，所以黛玉從一生下來就是先天不足、怯弱多病。雖然說林家也是名門望族，生活條件肯定不差，衣食住行均高於一般平民百姓。但由於先天不足，雖有名醫調理，也並非一朝一夕就能見效的。

而《紅樓夢》第二回「賈夫人仙逝揚州城，冷子興演說榮國府」中寫道：賈雨村在林鹽政家作西席，只見，這女學生年又小，身體又弱……誰知女學生之母賈氏夫人一疾而終。女學生侍湯奉藥，守喪盡哀……近因女學生哀痛過傷，本自怯弱，觸犯舊症，遂連日不曾上學。

在《紅樓夢》第三回林黛玉初進賈府時，眾人見黛玉年貌雖小，其舉止言談不俗，身體面龐雖怯弱不勝，卻有一段自然的風流態度，便知他有不足之症。從「身體又弱」、「本自怯弱」、「怯弱不勝」等可知林黛玉身體虛弱。由此可知林黛玉的基本身體狀況是：先天不足，後天失養。

在第三回中講到賈家飯後隨即上茶，而「林如海教女惜福養身，云飯後務待飯粒咽盡，過一時再吃茶，方不傷脾胃」。可見林如海特別注意保護好脾胃後天之本，在日常生活習慣中從小處著手，時刻注意顧護身體。因為林黛玉先天不足，故必須後天調理，但林黛玉體質太差，如此精心呵護效果卻甚微。

第四十五回提到黛玉每歲至春分秋分之後，必犯嗽疾，又遇賈母高興多遊玩了兩次，勞了神，咳嗽再一次發作，而且又比往常嚴重了。黛玉的咳嗽是屬於內傷咳嗽，是臟腑功能失調，內邪干肺引起的，常反覆發作，每每加重。從第八十三回黛玉咳嗽咳痰，到第九十七回咳出的痰已是痰中帶血。可以說咳嗽病一直延續到她的生命結束。第八十三回王大夫替黛玉診病後說道：「六脈皆弦，因平日鬱結所致。」又道：「這病時常應得頭暈，減飲食，多夢，每到五更，必醒個幾次。即日間聽見見不干自己的事，也必要動氣……且多疑多懼。」

縱觀林黛玉的性情，多憂多思。《諸病源侯論》言：「憂愁思慮傷心。」中醫認為，思慮過度，心血暗耗，肝陰易致虧損。而關脈獨洪，提示肝邪偏旺，加之林黛玉平素表現之情志不舒、心情憂鬱、易怒喜哭等症狀，可確定為鬱病而無可非議。論權勢、財力，賈府並不亞於林家，按道理林黛玉的病在賈家應該得到更好的治療和調養，病情應有好轉，事實上，不到幾年間病情反而更加惡化。

另外林黛玉在賈府中多參與其中的聚會玩樂，對於原本怯弱的她來說是一種過度勞累，耗氣傷神。中醫說「勞則氣耗」即是這個道理。癩頭和尚說的不假，應跟他去出家，清淨以修身養性，才能保命。《黃帝內經》中說道：「恬淡蓋無，真氣從之，精神內守，病安從來。」其次，在賈府食後立即上茶，損傷了脾胃。黛玉脾胃原本尚虛，後天之本無法運化水穀，身體無源營養，其虛仍虛，其弱仍弱。

第四十五回中黛玉犯咳嗽，寶釵去看望時道：「昨兒我看你那藥方上，人參肉桂覺得太多了。」按照黛玉原本陰虧內熱之體，肉桂此等辛熱之品將會耗其陰分而助其內熱，實應如寶釵所言「先以平肝健胃為要」。以燕窩養陰潤肺，滋養肺陰，化痰止咳，益氣補中，補而能清之品也是再合情合理不過了。至於王大夫此等高明之士，賈家去請並非難事，但文中王大夫的出現均有賈璉的陪同，還驚動了賈母，如此「勞師動眾」恰是黛玉所不願的。

林黛玉自覺寄人籬下，情志不暢，不想麻煩而一直拖著病，未能及時更改藥方而延誤了治療。另外，在賈家中多次受情志刺激加重了病情，第八十三回僅為咳嗽，第九十四已經連抬起頭的力都沒有了，第九十七回氣息微細，咳嗽痰中帶血，第九十八回臨死前出現迴光返照、殘燈復明之象，最終一命歸天。

鳳姐身患難言隱，流產下紅崩漏症

在《紅樓夢》第五十五回中，鳳姐兒因操勞太過，一時不及檢點，便在元宵節過後，突然「小月」了，以致不能理事，天天兩三個大夫用藥。鳳姐兒自恃強壯，雖不出門，然而計畫籌謀，費盡心血，一刻也沒有休息。任人諫勸，她只不聽。鳳姐兒先天稟賦氣血不足，兼年幼不知保養，長大之後，爭強鬥志，心力更虧，故雖係「小月」，究竟著實虧虛下來。一個月之後，又添了「下紅之症」。以致面目黃瘦。後來服藥調養，直到三月間，「下紅」才漸漸止住。

另外第七十二回「王熙鳳恃強羞說病」中，鴛鴦看鳳姐經常懶懶的，偷偷問平兒原因。平兒嘆道：「她這懶懶的，也不止今日了！這有一月前頭，就是這麼著。這幾日忙亂了幾天，又受了些閒氣，從新又勾起來；這兩日比先又添了些病，所以支不住，就露出馬腳來了。」這個時候，鳳姐兒還不把自己的病當回事，平兒問她「身上覺得怎麼樣？」她就動了氣，說是咒她病了，天天還是察三訪四，不知將養身體。自從上月行了經之後，這一個月，竟瀝瀝淅淅的沒有止住。於是鴛鴦便猜她這是患了「血山崩」。

在上面的文字中，鳳姐依次患了三種病：小月、下紅、血山崩。這三種病究竟是怎麼回事呢？

「小月」，在地方上指的是小產和流產，因為不是足月產，所以被稱著是「小月」。通常對胎兒尚未成形而產的，稱為流產；對胎兒已經成形而產的稱為小產。鳳姐「小月」之前原書中並未出現她懷孕的描述，所以按照這種情況推斷，鳳姐的「小月」應屬流產情況。

「下紅」就是崩中漏下，簡稱崩漏，是指不在月經期間，陰道內持續下血的狀況。崩和漏又有區別：突然大量下血稱之為崩；下血淋漓不斷稱之為之漏。崩與漏在病勢上雖有急緩之分，但在發病過程中可以互相轉化：崩可致漏；漏也可以轉變為崩。兩者的發病機理是一樣的，都是衝脈和任脈損傷，無法固攝氣血所致。

而鴛鴦說的「血山崩」就是崩漏的崩，她猜測鳳姐的「下紅之症」來勢凶猛，出血量多。但平兒是了解情況的，從她所講的「一個月竟瀝瀝淅淅的沒有止住」這段話來看，鳳姐所患的不是崩，而是漏。

按照中醫理論，崩漏可分為血熱、氣虛、血疲、肝腎陰虛等幾種類型。血熱崩漏表現為突然陰道出血，量多，或淋漓不斷，色深紅或紫，黏稠，面赤，掃渴，煩躁易怒等。治療宜清熱、涼血、止血。氣虛崩漏表現為突然陰道出血量多，或淋漓不斷，色淡紅，質清稀，精神疲倦，少氣懶言，不思飲食，或見面色光白，心悸，小腹空墜等。治療應補氣攝血，健脾固衝。血痕崩漏表現為下血時多時少，或淋漓澀滯不止，血色紫暗，黏稠有塊，小腹疼痛拒按，血塊下後痛減。治療應活血行癖。肝腎陰虛崩漏表現為陰道突然出血，時多時少，淋漓不斷，血色鮮紅，頭暈耳鳴，腰膝痠軟，兩顴發紅，手足心熱，或午後潮熱等。治宜滋補肝腎，清熱固衝。根據書中所述，王熙鳳的下紅之症可能是氣虛崩漏，而且是漏症。

鳳姐之所以會患上這些病，原因是「操勞太過，氣惱傷著」而致的氣血不足。此時的治療應該益氣養血，同時必須注意養生，避免操勞，心靈寧靜，安心養病。然而鳳姐總是要強好面子，依然「籌劃計算」，玩弄權術，所以把病程拖得很長，使身體著實虧虛下來，最終年紀輕輕便離開了人世。

賈母吃桃患泄瀉，年高受風易感冒 ‥‥‥‥‥‥‥‥‥‥‥‥‥‥

在《紅樓夢》第十一回「慶壽辰寧府排家宴，見熙鳳賈瑞起淫心」中，賈敬的壽辰上，賈珍對尤氏二人說：「老太太原是老祖宗，我父親又是姪兒，這樣日子，原不敢請她老人家，但是這個時候，天氣正涼爽，滿園的菊花又盛開，請老祖宗過來散散悶，看著眾兒孫熱鬧熱鬧，是這個意思。誰知老祖宗又不肯賞臉。」鳳姐兒未等王夫人開口，先說道：「老太太昨日還說要來著呢，因為晚上看著寶兄弟他們吃桃兒，老人家又嘴饞，吃了有大半個，五更天的時候就一連起來了兩次，今日早晨略覺身子倦些。因叫我回大爺，今日斷不能來了，說有好吃的要幾樣，還要很爛的。」賈珍聽了笑道：「我說老祖宗是愛熱鬧的，今日不來，必定有個原故，若是這麼著就是了。」從這裡可以看出：賈母之所以沒有出現在賈敬的壽辰上，不是因為她不肯賞臉，而是因為吃桃吃壞了肚子，患了泄瀉。

泄瀉，是指排便次數增多，糞便清稀，甚至如水樣而言。此病一年四季均可能發生，但以夏秋兩季多見。中醫認為，本病多為感受外邪，溼阻脾陽或飲食不節，損傷脾胃或肝鬱犯脾，運化失常或臟腑虧虛，攝納失調所為，其主要病變在脾胃及大小腸，關鍵在於脾胃功能障礙，因而調理脾胃，使之功能正常為治療要點，同時應注意飲食，避免生冷、油膩之物。

分析賈母腹瀉的原因，看來是年老脾胃消化功能下降所致了。在初秋季節，人們容易瀉肚子，其中老年人更容易發生急性腹瀉。一旦發生腹瀉，除了要注意休息和積極治療外，還應給予合理的飲食與營養。在腹瀉初期，應該讓患者喝些淡鹽開水、菜湯、熱茶水、淡果汁、濃米汁及口服補液鹽等，以補充患者腹瀉所丟失的水分和無機鹽。而那些要禁食一、兩天，把肚子泄空的認知明顯是錯誤的。腹瀉患者症狀減輕後，可吃些容易消化及營養豐富的流質或半流質飲食，如藕粉，杏仁霜、豆漿、蛋花湯、米粥、細麵條、餅乾等。但此時不宜吃牛奶、羊奶和大量的蔗糖。因這些食物易發酵，引起腹脹腹痛。所以賈母不能參加賈敬的壽辰，卻讓他把好吃的留幾樣，而且還要很爛，是有一定道理的。

對於賈母的身體狀況，《紅樓夢》中除了提到腹瀉外，還寫了她兩次感冒。在第四十二回「衡蕪君蘭言解疑癖，瀟湘子雅謔補餘香」中，賈母遊大觀園後被風吹病了，睡著說不好過，於是請王太醫看病。王太醫說：「太夫人並無別症，偶感一點風涼，究竟不用吃藥，不過略清淡些，暖著一點兒，就好了。如今寫個方子在這裡，若老人家愛吃，便按方煎一劑吃；若懶待吃，也就罷了。」這是賈母第一次患感冒。

賈母第二次患感冒是在第六十四回「幽淑女悲題五美吟，浪蕩子情遺九龍珮」中，賈敬誤服丹砂病逝後，賈母奔喪後回來。年邁的人禁不住風霜傷感，至夜間便覺頭悶目酸，鼻塞聲重。連忙請了醫生來診脈下藥，足足的忙亂了半夜一日。幸而發散的快，未曾傳經，至三更天，些須發了點汗，脈靜身涼，大家方放了心。至次日仍服藥調理。

從王太醫為賈母的診斷上看，賈母第一次感冒是輕度傷風。這是一種由多種病毒引起的上呼吸道傳染病，常見病原體為鼻病毒、流行性感冒病毒、副流感病毒等。賈母遊大觀園時身上乏倦，往稻香村來休息，不慎著涼，於是併發傷風。王太醫針對賈母的病情及身體狀況，交待不用服藥，飲食清淡，注意保暖，很快便會痊癒。醫生看病後總要給個交代，後來王太醫開了個處方，無非是發散藥物，可吃可不吃。

第二次感冒卻比第一次重得多，但也是外出受風霜所致，這次表現出「頭悶目酸，鼻塞聲重」，看來是個重感冒，大家「足足的忙亂了半夜一日」。服了醫生的藥後，「些須發了點汗，脈靜身涼」，很快將疾病發散出來，沒有招致「傳經」之累。

賈母的兩次感冒，說明老年人抵抗力弱，經不起風寒侵襲。老年人感冒後，往往反覆發作，有的還易併發其他疾病，且纏綿難癒。老年人患感冒，最易併發肺炎，或使原有的慢性支氣管炎症狀加重。原有高血壓、冠心病者，會使這些疾病加劇，有可能出現心絞痛、心肌梗塞、高血壓危象等。賈母雖然是個性格爽朗、身體健康的人，但兩次感冒卻一次比一次重，由此可見老年人必須對感冒加以重視。平時要適當的鍛鍊身體，增強體質，多喝水，注意休息，一旦感冒要及時去醫院檢查治療，以免延誤病情，拖垮身體。

黛玉身患結核病，咳血之因為肺癆

林黛玉是《紅樓夢》中最深入人心，最具感染力的人物，可是林黛玉一生中又與疾病結下了不解之緣，以至於最終也死於疾病。那麼林黛玉究竟患了什麼病呢？在《紅樓夢》第三十四回中，當黛玉神痴心醉，徐意纏綿，研墨蘸筆，寫了三首詩後，「覺得渾身火熱，面上作燒，走至鏡台，揭起錦袱一照，只見腮上通紅，其合壓倒桃花……」這種午後潮熱，在蒼白的面頰上兩腮潮紅，面如桃花，正是肺結核的典型表現。後來在寫黛玉時，又多次提到咳嗽，咳痰，而且時輕時重，時好時壞，是一個慢性進展的過程，這又是肺結核的特點。

在八十二回「老學究講義警頑心，病瀟湘痴魂驚惡夢」中，黛玉的病有一個轉折性的變化。待黛玉劇烈咳嗽，咳出許多痰後，紫鵑開了屋門去倒痰盒時，只見痰中有些血星，唬了一跳。事實上，肺結核由不咳血到咳血是一個重要的進展，說明病情已發展到嚴重階段。當時並無治療肺結核的特效藥，再加受了諸多精神刺激，特別是與賈寶玉的愛情，父母雙亡，無人作主，無處傾訴，孤苦伶仃，情志鬱結，更加重了她的病情，最終因慢性消耗和咳血而死。「香魂一縷隨風散，愁緒三更人夢遙。」

古代稱肺結核為肺癆。肺結核早在兩千年前就已流行，古醫籍《黃帝內經》就有「虛勞之症」的記載，東漢張仲景在他的《金匱要略》一書中，也有「虛勞」和「馬刀挾瘦」的闡述，前者指肺結核病，後者指腋下及頸淋巴結結核。可是在那個時代，沒有治療結核病的特效藥，所以患者都死掉了。因此，當時民間將肺癆視為不治之症，像現在對癌症的看法一樣。

要控制結核病，必須抓住結核病流行的三個基本環節，即傳染源、傳播途徑和易感者。結核病的主要傳染源是「開放性患者」。結核菌來源於排菌的肺結核患者咳出的痰。肺結核患者痰塗片檢查找到結核菌稱「開放性患者」。痰塗片陰性，但 X 光或其他檢查顯示活動性病變者稱「非開放性肺結核患者」。塗片陰性培養陽性者稱「培陽患者」。現代研究顯示，只有開放性患者的傳染性最大，非開放性培陽患者雖有傳染性，但較小。所以應當把開放性患者作為主要發現和治療的對象。

結核病的主要傳播途徑是飛沫核，飛沫核有兩種：

一是開放性患者咳嗽、噴嚏排放出的唾沫星 —— 飛沫核。飛沫核有大有小，小於 4 ～ 5 微米的可以在空氣中飄浮 4 ～ 5 個小時。咳嗽一次可排放 3,500 個飛沫核，打一次噴嚏可排放出一百萬個飛沫核。這種帶結核菌的飛沫，一旦被健康人吸入到肺泡內，若遇到抵抗力下降即易引起感染。

二是開放性患者隨地吐痰，乾燥後形成小於 4 ～ 5 微米的塵埃飛沫核被健康人吸人，同樣會引起感染。鑑於此，對開放性患者要隔離治療，接近開放性患者時要戴口罩，開放性患者要吐痰人盂，並將痰消毒處理。對於易感人群應加強營養，改善居住條件，增強機體抵抗力，同時應注射卡介苗。

卡介苗是預防結核的主要手段。注射過卡介苗的孩子，一般情況下不會患結核病，即使患病也是輕型的。新生兒在出生後 5 ～ 8 個月內應注射卡介苗（過去為 24 小時內）。在接種三個月後要進行一次結核菌素試驗，如果效果不好，則要及時重新接種。種苗後兩週左右會出現紅腫，約一個月後在接種部位會出現一個小硬塊或小膿瘡，這時不要擠也不需要包。若流膿水可塗上些紫藥水，兩個月左右開始結痂，痂掉了就好了。這是正常反應，一般不必處理。極個別的其腋窩淋巴結會腫大，這時應到醫院檢查。

現代的短程化療幾乎可使百分之百的初治開放性患者在半年內治癒，使開放性患者痰菌陰轉失去傳染性。卡介苗預防結核病，效果也是十分可靠的。在人類征服結核病的進程中，儘管遇到一些曲折，但前途是光明的。人類必將最後戰勝結核，林黛玉的悲劇不會再重演了。

湘雲擇席難入睡，黛玉體弱也失眠 ....

林黛玉多愁善感，經常患失眠症，特別在遇到精神刺激之後，更是如此。《紅樓夢》第七十六回「凸碧堂品笛感淒清，凹晶館聯詩悲寂寞」寫道：湘雲有擇席之病，雖在枕上，只是睡不著。黛玉又是個心血不足常常失眠的，今日又錯過困頭，自然也是睡不著。二人在枕上翻來覆去。失眠是常見的心身疾病。

失眠，是指經常不能獲得正常的睡眠，輕者入寐困難，或寐而不酣，時寐時醒，醒後不能再寐，嚴重者可整夜不能人眠。人的一生大約有三分之一的時間在睡眠中度過，並且許多生理過程是在睡眠中完成的，如消除疲勞、恢復體力；增強機體產生抗體的能力，提高免疫力；促進記憶，維護一個人正常的心理活動；幫助皮膚美容，讓人的皮膚變得光滑細膩；對於兒童來說，睡眠能加速生長激素的分泌，促進生長發育。睡眠雖然有如此多的好處，然而我們的睡眠並不總是在我們需要時悄然到來。幾乎每個人都有過失眠的經歷。隨著社會的發展，生活節奏的加快，失眠症的發生率有上升趨勢。

失眠的原因有多種，從外因上來說，由於改變睡眠地點，變換日夜班或乘坐飛機跨越時區造成時差，或由於環境中聲、光、冷、熱，蚊蟲叮咬等原因，都會引起入睡困難；晚上喝了咖啡、茶、酒、激素、興奮劑，或停用安眠藥後，也會引起入睡困難。從內因上講，因為思慮過多的問題以及各種社會心理壓力造成的煩惱、焦慮，會引起入睡困難；由於主觀上的過慮、擔心、緊張或害怕而無法自制，會引起入睡困難；身患軀體疾病或不適，會引起入睡困難；伴有疼痛、瘙癢、飢餓、發燒、咳嗽、氣喘、夜尿等症狀，會引起入睡困難。

中醫認為睡眠乃心神所主，是陰陽之氣自然而有規律的轉化結果，這種規律一旦破壞，就可導致不寐。失眠涉及多個臟腑，如心、肝、脾、腎等，主要病變在心，與心神的安定與否有直接的關係。因為心藏神，心神安定，則能正常睡眠，如心神不安，則不能入睡。不論是心經自病，或者脾病、腎病、肝病及胃病影響於心，均可導致失眠。張景岳在《景岳全書．卷十八．不寐》中就講到：「蓋寐本乎明，神其主也，神安則寐，神不安則不寐」。

了解了失眠的原因，治療起來也就有理可依了。要治療失眠，首先要養成良好的睡眠習慣，定時上床，定時起床，不要養成在床上看書看電視的習慣。早上一旦醒來要立即起床，形成上床就想睡覺的良性條件反射。如果上床後長時間睡不著，可以起來聽聽輕音樂、看一會兒書或散散步，有了睡意後再上床，切忌在床上輾轉反側。另外還需避免白天睡眠時間過長或長時間臥床，這樣對於夜晚入睡也有一定的幫助。

飲食與睡眠也有一定的關係，一些具有興奮性的活性物質如茶、咖啡、酒精等常常會引起入睡困難和睡眠品質下降，應盡量避免在入睡前飲用。但也有些人對上述物質特別敏感，上午喝了茶也會影響晚間的睡眠。如果你屬於此種情況且又很想喝茶，則應該在一段時間內堅持每日喝茶，這樣最多在喝茶的前一兩天出現入睡困難，以後入睡就正常了。另外入睡前半小時到一小時內避免過分飽食，否則也會影響睡眠品質。

當然，對於睡眠來說，最好還是順其自然。一些人失眠時總是想盡快入睡，但越想盡快入睡越是睡不著，越睡不著越想盡快入睡，陷入一個焦慮的惡性循環中無法自拔。這時如果一個別的念頭或思緒讓你暫時忘記了盡快入睡的想法，往往就能不知不覺的睡著了。所以如果我們一開始就抱持順其自然的想法，也許我們就能在短時間內安然入睡了。

整體而言，對於失眠，精神性因素占主要原因。精神愉快的人，心胸坦蕩，無憂無慮，吃得下，睡得著，健康狀況當然也就相對會好一點，身體健康了，自然又吃得下，睡得著。這樣人體就會進入一個良性循環，如此還何愁失眠，何愁不健康呢？

尤二姐用藥致流產，妊娠用藥須禁忌

《紅樓夢》中有一段「苦尤娘賺入大觀園」的故事，這裡尤娘指的是尤二姐。尤二姐是尤氏繼母從前夫那裡帶過來的女兒，在寧府雖有姨妹名分，實際與尤氏異父異母，似近實遠，情同寄食。尤二姐很有姿色，但由於在未婚之前就與賈珍有染，所以名聲不好。帶著這一汙點，尤二姐在被賈璉娶為妾後，自以為終身有靠，一心一意的恪守婦道，希求做一個改過從善的婦人。後來祕事洩漏，王熙鳳設下圈套，將尤二姐哄入園中。尤二姐以為從此有了出頭之日，安心做妾。誰知王熙鳳是想致她於死地。尤二姐在榮國府受盡欺侮，有苦難言，覺得生不如死。在胡庸醫將腹中的男胎打下之後，自覺求生無望，不如一死乾淨，於是吞金自盡。

對於尤二姐的死，也許王熙鳳的圈套和她在榮國府所受的欺辱只是誘因，真正讓她產生死的想法還是胡庸醫將她腹中的男胎打下來這件事。在《紅樓夢》第六十九回「弄小巧用借劍殺人，覺大限吞生金自逝」中，尤二姐在榮國府的日子越來越不好過，後來得了一病，四肢懶動，茶飯不進，雖然如此，竟也懷了身孕。於是賈璉便命人請醫生來診治，請來的醫生姓胡名君榮，雖是個太醫，但醫術不精且心術不正。胡太醫進來診脈看了，說是經水不調，要大補。賈璉便說：「已是三月庚信不行，又常作嘔酸，恐是胎氣。」胡君榮聽了，復又命老婆子們請出手來再看看。尤二姐少不得又從帳內伸出手來。胡君榮又診了半日，說：「若論胎氣，肝脈自應洪大。然木盛則生火，經水不調亦皆因由肝木所致。醫生要大膽，須得請奶奶將金面略露露，醫生觀觀氣色，方敢下藥。」賈璉無法，只得命將帳子掀起一縫，尤二姐露出臉來。胡君榮一見，魂魄如飛上九天，通身麻木，一無所知。一時掩了帳子，賈璉就陪他出來，問是如何。胡太醫道：「不是胎氣，只是瘀血凝結。如今只以下瘀血通經脈要緊。」於是寫了一方，作辭而去。

賈璉命人送了藥禮，抓了藥來，調服下去。只半夜，尤二姐腹痛不止，誰知竟將一個已成形的男胎打了下來。於是血行不止，二姐就昏迷過去。尤二姐心下自思：病已成勢，日無所養，反有所傷，料定必不能好。況胎已打下，無可懸心，何必受這些零氣，不如一死，倒還乾淨。於是吞生金自逝。

從這裡可以看出，尤二姐之所以會流產，完全是因為胡太醫診斷失誤，用錯了藥所致。按照現在的說法，這便是一起典型的違背妊娠用藥禁忌，導致孕婦流產的醫療事故。事實上，妊娠用藥必須要有禁忌，臨床上須仔仔細細，萬萬不可盲目從事。

某些藥物具有損害胎元以致墮胎的副作用，所以應該作為妊娠禁忌的藥物。根據藥物對於胎兒損害程度的不同，一般可分為禁用與慎用二類。禁用的大多是毒性較強，或藥性猛烈的藥物，如巴豆、斑蝥、牽牛子、大戟、甘遂、芫花、商陸、麝香、水蛭、虻蟲、番瀉葉、藜蘆、乾漆、蟾酥、蜈蚣、水銀、砒石、木鱉子、生川烏、生草烏、生附子、雄黃、輕粉、硫黃等。而慎用的包括通經去瘀、行氣破滯以及辛熱等藥物，如製附子、貫眾、桃仁、紅花、大黃、枳實、乾薑、肉桂、益母草、法半夏、常山、天南星等。凡禁用的藥物，絕對不能使用；慎用的藥物，則可根據孕婦患病的情況，斟情使用。但沒有特殊必要時，應盡量避免，以防發生事故。

另外，一些中成藥的毒性也很大，也會導致胎兒畸形、流產或胎死腹中。一般來說，具有清熱解毒、瀉火、祛溼等功效的中成藥;以祛風、散寒、除溼止痛為主要功效的中成藥；有消食、導滯、化積作用的一類中成藥；有通導大便、排除腸胃積滯、或攻逐水飲、潤腸通便功能的中成藥；有疏暢氣機，降氣行氣功效的中成藥；有活血祛瘀、理氣通絡、止血功能的中成藥；有開竅醒腦功效的中成藥；有驅蟲、消炎、止痛功能，能夠驅除腸道寄生蟲的中成藥；有解毒消腫、排膿、生肌功能的中成藥；治療水腫、泄瀉、痰飲、黃疸、淋濁、溼瀉等病症的中成藥，這些藥物對於孕婦來說或者會引發胎兒畸形；或者會導致胎兒出生後智力低下；更有甚者還會直接流產，所以都是孕婦必須禁忌的。

香菱患了乾血症，中醫治療談閉經

《紅樓夢》中的眾女大多都以悲劇收場，正如賈寶玉神遊太虛幻境時警幻仙姑讓他所喝之酒的酒名一樣：「萬豔同杯」，寓意「萬豔同悲」。曹雪芹對封建社會中婦女的悲慘命運給予了極大的同情，在這一批紅顏薄命的人物中，香菱就是一個突出的代表。

香菱在第一回就出現了，她原籍姑蘇城十里街仁清巷，父親甄士隱是一位鄉宦，家境雖不十分富裕，但在當地也算是一門望族了。書中是這麼描述的：「這甄士隱桌性恬淡，不以功名為念，每日只以觀花種竹、酌酒吟詩為樂，倒是神仙一流人物；只是一件不足：年過半百，膝下無兒；只有一女，乳名英蓮，年方三歲。」這個英蓮就是後來的香菱。香菱就出生在這樣一個在今天看來算是小康水準的家庭裡，從小被父母視為掌上明珠。香菱五歲那年的元宵之夜，家奴霍啟抱了她去看社火花燈，霍啟因要小解，便將香菱放在一家門檻上坐著，不想等霍啟小解回來香菱早就被人拐走。失去孩子的甄士隱夫婦悲痛欲絕，再加上兩個月後的一場大火，將居家變成瓦礫場，於是家境一落千丈。

香菱被人販拐走後，天天遭受折磨辱罵，從掌上明珠一下變為奴婢，對外還只能說人販是她的父親，幼小的心靈受到極大創傷。在香菱十二三歲時，人販將她帶至他鄉轉賣，最後賣給一個小鄉宦之子馮淵。馮淵父母雙亡，又無兄弟，守著些薄田度日，年紀十八九歲，卻酷愛男風，不好女色。但是他一看到香菱便喜歡上了，立意買來做妾，並發誓再也不娶第二個了，所以鄭重其事，必得三日後方進門。就在這等待出嫁的三日內，那人販為貪錢財，又將香菱賣給了薛家，想要捲了兩家的銀子逃走，後來事情曝光，被兩家拿住打了個半死。馮淵極其喜歡香菱，但薛家家大業大，怎麼也不肯收回銀子，執意要買香菱。薛公子薛蟠是有名的「呆霸王」，與馮淵爭執不下，便令手下人將馮淵打了個稀爛，抬回去三日竟死了，於是香菱最終成了薛蟠的妾。

嫁給薛蟠做妾的香菱日子並不好過，特別是在正房夏金桂的打罵欺凌之下顯得更加可憐。生活環境的惡劣、受人欺凌的境遇，特別是在氣怒交夾、挨打受罵之後，香菱竟然患上了乾血之症。乾血之症即現代說的閉經。醫學科學認為，女性年逾十六歲（有地域性差異）月經尚未來潮，稱為原發性閉經；月經週期建立後又停止三個月以上者，稱為繼發性閉經。香菱是在備受折磨之後「釀成乾血之症」，所以應為繼發性閉經。

造成閉經的原因有很多種，但臨床上最多的還是精神因素導致的中樞性閉經，也就是香菱所患的這類閉經。中醫將閉經的病因分為肝腎不足、氣血虛弱、氣滯血瘀、痰溼內阻等。根據病史和病情分析，香菱自幼失去家庭溫暖和父母之愛，屢次遭受嚴重的精神創傷和欺侮虐待，致使肝氣鬱結、氣機不利、血疲不行，加之長期營養不良，氣血虛弱，血海空虛，衝任失養，故而閉經。

當然，心病還需心藥醫，既然是由精神性因素導致了閉經，那麼治療起來還需以精神治療為主，再輔以必要的藥物。雖然在現代醫學理念中心理治療被分為了很多種派別，但是其最終目的都是解除患者的思想顧慮，去除患者煩惱的根源，使其心情舒暢。達到這個目的，閉經之症也就自然會好轉、痊癒了。

香菱就是換了一個生活環境，跟隨薛寶釵進人大觀園，和眾姐妹一塊玩耍，並拜黛玉為師，學習作詩。她天資聰穎，學習作詩達到了廢寢忘食的地步，當心靈有所寄託時，心情也就漸漸好轉開朗了。夏金桂暴死之後，在薛姨媽的指示下，薛蟠將香菱扶正，香菱的乾血之症就漸漸好了。

香菱難產難逃劫，產婦致命大出血

前面說到香菱由於處境惡劣，心情不佳患上了乾血之症，後來因為夏金桂害人不成反害己，砒霜中毒暴斃後當了正室，心情漸佳，舊疾漸癒。那麼她的日子就這樣漸漸好轉了嗎？她的最終結局又是怎樣的呢？在《紅樓夢》第一百二十回「甄士隱詳說太虛情，賈雨村歸結紅樓夢」中，賈雨村在急流津覺迷渡口遇甄士隱，賈雨村向他問起自己的終身，士隱答道：「老先生草庵暫歇，我還有一段俗緣未了，正當今日完結。」雨村驚訝道：「仙長純修若此，不知尚有何俗緣？」士隱道：「也不過是兒女私情罷了。」雨村聽了益發驚異：「請問仙長，何出此言？」士隱道：「老先生有所不知，小女英蓮幼遭塵劫，老先生初任之時曾經判斷。今歸薛姓，產難完劫，遺一子於薛家以承宗桃。此時正是塵緣脫盡之時，只好接引接引。」士隱自去度脫了香菱，送到太虛幻境，交那警幻仙子對冊。由此可知，香菱是因「產難」，即產後大出血而死的。

事實上，孕產婦死亡高機率是因產後大出血所致，因此，產後大出血已成為導致孕產婦死亡的頭號殺手，這足以引起人們的重視。胎兒分娩之後二十四小時內，陰道出血量超過 400 毫升時為產後大出血，一般多發生在產後兩小時以內，這是造成產婦死亡的重要原因之一。

通常產後大出血是緣於孕婦緊張所致，有些產婦在分娩時過於緊張，導致子宮收縮不好，是造成產後出血的主要原因。在正常情況下，胎盤從子宮蛻膜層剝離時，剝離面的血竇開放，常見有些出血，但當胎盤完全剝離並排出子宮之後，流血迅速減少。但是，如果產婦精神過度緊張及其他原因，造成子宮收縮不好，血管不得閉合，即會發生大出血。

小玲在新婚不久後跟丈夫看電視時看到這麼一組鏡頭：一位美麗優雅的孕婦被推進產房，轉眼間鏡頭換成她分娩時披頭散髮、痛苦不堪的表情，接著看到血泊中躺著一個大聲啼哭的嬰兒，此時，產婦浮腫的臉上終於浮現出疲憊的笑容。看到這裡，小玲的丈夫傷感的告訴她：生個小孩很不容易，他媽媽就是因為產後大出血而死的。聽了這話，再想想剛才的電視畫面，小玲恐懼的想：分娩原來是如此恐怖的事啊！

一年後小玲懷孕了，卻是又喜又怕，喜的是馬上要當媽媽了，怕的是分娩要經歷撕心裂肺的疼痛與出血。雖然有丈夫細心的照顧，但小玲依舊患得患失，去醫院檢查或者上網耳聞目睹了一些關於難產、畸形兒、產後羊水栓塞、大出血等事例，越來越讓她感到膽戰心驚。

在預產期的前一夜，小玲緊張的一夜未眠，飲食不進。第二天進了產房後又想到丈夫是他媽媽「大人命換小孩命」給換來的，覺得此時已經到了生離死別的地步了。如此的心情怎能不出事，果然小玲在分娩之後出現了大出血。幸好後來在醫生的鼓舞和丈夫的關愛之下，小玲漸漸平復了心情，血被慢慢止住了，看著寶寶乖巧的樣子，小玲覺得此時是如此的幸福。

當然，造成產後大出血的原因除了精神緊張之外還有其他可能，如產程過長，體力消耗過大；合併慢性全身性疾病或產科併發症；存在雙胎妊娠、巨大胎兒、合併子宮肌瘤等狀況；胎盤滯留、胎盤黏連或植入、胎盤部分殘留；會陰、陰道、宮頸裂傷；或者凝血功能障礙等。

要預防產後大出血，首先孕產婦須做好孕前和孕期的自我保健，如從雜誌書本上多了解妊娠分娩的過程，學會在孕期做好簡單的自我監測，並進行定期產檢，以減輕對分娩的恐懼心理。其次，在分娩過程中，產婦要盡可能控制自己的緊張情緒，注意進食和休息，以確保有充足的體力順利分娩。

賈赦中秋石絆腳，扭傷先用冰水敷 ··············

在《紅樓夢》第七十六回「凸碧堂品笛感淒清，凹晶館聯詩悲寂寞」中，賈母八月十五中秋夜帶領全家在凸碧堂賞月，一家人賞月、飲酒、說笑話。後賈赦回家，從凸碧堂下去，「被石頭絆了一下，歪了腿」。這「歪了腿」實際上就是扭到腳。儘管賈赦在酒席上惹賈母不快，但他畢竟是賈母的兒子，賈母對他扭傷還是十分關心，當又問及傷情時，看賈赦的兩個僕婦回來說：「右腳面上白腫了些。如今調服了些，疼的好些了，也沒大關係。」

事實上，很多人都有過「扭傷」的經歷。上下樓梯、走斜坡路時失足，騎車、踢球中跌倒，在坑坑窪窪的路面上行走或者穿高跟鞋、厚底鞋都容易造成扭傷。在「扭傷」的各種傷情中，又以踝關節外側副韌帶的損傷最常見。這是因為踝關節構造特殊，它的內翻範圍要比外翻範圍大，很容易發生過度內翻而導致外側副韌帶扭傷。

「扭傷」後，很多人可能會本能的按摩傷處。確實，在臨床上，推拿手法對單純韌帶損傷或部分撕裂、關節穩定性正常者，有較滿意的療效。但是如果踝部皮膚有大片青紫瘀斑，外踝前下方迅速腫脹，並蔓延到全踝甚至足背及其外側，切忌盲目按摩和熱敷。因為此時可能有骨折、脫位以及韌帶完全撕裂等嚴重情況發生。

另外不少人發生踝關節扭傷後馬上用酒精或者紅花油搓揉患處，然後貼張膏藥。其實也是一種非常錯誤的做法，「扭傷」後局部多會腫起來，有的還有青紫色的淤瘢，患者感到明顯的疼痛、腫脹。這是因為受傷部位會局部組織受損，產生炎症，導致體液由細胞內流向細胞外呈現細胞間液體增加。當這個區域的體液滲透流速超過了體液被帶走的流速時，便會產生腫脹。在這個時候，最關鍵的是降低受傷區域的體液分泌，從而降低腫脹，要達到這個目的需要血管收縮。因此這個時候做好用沒有稜角、大小適中的冰塊進行外敷，以刺激血管收縮，從而達到降低痛覺和減輕腫脹的目的。如果這個時候用酒精、紅花油或者膏藥都會使患處變熱，功效相當於熱敷。而熱的主要作用是血管擴張，增加局部血流，改善微循環，因此此時熱敷顯然是不對的。一般熱敷需在受傷二十四小時後開始進行，這時熱敷才能達到消腫的目的。編者的一位朋友走路時扭到腳，馬上買了塊膏藥貼上，結果回家後痛得連覺都睡不著。

其實一旦發生踝關節扭傷，我們應該立即停止行走或運動，取坐位或臥位，同時，可用枕頭、被褥或衣物、背包等把足部墊高，以利靜脈回流，從而減輕腫脹和疼痛。然後用冰袋或冷毛巾敷局部，使毛細血管收縮，以減少出血或滲出，從而減輕腫脹和疼痛。冷敷後，可用繃帶、三角巾等布料加壓包紮踝關節周圍，固定踝關節，以減少活動度，減輕對受傷的副韌帶或肌肉的牽拉，從而減輕或避免加重損傷。當然，嚴重者最好讓人用擔架送至醫院診斷治療，必要時可撥打急救電話，請專業急救人員進一步處理。

另外，扭傷後需要注意保養。一些人扭傷後，憑著毅力戰勝疼痛，繼續工作或者活動。殊不知，腳踝是人體最重要的關節之一，它不僅支撐而且平衡著全身的重量，因此，當踝關節受傷時，必須加以重視。一位患者扭傷之後，仍舊一瘸一拐的照樣行走，過了兩個星期，竟然也「不治自癒」。然而沒多久他又扭了受傷的那隻腳，結果這次痛得連動都動不了。去醫院後醫生診斷為韌帶撕脫，並告訴他由於第一次扭傷沒有處理好，這次至少需要 3 ～ 5 個月才能恢復。如果這次養不好，便很容易造成習慣性扭傷，也就是說以後隨時都有可能扭到腳。

年輕人因運動而扭傷，而老人骨質疏鬆更易扭傷。賈赦老眼昏花，再加上他的關節、骨骼都處於人生中最脆弱的時候，所以即使只被石頭絆了一下，腳就被扭到了。所以我們在日常生活中必須多加小心，不要讓扭傷禁錮我們活動的本能。

元春發福剩營養，「痰厥」病基是肥胖

賈元春是賈政和王夫人的長女，因賢孝才德，送人宮中當女史，後晉封為鳳藻宮尚書，加封賢德妃。元春是賈府四姐妹的老大，由於是大年初一出生的，所以取名元春，其他三姐妹依次為迎春、探春、惜春。要說《紅樓夢》是一部悲劇，其實從這四姐妹的名字就可以看出了。「元、迎、探、惜」寓意「原應嘆息」，嘆息這樣一個封建社會的悲劇。

對於元春，曹雪芹著墨不多，主要描寫了她一生中的兩個鏡頭：「榴花開處照宮闈」和「虎兔相逢大夢歸」。元春由公侯小姐被選為宮廷女史，然後一步步晉升，最後達到了封建社會婦女所能達到的最尊貴的地位。而大觀園的出現與她更是密不可分的。由於皇帝體貼元春思念父母之心，所以允許她回家省親。榮國府為了迎接元春的歸來，才蓋造了大觀園這座省親別院。後來在這「天上人間諸景備」的大觀園內，演繹出了多少令人嘆息的故事。然而，元春帶給榮國府的好景不長，一場大病突然死亡後，賈府開始面臨各種打擊，最終沒能逃脫封建大廈傾倒的毀滅性災難。

元春去世時年僅四十三歲，可以說是英年早逝。一場大病然後去世，那麼，這究竟是一場什麼樣的致命大病呢？書中是這樣描述的：「元春自選了鳳藻宮後，聖眷隆重，身體發福，未免舉動費力。每日起居勞乏，時發痰疾。因前侍宴回宮，偶沾寒氣，鉤起舊病。不料此回甚屬厲害，竟至痰氣壅塞，四肢厥冷。一面奏明，即召太醫調治。豈知湯藥不進，連用通關之劑，並不見效。」當賈母、王夫人遵旨進宮後，「見了賈母，只有悲戚之狀，卻沒眼淚」。元妃自不能顧，漸漸臉色改變，因痰厥死亡。

原來，元春是因痰厥而亡的。也許很多人對痰厥這個詞很陌生，痰厥是中醫病名，是厥症的一種。厥症是指突然昏倒、四肢厥冷的病症。

因痰濁壅塞而致的厥症就叫痰厥，多見於肥胖體豐之人。因此元春為何會患上痰厥之症，還需從「身體發福」去找原因。所謂發福，實際上就是肥胖，有人含蓄一點，文雅一點就稱之為「富態」。正因為肥胖，元春才「每日起居勞乏，時發痰疾」，加之偶沾寒氣，使「痰氣壅塞，四肢厥冷」，於是一命歸天。由此可見，肥胖對人體的危害有多大。

元春身居後宮，為賢德妃，自然是每天大魚大肉，肥甘厚味，在日常生活中，處處有太監、宮女伺候，茶來伸手，飯來張口，甚少運動，過多的熱能消耗不掉，必然變成脂肪儲存起來，於是就「發福」了。按照現代醫學來講，這時體內必然有高血脂症、動脈粥樣硬化等症出現。「發福」的時間是很長了，於是併發了「痰厥」以致死亡。

所以，今天的人們就該警覺了。如今生活水準普遍提高了，很多人吃得好，穿得好，休息得更好，吃完便懶懶散散的一躺，身體在不知不覺中變胖了。現在許多孩子被父母寵著慣著，肥胖者更多。有一位孩子才九歲，身體便出奇的胖，達到了一百多公斤。渾身上下全是脂肪，堆積成一個個皺摺。據孩子的父母說，孩子出生時就比別的孩子重，食量也比同齡孩子大。當初，父母親都覺得吃多是好事，證明孩子很健康，也就沒調整他的飲食習慣，愛吃什麼就給什麼。結果，幾年下來，孩子越來越胖，達到了病態，不得不住進醫院。入院後檢查，孩子由於肥胖，淋巴和血液循環不良，下肢回流嚴重受阻，雙下肢和腳部的贅肉壓積，腫脹青紫、皮膚潰爛，無法正常行走。長期肥胖，孩子的心功能受累，伴有脂肪肝、呼吸受限，最終，這孩子死於了肥胖及其併發症。

因此，肥胖「發福」並非是福，這是我們每一個人都該知道和警惕的。

性與養生——
色乃人之本性，善待才能養生

寶玉神遊太虛境，遺精滑精要謹慎

在《紅樓夢》第五回「遊幻境指迷十二釵，飲仙醪曲演紅樓夢」及第六回「賈寶玉初試雲雨情，劉姥姥一進榮國府」中：寶玉夢遊太虛幻境，依警幻所囑之言，知曉了男女之事。醒來之依舊迷迷惑惑，若有所失。襲人忙端上桂圓湯來，呷了兩口，遂起身整衣。襲人伸手與他繫褲帶時，不覺伸手至大腿處，只覺冰涼一片沾溼，唬的忙退出手來，問是怎麼了。寶玉紅漲了臉。這「大腿處，只覺冰涼一片沾溼」便是寶玉「遺精」所致了。

遺精有夢遺與滑精之分，做夢時的遺精稱為夢遺，這裡的寶玉便是這種狀況。中醫自古就有「精滿自溢」的說法，隨著青春發育的開始，下丘腦也開始活動，分泌出一系列多肽釋放激素作用於腦垂體，腦垂體接到下丘腦的相關指令後便立即行動、分泌多種激素，其中的促性腺激素，會促進男子睪丸成熟，生成精子和分泌雄性激素。這時，睪丸產生精子，攝護腺、精囊腺等分泌精漿，兩者組成精液，精液達到一定量後，體內已無處可容，於是就以遺精的方式排出體外。

實際上，正常的遺精是有利於身體健康的。在正常範圍之內，遺精在某種程度上可以解除體內累積的性緊張，造成一種生理上的平衡。當然，一些青春期的男孩子雖然性生理已成熟，但性心理並不成熟，這時男孩子往往為首次遺精而感到驚恐和疑慮，這是完全沒有必要的。男孩子首次遺精後要注意加強自己性心理和性道德的培養，培養對生活的廣泛興趣和愛好，不要沉溺於色情的夢幻和刺激中。平時不宜穿過緊的褲子，注意保持外生殖器的清潔，經常翻轉包皮，清洗其中汙垢，以防炎症的發生。另外遺精使大量精液透過勃起的陰莖排除體外，會不可避免的「汙染」內褲，針對這種情況，最好事先在床上放些衛生紙，及時擦拭，以免浸溼被褥。換下的內褲應隨即清洗，放置陽光下，裡層要朝外曝晒，達到防菌殺菌的效果。遺精後最好去廁所小便，將少量殘留在尿道裡的精液及時排出。

那麼什麼算是正常的遺精呢？一個健康男子，精液的製造是每天都在進行的，此時若無性生活或自慰，精液過多無處排泄，就會在夜間流出。因此對於成年未婚男子，或婚後夫妻分居而無性生活者，一個月遺精 4 ～ 8 次，次日並無不適感或其他症狀，都是正常的生理現象，不應視為病態。另外少年在夢中因某件事情感到緊張，如比賽、考試等而發生遺精也屬正常現象。

而遺精的另外一個範疇 —— 滑精就屬於不正常現象了。如果每週遺精兩次以上，甚或一日數次，同時伴有頭暈、耳鳴、精神萎靡、腰膝痠軟等症狀，甚至清醒時精液自滑出者，這都屬於一種病變，是病理性遺精。對於出現這種情況的原因，明代的名醫戴元禮在《症治要訣》中講到：「有用心過度，心不攝腎者；有思色慾不遂，精色失位，輸泄而出者；有慾太過，滑泄不禁者。」

因此要治療病理性遺精，除了透過藥物輔助治療之外，更多的要進行心理上的治療。首先要克服和戒除過度手淫的惡習，自覺減少接觸黃色書刊、電影、影片等色情產品。另外要規律自己的生活，將自己的生活安排的豐富一點，多做一些室外活動，如果空閒的時間比較多，可以培養一些興趣和愛好，如打球、下棋等，或者集中精力在學習和工作上。此外，避免精神緊張也是防治遺精的有效方法，在心情緊張時深呼吸兩口，或者想想輕鬆高興的事情，緊張的心情就會慢慢放鬆下來的。

賈瑞白日性幻想，鳳姐引誘喪其命 ··············

在《紅樓夢》第十一回「慶壽辰寧府排家宴，見熙鳳賈瑞起淫心」中，王熙鳳正在園中看景致，一步步行來，猛然從假山石後走出一個人來，向前對鳳姐說道：「請嫂子安。」鳳姐猛吃一驚。這人便是賈代儒的長孫賈瑞。賈瑞是個心術不正之人，代替賈代儒掌管私塾時，常在學生中假公濟私，勒索子弟，可用貪財好色來形容。

賈瑞遇到王熙鳳時，一邊說話，一邊拿眼睛不住的覷著鳳姐。鳳姐是個聰明人，見他這個光景，自然知道其中的緣由，賈瑞是看上了自己的容貌。王熙鳳身為紅樓十二金釵，自然有她的美麗：「彩繡輝煌，恍若神妃仙子，一雙丹鳳三角眼，兩彎柳葉掉梢眉，身量苗條，體格風騷；粉面含春威不露，丹唇未啟笑先聞。」這下可把賈瑞迷得神魂顛倒。

但是再來看看兩人的出身：王熙鳳是榮國府的大管家。寧榮二府的賈家是金陵四大家之一，她的娘家也是金陵四大家之一，其權勢富貴誰人能比。而賈瑞呢？父母早亡，跟著爺爺賈代儒度日，賈代儒只是一個普通的老師，日常生活都過得拮据。賈瑞又是一個心術不正的人，膽小好色還帶點呆傻，對於王熙鳳來說，賈瑞可真算得上是一隻癩蛤蟆。從古至今，有癩蛤蟆吃上天鵝肉的嗎？雖然王熙鳳並不是一個白璧無瑕、恪守婦道的人，因為她也曾與賈蓉等調情過。但問題是這裡的賈瑞只是隻癩蛤蟆，癩蛤蟆還敢和她調情，這讓她憤怒了。

其實對於賈瑞的言語調戲，按王熙鳳的身分和地位，只需正言警告一下，就會使賈瑞膽戰心驚，使他丟掉非分之想。但王熙鳳對他這種非分之想不可容忍，非要置他於死地，憑王熙鳳的陰險與狠毒，這也是很容易辦到的。這時的鳳姐不但不厲聲訓斥他，反而假意含笑的說一些使對方心癢的話。以後賈瑞來府，又假意殷勤，讓茶讓坐，一味的說些曖昧的話，逗的賈瑞心花怒放。

對於鳳姐的話，賈瑞當然信以為真，因此在她設計的陷阱裡越陷越深。鳳姐先是假意答應和他約會，讓他在西邊的穿堂凍了一夜，差點被凍死。後來鳳姐又讓賈蓉假扮自己與賈瑞約會，並派賈薔「捉姦」，結果臊得賈瑞無地自容。賈蓉、賈薔各詐賈瑞五十兩銀子，並將一桶尿糞澆潑賈瑞一頭一身，渾身冰冷打顫。

意識到被鳳姐捉弄的賈瑞並沒悔悟，反而一想到鳳姐的樣子就神魂顛倒，以至於後來相思成病，經常幻想著鳳姐的樣子自慰。由於經常失精，加上兩次受凍奔波，背負債務，於是患了一場大病。後來病情越來越重，一頭躺倒，魂夢顛倒，滿口胡話，驚怖異常。請醫問藥也不見好轉。後來醫生開了「獨参湯」的方子，由於人参價格昂貴，賈代儒沒有能力購買，只好向榮國府求助。當然，人参還握在鳳姐的手裡，她有意刁難，只送了二兩給賈代儒，於是賈瑞的性命便這樣宣告終結了。

事到如此再來看看賈瑞的死因，前面提到了賈瑞是因為經常幻想著鳳姐的模樣手淫遺精，身體虧虛再加上兩次風寒所以病倒了。書中這樣寫道：「只見鳳姐站在裡面點手兒叫他。賈瑞心中一喜，蕩悠悠覺得進了鏡子，與鳳姐雲雨一番，自覺汗津津的，底下已遺了一灘精。如此三四次，身子底下冰涼精溼遺下了一大灘精，於是魂歸西天，一命嗚呼。」透過幻想自慰來達到性的滿足，這已經屬於一種性變態了。這裡的賈瑞把性幻覺作為性興奮或性慾滿足的主要手段，並形成了一種習慣，毫無節制。他無法擺脫鳳姐在心中的幻影。最後幻境在他心中變成了實景，沉迷於其中失魂落魄。所以說對於他的死還是歸於他心理上的疾病，不健全的心理讓他分不清幻境和現實，加之鳳姐的刻意誘導，最終一命嗚呼了。

妙玉未斷塵緣根，人性本有性幻覺

妙玉在紅樓十二金釵中可算是特別的一位，其特別之處是她是遁入佛門的出家人，受到的性禁錮和性戒律自然要比常人多得多。然而作為一位步入青春期的含苞花蕾，她的性心理又怎是這些清規戒律能夠禁錮得住的。

妙玉出身高貴，知書達理，帶髮修行，入賈府時才十八歲。在眾多奇女子中，唯有妙玉是出家的尼姑。入得佛門，自然要五大皆空，六根清淨，因為佛家是以「情」為煩惱之根源的，故要戒斷情緣。不要說男女相戀，破壞庵規尼俗，即使想想「情」字也是罪過。這就是妙玉特定的生活環境。在這樣的特定環境中，妙玉對賈寶玉不可能像黛玉、寶釵那樣表露出絲絲柔情，而只能強忍著胸中的春心和春情，在風流倜儻的寶玉面前，裝出一副冷若冰霜的女尼模樣。但妙玉畢竟是個十八歲的少女，是個血肉豐滿、情感豐富的人。此時寶玉也正值青春年少，「面若中秋之月，色如春曉之花，眉如墨畫，目若秋波，雖怒時而似笑，即嗔視而有情，天然一段風韻，平生萬種情思。」對這樣一個風流公子，妙玉自是春心萌動，愛慕三分。

在《紅樓夢》第四十一回「賈寶玉品茶攏翠庵，劉姥姥醉臥怡紅院」中，妙玉拉寶釵、黛玉去耳房吃茶，寶玉也輕輕跟來，釵黛二人齊說：「這裡並沒你吃的。」妙玉拿出十分精製的古玩茶杯給寶釵和黛玉，卻將自己平時用來吃茶的綠玉斗拿來斟與寶玉。妙玉曾對劉姥姥用過的「成窯五彩泥金小蓋鐘」拋棄不要，是嫌她髒；而將自己常用的杯子給寶玉用，足可見情味之濃。

而妙玉對寶玉的真正愛戀表現在第八十七回「感秋聲撫琴悲往事，坐禪寂走火人邪魔」中。在妙玉與惜春下棋時，寶玉輕輕進來，將二人嚇了一跳，然後是一段對話。在言談話語中，寶玉與妙玉的臉都紅了幾次，後妙玉要回庵去，說「久已不來，這裡彎彎曲曲的，回去的路頭都要迷住了。」寶玉立即自告奮勇送妙玉回庵，這當然正中妙玉下懷。所以妙玉答道：「不敢，二爺前請。」於是二人別了惜春，走出寥鳳軒。這一相送，彎彎曲曲，又隔牆聽黛玉扮琴，直至弦斷，如此長的送別時間，該有多少貼心的話講述。

回到庵裡的妙玉也自知春心已動，為壓制春心族搖，便點上香，拜了菩薩，屏息垂簾枷趺坐下，斷除妄想。然而萌動的春心怎能隨意壓制住？三更之後，又聽房上兩隻貓一遞一聲嘶叫。貓叫春的聲音更令妙玉睡不著覺，想起日間寶玉之言，不覺一陣心跳耳熱，自己連忙收攝心神，走進禪房，仍到禪床上坐了。怎奈神不守舍，一時如萬馬奔馳，覺得禪床便恍蕩起來，身子已不在庵中。最後甚至還出現了性幻覺。「有許多王孫公子要來娶她；又有些媒婆，扯扯拽拽，扶她上車。一會兒，又有盜賊劫她，持刀執棍的逼勒，只得哭喊求救。」此時的妙玉已經走火入魔，口吐唾沫，兩頰鮮紅，驚動了庵中的所有女尼，又喚又揉，端茶倒水，天明後請大夫診治，吃了降伏心火的藥後，方才好些。

事實上，對於發育中的青少年來說，身體發育必然也伴隨著心理上的發育。在少女性心理發展的每個階段，都呈現出一種非常複雜與矛盾的心境：既關注異性的舉止神態，希望得到異性的青睞，而又把這種願望埋在心底，表現出拘謹與淡漠、矜持與羞怯。進入青春期的男女，出現「懷春」現象是生理與心理發展的必然結果。隨著身體的發育，性慾開始產生，與異性接觸的慾望普遍增強。喜歡被異性關注，渴望和異性接觸，喜歡在異性面前顯示自己的相貌、體態，希望博得異性的好感，有的甚至會想方設法透過某種挑逗來引起對方的注意。如此說來，面對翩翩少年郎，春心萌動的妙玉如何能夠抵禦？難怪惜春聽了那些游頭浪子的風言風語，會想「妙玉雖然潔淨，畢竟塵緣未斷」了。

寶玉也是近親婚，近親結婚怎優生 ‧‧‧‧‧‧‧‧‧‧‧‧‧

近親結婚的危害是人所共知的。且不說法律的規範，就從醫學和優生學的觀點來看，近親結婚會增加許多遺傳性疾病的發生，這對於提高下一代的基本水準是十分不利的。

在《紅樓夢》中寶玉的結婚對象一共有三個：黛玉、寶釵和湘雲。寶釵與寶玉的婚姻是由長輩作主，採取了王熙鳳的掉包之計，在不顧黛玉死活、違背寶玉心願的情況下撮合成的。這樁婚姻是明顯的近親結婚，寶玉的母親王夫人和寶釵的母親薛姨媽是一母同胞的親姐妹，這是親緣關係很近的姨表結婚。

後來在「薛寶釵出閨成大禮」的時候，林黛玉含恨歸天，回到了太虛幻境。這樣的悲劇雖然震撼著人們的心靈，讓我們在哀惋嘆息的同時為寶黛兩人的悲慘愛情流下眼淚。但是如果我們冷靜想一想，假若寶玉和黛玉實現自己的願望，最終走到了一起，那他們的婚姻會怎樣呢？寶玉的父親賈政和黛玉的母親賈敏是一母同胞，都是賈母史太君所生，同父同母。所以寶黛二人的親緣關係也很近（姑表），兩人結婚依舊是近親結婚。

最後只剩下一個嬌憨活潑，開朗豪爽的史湘雲。這樣一個連醉酒都醉得那麼可愛的奇女子，如果她與寶玉結婚會幸福嗎？湘雲是賈母史太君娘家的姪孫女，和寶玉的親緣關係與寶釵、黛玉相比，雖然遠了一層，但仍是三代以內的旁系血親，因此她與寶玉的婚姻還是屬於近親範圍。

古代禁止結婚的對象是具有直接血緣關係的父女、母子、親兄弟姐妹等。對於表親結婚卻不加禁止，甚至還抱持鼓勵的態度，認為「姑舅親，親上親，打斷骨頭連著筋」，「人老幾輩是親戚，知根知底能放心」，這種認知當然是一種明顯的錯誤。

歷史上由於近親結婚造成家庭不幸的事例有很多。偉大的生物學家、演化論的研究者達爾文就是其中之一。達爾文的結婚對象是他的表妹艾瑪。艾瑪是他舅舅的女兒，兩人從小便是青梅竹馬，感情深厚，由戀愛而結為伉儷。但是，他們誰也沒有料到，他們的十個孩子中，竟有三個中途夭亡，三個結婚多年卻終身不育。這件事讓達爾文百思不得其解，因為他與艾瑪都是健康人，生理上沒有任何缺陷，精神也十分正常，為什麼生下的孩子卻是如此呢？達爾文到了晚年，在研究植物的生物進化過程時，發現異花授粉的個體比自花授粉的個體，結出的果實又大又多，而且自花授粉的個體非常容易被大自然淘汰。這時，達爾文才恍然大悟：大自然討厭近親繁殖。達爾文意識到自己婚姻的悲劇在於近親，所以他把這個深刻的教訓寫進自己的論文。

事實上，近親結婚會增加遺傳病的發生率，近親結婚的後代患有智力低下、先天性畸形和各種遺傳病等比非近親結婚的要多出好幾倍。另外，近親結婚的子女與非近親結婚的子女相比，死亡率要高出許多。而且近親結婚後出生嬰兒的身體矮、體重輕、頭圍小，與非近親結婚出生的嬰兒相比具有明顯的差異。所以從這些地方來看，寶黛二人最終沒能走到一起，何嘗不是一件幸事？

探春婚後神飛揚，性愛和諧是關鍵

探春是在《紅樓夢》的第三回「託內兄如海薦西賓，接外孫賈母惜孤女」中出場的，書中對她的形容是：「削肩細腰，長挑身材，鴨蛋臉兒，俊眼修眉，顧盼神飛，文彩精華，見之忘俗。」而第一百一十九回又寫道：「探春回來。眾人遠遠接著，見探春出跳得比先前更好了，服采鮮明。」探春婚前婚後的變化一望便知。那麼探春為何活得如此有滋潤呢，其中的祕密也許就在於性愛的和諧。

兩性結合必然會產生性愛，性愛時夫妻雙方充滿柔情蜜意，在性愛過程中，人的心跳加速，呼吸變得急促，血液循環增快，這無疑對人體的呼吸有著相當的益處。與之相對，長期的性壓抑或者性生活缺乏則會對心臟造成不良的影響。另外當人體興奮激動的時候，全身血液湧向皮膚表層，對皮膚有著清洗的作用，這種作用能有效防止皮膚的衰老。而且性愛時的刺激和運動會導致腎上腺素的產生，這些荷爾蒙能夠提高皮膚的透明度，使它看起來明亮透澈一些，人也漂亮一些。所以很多新婚夫婦看起來都容光煥發，而有些孤居獨處的男女，常常面容憔悴，給人老氣橫秋之感。這就是探春為何變得更加迷人，而與探春生活環境相似的李紈，為何只因「青春喪偶」就「竟如槁木死灰一般」的原因了。

實際上，夫妻性愛和諧的好處還不光如此。古代醫學認為，如果男女陰陽不交，陰精鬱閉而不能宣洩，反而會導致周身血脈疲滯而產生種種疾病。這就說明，性生活對於維護人體健康至關重要，長期缺乏性生活必然會成為致病因素。

夫妻間和諧的性生活不僅能夠加深彼此間的愛情，使家庭幸福美滿。而且能夠促使夫妻雙方身心健康，起到抗病防病、延年益壽的效果。眾所周知，一次和諧完美的性生活可以抵得上一次中等強度的運動。性生活的時候，男女雙方周身血液循環暢通，使人體的五臟六腑都得到了補益。

和諧的性生活對於清除壓力和緊張情緒也是十分有利的。在性愛的過程之中，人體荷爾蒙的釋放使我們無法感到壓力，當男女雙方達到性愛的最高點後，所有的膨脹與興奮都迅速回落，肌肉也迅速回復鬆弛，這樣的過程明顯有助於休息和睡眠，讓雙方一覺到天亮，從而消除了在繁忙的日常生活中累積起來的情緒上的緊張和身體上的疲勞。

另外，和諧的性生活還能產生控制體重的作用。據調查顯示，一個熱烈的接吻燃燒 12 卡路里，而十分鐘的愛撫亦可燃燒 50 卡路里。即使是最遲緩的做愛，也可每小時燃燒 200 卡路里。如果夫妻雙方都非常投入非常興奮的話，就會消耗掉更多的熱量。這對於減肥來說雖不是最佳的辦法，但還是有部分影響的。

此外，夫妻間和諧的性生活還能能夠增強人體的免疫功能，達到防病抗病的效果，有利於延緩衰老。性高潮可以提高人體免疫細胞的機能，對於預防乳癌等有著十分重要的意義。同時，適度的性生活對男女雙方是互補的，可以共同提高防病抗病能力。據調查顯示，因夫妻感情不和而長期缺乏必要的性生活者，男女壽命都會有相應的縮短。

當然，房事也一定要適度，絕不可放縱。若房事過多過濫，則必然招害致病，輕則造成房勞損傷，重則使人早喪短命。夫妻在過性生活的時候也要掌握一定的方法和技巧，這對於房事養生來說十分有必要。因此，夫妻房事既是繁衍後代的方法，又可為人生帶來極大的快樂，使人心情愉悅，身心健康，因而有利於養生保健。

什錦春意繡春囊，性教育關係到健康

繡春囊是香袋中的一種，可是它很特殊，在《紅樓夢》中被稱為「什錦春意香袋」。這「春」是指春宮圖，也就是說，繡春囊實際上就是繡著春宮圖的香囊。香囊裡面裝的香也並非一般的香料，而是媚香、春藥之類促性發情的東西。

在《紅樓夢》第七十三回「痴丫頭誤拾繡春囊，懦小姐不問累金鳳」中，邢夫人在園內散心，剛至園門前，不想被賈母房內的小丫頭子名喚傻大姐的給撞了。原來這傻大姐手內拿著個花紅柳綠的東西，低頭一壁瞧著，一壁只管走，才不防撞了邢夫人。邢夫人當然要看看這傻大姐拿的是什麼，一看才發現是這「什錦春意香袋」，嚇得連忙死緊攥住。細問之下，傻大姐說她今日正在園內掏促織玩耍，忽在山石背後得了一個五彩繡香囊，其華麗精緻，固是可愛，但上面繡的並非花鳥等物，一面卻是兩個人赤條條的盤踞相抱，一面是幾個字。她不知道這是春意，還想：「敢是兩個妖精打架？不然必是兩口子相打。」左右猜解不來，正要拿去與賈母看。邢夫人當然熟悉此物，所以對傻大姐說：「快休告訴一人，這不是好東西，連你也要打死。皆因你素日是傻子，以後再別提起了。」這傻大姐聽了，反嚇的黃了臉，說：「再不敢了。」磕了個頭，呆呆而去。

在中國的封建時代提倡以「禮」治國，「禮」的其中之一便是「男女授受不親」，從不把「性」搬到台面上說。因此很多少男少女性意識模糊，這位傻大姐便是如此，看了春宮圖還以為是妖精打架，還要拿去讓賈母看看。實際上，這個「什錦春意香袋」即是流行於閨閣中的「春宮畫」，是當時少男少女私下流傳性教育的通俗本。按照封建禮教，這種東西當然是見不得光，但傻大姐卻不知道其中的祕密，交給邢夫人後引發了後面大觀園的抄撿事件。

其實，古代的中醫界和道教界不像尋常人那樣對「性」閉口不談，反倒是對「性」進行了一定的研究。如《玉房秘訣》、《仙經》、《素女經》、《玉房指要》等古籍都對「性」有比較透澈的論述。孔子說過：食色，性也。可見「性」實際上是人之常情，任何人都不能拒絕和逃避，關鍵是如何掌握「性」的正確方向。

青少年心理防範能力薄弱，對其進行正確的性引導和性教育，是他們能夠健康成長的關鍵。青春期的教育大體包括性生理、性心理和性道德三個方面。教育內容的安排與選擇是以性生理知識為起點，性心理指導為特點，性道德教育為重點。透過性教育使青少年正確認識青春期身心發展變化，注意保護身體，養成衛生習慣，培養他們具有良好的心理素養和道德修養，懂得自尊、自愛、自重、自強，具有自我控制能力，能正確對待男女之間的友誼，珍惜青春年華。

性生理主要講解生殖系統的結構和功能，性的發育、月經、遺精等生理現象。透過講解提高青少年對性的科學認知，消除神祕感。性衛生知識包括生殖器衛生、經期衛生及性病的防治知識等。此外，還應該講解性體育保健，例如：女性青少年不要因乳房發育增大而覺得難為情，繼而採取束胸的做法，也不要怕身體變胖而長期節食、束腰。並要注意攝取足夠的營養來維持身體的健康成長。

性心理知識主要包括月經、遺精的心理準備，頻繁自慰的心理危害，與異性相處的正確態度等。人到青春期，由於內分泌的變化，情緒容易激動，心情煩躁，愛發脾氣，尤其是少女在月經期間激動情緒表現得更為突出。所以，青少年應該有心理準備，要用理智控制自己的情緒。

性道德教育主要包括性的法制觀念、防止犯性罪等，使青少年懂得並能自覺的遵守社會關於性的道德規範和法制規範，使他們明白性道德是個嚴肅的社會問題。

性是一門科學，加強青少年這方面的知識，在某種意義上來說，和學習其他學科的知識一樣重要。它不僅有利於青少年的身心健康，還有利於培養他們的道德觀與價值觀，有利於預防性病及降低青少年性犯罪率。這對於家庭的幸福和社會的穩定都有著不可代替的作用。

其他養生——
事因知足心常樂，人到無求品自高

賈母何以得長壽，善良無憂真性情 ··············

在《紅樓夢》眾多栩栩如生的人物之中，從養生學方面來看，最讓人津津樂道的還算大觀園裡的「老祖宗」—— 賈母。在大觀園裡，以賈府的社會地位和物質條件，自然是極其講究生活方式的。但是，在這同樣的生活環境中，「有些人從會吃飯起就吃藥」，有些人年紀輕輕就離開了人世。秦可卿病死時不到二十歲，賈元春去世時不到五十歲，黛玉、晴雯、迎春、王熙鳳都不得長壽，但是賈母卻享壽八十三歲。人生七十古來稀，為何賈母能夠得享天年呢？

清代名醫程鐘齡提出的「保生四要」，把養生保健概括為四點：「一日節飲食；二日慎風寒；三日惜精神；四日戒嗔怒。」如果賈母的生活態度剛好能印證這些觀點，那麼賈母長壽之謎也就迎刃而解了。那麼賈母又有什麼樣的生活態度呢？

在飲食方面，賈母不像一般老年人那樣對飲食過於小心翼翼，顧慮太多，她有自己獨特的飲食習慣。賈母愛吃，她始終保持良好的食慾，想吃就吃，認為飲食是生命的第一需求。賈母會吃，只要是適口的食物，她都喜歡。賈母平時的飲食較清淡，以煮、燉、蒸的食物為主。但她不會為了美味而傷害身體。如在螃蟹宴中，她沒有忘記此物雖味美，但也性寒，所以她品嘗了一些後，又適時教導興高采烈的晚輩：「不要因為好吃而多吃，吃多了肚子痛。」賈母喜歡與眾人一塊吃飯，最令她心情暢快的事莫過於「看著多多的人吃飯」。寶玉、黛玉差不多每頓都和賈母一起吃，王夫人、薛姨媽、鳳姐、湘雲、寶釵也經常是她那裡的食客。大家在一起既可以交流吃的經驗，又可以融洽感情，有助於提高食慾，增加食量，促進消化。

賈母是個愛熱鬧的人，她常說：「我是個極愛快樂的人。嚼得動的吃兩口，睡一覺，悶了時和這些孫子孫女們頑笑一回就完了。」每逢節日，必與眾晚輩在大觀園內走動、看戲、玩樂、散心，有說有笑。如第五十三回「寧國府除夕祭宗祠，榮國府元宵開夜宴」及第五十四回「史太君破陳腐舊套，王熙鳳效戲彩斑衣」中，描述賈母按品上妝、進宮朝賀、祭祀宗祠、下棋摸牌、猜謎取樂、吃酒看戲，這些都是以賈母為中心，極寫大觀園內元宵前後的喜慶熱鬧景象。

賈母性情豁達。即使在寧府被抄、兒孫發配，鳳姐、寶玉雙雙染病，整個賈府搖搖欲墜之際，她都能承受打擊，冷靜處理紛亂的事務。賈赦、賈珍發配邊疆需要盤費，一家大小還要維持生計。至於親戚，「用過我們的，如今都窮了」，即所謂「一損俱損，一榮俱榮」而「沒有用過我們的，又不肯照應」。此時此刻，賈母叫邢王兩夫人同了鴛鴦等，開箱倒籠，將做媳婦到如今積攢的東西都拿出來，又叫賈赦、賈政、賈珍等，一一的分派，各房各室都有，「我所剩的東西也有限，等我死了，下剩的都給服侍我的丫頭」。賈母在從容鎮靜中透出一家之長的氣派。

賈母是一個愛動之人。去虛清觀打醮，鳳姐本只邀請寶玉、黛玉、寶釵等人，寶釵等都懶得動。賈母聽後，卻第一個積極回應：「即這麼著，我同你去。」還動員府中太太小姐丫鬟：「長天日久的，在家也是睡覺。」並派人傳話：「有要去的，儘管跟了老太太逛去。」打醮敬佛是藉口，真正的目的卻是帶領大家進行一次痛痛快快的郊遊。賈母雖然終生養尊處優，但卻喜歡散步遊樂，多行走。她認為散步可以「疏散疏散筋骨」。中秋賞月，王夫人擔心夜裡冷，風大，認為不宜到外頭賞月。賈母卻堅持要到大觀園寬敞的亭榭中賞月，並興致勃勃的要上凹碧山莊。面對百來步石階，她拒絕坐轎，信步而上，意氣風發。

賈母是一個善良真誠仁慈之人。在劉姥姥二進大觀園時，瀟湘館土地下蒼苔滿布，劉姥姥不走石子漫的甬道，偏走土地，不防咕咚一跤跌倒，眾人都拍手呵呵的大笑。賈母笑罵道：「小蹄子們，還不挽起來，只站著笑！」劉姥姥爬起來後，賈母問她：「可扭了腰了沒有？叫丫頭們捶捶。」從這裡可以看出，賈母的真誠與善良，不像一般富貴人家那樣飛揚跋扈。

由於養生有道，賈母在臨終前依舊頭腦清晰，毫不糊塗。她說：「我到你們家已經六十多年了，從年輕的時候到老來，福也享盡了。」無怨無艾，該撒手時即撒手，走得何等瀟脫。當賈母叫：「鳳丫頭呢？」鳳姐本來站在賈母旁邊，趕忙走到跟前，說：「在這裡呢。」賈母道：「我的兒，你是太聰明了，將來修修福罷！」這算是賈母臨終前的最後囑咐，不想伺候過自己的鳳姐有一個不好的下場。賈母走得安詳，面帶笑容沒有一點痛苦，也許這就是一生最後所有人都渴求的善終吧！

劉姥姥長壽探祕訣，粗茶淡飯常運動

其實要說到《紅樓夢》中真正最長壽者，還應該是幾進大觀園的劉姥姥。這是一位比老壽星史太君還長壽的老人。在第三十九回賈母問劉姥姥多大年紀了，劉姥姥忙起身答道：「我今年七十五了。」賈母向眾人道：「這麼大年紀了，還這麼硬朗。比我大好幾歲呢！」賈母「壽終歸地府」時是八十三歲，這時劉姥姥還健在，後來還四進、五進榮國府，十多年後，她在巧姐成婚之時，身子依舊硬朗，估計這時的劉姥姥已經百歲有餘。那麼劉姥姥長命百歲的祕訣究竟是什麼呢？

從生存環境上來講，劉姥姥是一個與賈母有對比性的人物。與賈母榮華富貴的生活相比，「這劉姥姥乃是個久經世代的老寡婦。膝下又無子息，只靠兩畝薄田度日。」後來女婿狗兒「白日間自作些生計，劉氏又操井臼等事，青板姐弟兩個，無人照管，狗兒遂將岳母劉姥姥接來，一處過活」。像這樣一個一生刻苦，家境又不富裕的農民，卻依舊健健康康的活到了一百多歲，看來她的健康長壽與常年的辛勤工作脫離不了關係了。劉姥姥終年不是下田務農，就是料理家事，體力活動總少不了，因而筋骨硬朗。事實上，長壽的老人大多都是愛活動的。

劉姥姥的生活日出而作，日落而息，很有規律。飲食雖然粗茶淡飯，但原汁原味，材料新鮮。相對於富貴人家一味追求山珍海味，講究烹飪技巧，如賈府中一味簡單的茄子就要十幾隻雞來搭配，劉姥姥從自家地裡現摘的普通瓜菜營養價值更高，更利於機體的新陳代謝。因而，在她二進賈府時，還回答賈母說眼睛、牙齒都還好，就是左邊的槽牙活動了。

二進榮國府時，劉姥姥已經不像第一次那樣生手生腳了。她開始尋找機會，投人所好。在鴛鴦的安排下，演出了一場「小品」，引得大家笑彎了腰，笑出了淚，笑岔了氣。與賈母對話時左右逢源，滴水不漏，何其得體。她的裝瘋賣傻，為眾人取樂，而且對鳳姐等人說：「你先囑咐我，我就明白了，不過大家取笑兒了。」又顯出她何其明智；在筵席上，她脫口說出：「老劉，老劉，食量大如牛，吃一個老母豬不抬頭。」引得上上下下捧腹大笑。劉姥姥順嘴編出的紅衣少女故事，竟讓賈寶玉想入非非，可見劉姥姥是何等的聰慧，並不像她表面那般愚傻。

劉姥姥的機智還表現在賈府敗落的時候，當時巧姐兒面臨被賣掉的厄運，其他人毫無應策，這時劉姥姥趕到賈府，聽了事情的來龍去脈之後說：「這有什麼難的呢，一個人也不叫他們知道，扔下一走就完了事了。」臨危不懼，遇事不慌，劉姥姥用了個「三十六計，走為上計」，將巧姐兒帶回自己家中，化險為夷。

劉姥姥擁有一顆知足常樂的平常心，這也是她健康長壽的一個重要原因。當女婿生活拮据，而對她有些不敬的時候，她並不生氣，而是「一進榮國府」，「乞討」到廿兩紋銀，解決了女兒入冬困難。全家樂了，她也欣慰的笑了。這位飽嘗人世悲歡、歷經世態滄桑的老人，心胸開闊，不計怨仇，不去攀比。即使家道艱難，也不怨天尤人；即使身處侯門望族之中，也不盲目自卑；即使鳳姐、鴛鴦等人拿她取笑尋開心，她仍然豁達的說，「咱們哄著老太太開個心兒，有什麼可惱的！不過大家取個笑兒。」由此可見她的大度、她的灑脫，這是想要長壽的老年人所必須具備的性格特點。對於今天的老人來說，只要自己去尋找開心快樂的事情，不為雜事牽腸掛肚，不找氣慪，就能實現老有所樂的健康長壽生活。

熙鳳為何會早逝，心理重擔勞損精

王熙鳳在《紅樓夢》中是賈府的主事人。雖然賈府還有邢、王兩位夫人，王熙鳳只是賈家的孫媳婦，但她精明能幹、威重令行，同時又善於玩弄權術計謀，心狠手辣，能夠壓得住那些刁奴潑婦，雖然是小輩，卻也大權在握。對於金陵十二釵中五位是青春夭亡的女人來說，鳳姐是死得最淒涼的一個。她的病則是氣出來的，操勞出來的。由於她生性要強，事無巨細，一定要自己經手，得罪了不少人。書中寫到她是「機關算盡太聰明，反算了卿卿性命」。因此對於鳳姐的早逝，拋開她本身的病痛不說，單看她好強的性格與平日的操勞，就足以讓她的身體垮掉千百回了。

王熙鳳是一個具有複雜性格的人，她聰慧機敏，能說會道，做事幹練，同時又善於權謀，陰險毒辣，心狠手黑。在「協理寧國府」的時候能夠將雜亂無章的寧府整理得井井有條，充分顯示出她的才幹與氣勢。而「毒設相思局」害死了賈瑞的性命，「弄權鐵檻寺」活活拆散了一對痴情的戀人，使他們雙雙自盡，「弄小巧用借劍殺人」又將王熙鳳的心狠手辣，奸險狡詐表現得淋漓盡致。其為人正如書中的敘述：「嘴甜心苦，兩面三刀，上頭一臉笑，腳下使絆子，明是一盆火，暗是一把刀。」身處宣揚善惡因果報應的封建時代，王熙鳳直接害死了多條人命。儘管她宣稱不信什麼陰司地獄的報應，但畢竟虧心事做得太多，在心靈深處是得不到安寧的。所以在其病危時就發生了幻覺，看到被她害死的尤二姐向她索命，不久便命歸西天。儘管因果報應是迷信的說法，但是心理上的緊張與負擔會帶來身體的病變卻是不爭的事實，提心吊膽的日子肯定會損害健康，所以王熙鳳的短命與此大有關聯。

王熙鳳弄權鐵檻寺，安享了三千兩銀子，王夫人竟一無所知，於是她膽子愈大，開始瘋狂的收受賄賂、內剝外刮。蓋大觀園的時候賈薔、賈芸都先後向她行賄。另外她還用榮國府上上下下的月錢放高利貸，為自己謀取銀兩。人的貪心是永遠不會滿足的，儘管她最後積攢了七八萬金，可是她還不知足，老是在不滿足中苦惱、思索，心靈深處並不愉快。王熙鳳深知，這些錢都是不義之財，生怕被人發現，整日提心吊膽，戰戰兢兢，日子過得並不輕鬆，心理壓力十分沉重，一有風吹草動，便嚇得魂飛魄散。這樣的精神環境和心理狀態，如何得以健康呢？

王熙鳳是《紅樓夢》中經典的女強人，她的在管理方面的才幹毋庸置疑。正因為她的精明與幹練，所以在寧國府辦理秦氏的喪事時，賈珍全權交付於她，她確實也不辱使命，將頭緒紛雜的喪事辦理得井井有條，使寧府的奴才個個兢兢業業，不敢偷閒。正因為如此，她忙得「飯也沒功夫吃得，坐臥不能清淨。剛剛到了寧府，榮府的人又跟到寧府；既回到榮府，寧府的人又找到榮府」。那一段時間，王熙鳳每日卯時二刻點卯理事，事畢回府，有時天已四更盡才睡一會兒，便又忙梳洗過寧府來。這樣算來，一天頂多也只有三四個小時的睡眠時間。我們都知道，充足的睡眠是身體健康的必要條件，若經常睡眠不足，必然積勞成疾，留下病根。

管理賈府這樣一個大家庭，王熙鳳會面臨各式各樣的難題。榮國府走下坡路的財政危機，需要她去解決；邢、王兩夫人之間的矛盾，需要她去周旋；與賈璉日趨惡化的夫妻關係，需要她去維持；表面上還要對老祖宗賈母曲意奉承，對平輩的兄弟姐妹要照顧得到，對奴僕要採取高壓讓他們絕對服從，這一切讓她費盡心機，最終心力枯竭。

而對於她真正的致命之因，還是源於她身體的病痛。第五十五回寫道：「鳳姐兒因年內外操勞太過，一時不及檢點，便小月了，不能理事，天天兩三個大夫用藥。鳳姐兒自恃強壯，雖不出門，然籌劃計算，想起什麼事來，就叫平兒去回王夫人。任人諫勸，她只不聽。」 在第七十二回中，她四肢懶動已一個多月，忙亂了幾天，又受了些閒氣，舊病勾起又添新病，平兒看不過，問了一聲「身上覺得怎麼樣？」她就動了氣，反說咒她病了，從來不叫請醫生看病。不僅如此，還仍然「天天察三防四」，操勞不息，於是病情越來越重。從這裡看出，由於恃強好勝的心理作祟，王熙鳳諱疾忌醫，將自己的小病拖成了大病，最終因此而丟掉了年輕的生命。

薛姨媽慪氣損肝氣，內傷七情傷身體

薛姨媽是薛蟠、薛寶釵之母，王子騰、王子勝、王夫人之妹，賈寶玉的姨媽。薛家有百萬之富，領著內帑錢糧，做著許多生意。書中的形容是「豐年好大『雪』，珍珠如土金如鐵。」然而就是這樣一個大富大貴之家，依舊存在著不少問題。兒子薛蟠不爭氣，兒媳夏金桂也不省事，常常惹得薛姨媽氣急攻心。夏金桂出生在經營桂花的豪商之家，在很小的時候她的父親就去世了，由母親將她帶大。缺乏父愛加上母親嬌慣太過，竟使她養成了橫行跋扈的性格。先壓服丈夫薛蟠，又擺布小妾香菱，後來竟欺侮到小姑寶釵和婆婆薛姨媽頭上，全沒個大小規矩，弄得薛家無一日安寧。

在《紅樓夢》第八十三回「省宮闈賈元妃染恙，鬧閨閫薛寶釵吞聲」中，夏金桂和寶蟾吵架，將屋內的桌椅杯盞盡行打翻，大哭小叫。當時薛姨媽正在寶釵房中，聽著實在不像話，母女二人就到金桂房門口。薛姨媽道：「你們是怎麼著，又這麼家翻宅亂起來？這還像個人家兒嗎？矮牆淺屋的，難道都不怕親戚們聽見笑話了麼？」金桂則又把矛頭對住了薛姨媽，與薛姨媽吵鬧。寶釵幫助說了一句，金桂再把矛頭對住寶釵，和寶釵吵了起來，說寶釵一個姑娘家，怎麼管起她的事了。薛姨媽見了這番光景，只得忍了氣說道：「大嫂子，我勸你少說句兒罷。誰挑撿你？又是誰欺負你？不要說是嫂子，就是秋菱，我也從來沒有加她一點聲氣兒的。」夏金桂聽了這幾句話，更加拍著炕沿大哭起來，說自己那比得上秋菱。薛姨媽聽了，心裡萬分氣不過，最後在寶釵的勸說下才出了房門。

這一場架，吵得薛姨媽又悲又氣，精神受到了很大的傷害。兒媳夏金桂撒潑不講理，本來是去勸架，夏金桂竟然將自己和寶釵也罵了進去。薛姨媽一時因被金桂這場氣慪得肝氣上逆，左肋作痛。寶釵明知是這個原故，也等不及醫生來看，先叫人去買了幾錢鉤藤來，濃濃的煎了一碗，給她母親吃了，又和秋菱給薛姨媽捶腿揉胸。過了一會兒，薛姨媽才覺得好些。在寶釵的勸說下，薛姨媽睡了一覺，心裡的氣也漸漸平復了。

對於薛姨媽的病因，書中點明是「一時因被金桂這場氣慪得肝氣上逆，左肋作痛」，意思是說薛姨媽的病是被夏金桂氣出來的。其實對於人體來說，不光是慪氣能讓人得病，人的其他不良情緒也會對健康造成很大的傷害。《黃帝內經》早就指出，精神活動的異常，可以直接影響臟腑的功能，即所謂喜傷心、怒傷肝、悲傷肺、思傷脾、恐傷腎。人的情緒分為喜、怒、憂、思、悲、恐、驚，這就是人們常說的七情。七情是人體對客觀事物的不同反應，在正常的情況下，一般不會使人致病。只有突然、強烈或長期持久的情志刺激，超過了人體本身的正常生理活動範圍，使人體氣機紊亂，臟腑陰陽氣血失調，才會導致疾病的發生，由於它是造成內傷病的主要因素之一，所以又被稱為「內傷七情」。

薛姨媽在這裡的狀況是屬於「內傷七情」中的怒傷。「怒」指人一旦遇到不合理的事情，或因事未遂，而出現的氣憤不平、怒氣勃發的現象。中醫講，肝氣宜條達舒暢，肝柔則血和，肝鬱則氣逆。當人犯怒時，破壞了正常舒暢的心理環境，肝失條達，肝氣就會橫逆。故當生氣後，人們常感到脅痛或兩肋下發悶而不舒服；或不想吃飯、腹痛；甚至出現吐血等危症。而薛姨媽的左肋疼痛正符合此症。因此在日常生活中，我們要學會心胸開闊，盡量戒怒，別讓一些小事影響到我們的心情，導致疾病的發生。

節食亦能得長壽，飢餓療法談養生 ··············

節制飲食在中國傳統的養生之道中占有很重要的地位，而賈府的眾人更是深諳此道。賈府上自老祖宗賈母，下至眾多丫鬟，平常吃飯都不多。倘若有些小病，他們首先不是吃藥，而是採用飢餓療法。在《紅樓夢》第五十三回「寧國府除夕祭宗祠，榮國府元宵開夜宴」中就寫道：「這賈宅中的祕法：無論上下，只略有些傷風咳嗽，總以淨餓為主，次則服藥調養。」書中寫道：晴雯本來就已傷風感冒，「發燒頭疼鼻塞聲重」，晚上又織補了一夜孔雀裘，勞累過度，病情加重。幸虧她是一個「使力不使心的人，再者素日飲食清淡，飢飽無傷的」，「故於前一日病時，就餓了兩三天，又謹慎服藥調養，如今雖勞碌了些，又加倍培養了幾日，便漸漸的好了」。由此看來，飢餓療法還是有一定道理的。

劉姥姥二進大觀園時，賈母感受了風寒，請了太醫院的王太醫。王太醫經過診治之後，到外書房對賈珍、賈璉說：「太夫人並無別症，偶感了些風寒，其實不用吃藥，不過略清淡些，常暖著點兒，就好了。如今寫個方子在這裡，若老人家愛吃，便按方煎一劑吃；若懶怠吃，也就罷了。」從這裡可以看出，對於賈母的風寒，王太醫的治療原則是飢餓為主，藥物為輔，甚至後面還說不吃藥也罷，只要飲食清淡些就行了。

在王太醫剛要告辭時，奶媽抱了大姐兒也要看病。王太醫左手托著大姐兒的手，右手診了一診，又摸了一摸頭，又叫伸出舌頭來瞧瞧，笑道：「我要說了，妞兒該罵我了，只要清清淨淨的餓兩頓就好了。不必吃煎藥。我送點丸藥來，臨睡用薑湯研開吃下去就好了。」在《紅樓夢》中所出現的醫生裡，王太醫算是一位不錯的醫生了，醫術高超而且醫德高尚。因此對於他的診斷和治療方案，我們都毋庸置疑。像賈母、晴雯、巧姐兒的病，都不算嚴重，治療起來以飢餓療法為主，適當配些藥物，也就行了。

一些人生病之後，認為身體虛弱，所以要吃很多東西來進行補養，千萬不能讓自己餓著，素不知這是一種錯誤的觀念。實際上，在一定時間內飢餓，不僅對人體無害，反而有一定的益處。適當的飢餓能使胃腸得到休息，以備下一次更好的消化吸收，對消化道疾病患者更是如此。如消化不良導致的腹瀉，就少不了飢餓療法。另外，對於兒童厭食症以及一些腫瘤癌症，飢餓療法也能取得不錯的效果。

當然，飢餓療法不是絕對什麼都不吃。為維持身體的正常運轉，喝一些蔬菜汁或湯類的食物也是十分有必要的。即使這樣，也千萬不能長期不好好吃飯，特別是對於一些減肥者來說更應注意。一般情況下，是否採取飢餓療法應該在醫生的建議和指導下進行，切勿擅作主張，以免弄巧成拙。

香料養生起源早，賞心悅目又防病 ••••••••••••••

在《紅樓夢》第五十一回「薛小妹新編懷古詩，胡庸醫亂用虎狼藥」中，晴雯因受涼患了感冒，賈寶玉替她請了醫生，開了藥物，「命把煎藥的銀吊子找了出來，就命在火盆上煎」。晴雯不同意，說：「正經給他們茶房裡煎去罷咧！弄的這屋裡藥氣如何使得？」寶玉道：「藥氣比一切的花香還香呢！神仙採藥燒藥，再者高人逸士採藥治藥，最妙的是一件東西！這屋裡我正想各色都齊了，就只少藥香，如今恰全了。」寶玉的這段話看似是對晴雯的精神安慰，讓晴雯能夠安心服藥早日康復。實際上寶玉所說的「藥香」，也是治病的方法之一。

幾乎所有的中草藥都有一定的氣味，在室內煎藥，必然放出濃烈的藥香，即使是不煎，許多中藥也能散發出香氣。這些能夠散發出香氣的中藥又常常被人們當做香料來使用，用其散發的香味來治病療傷。

用香料治病在中國可算是歷史悠久。據史書記載，遠在神農、伏羲時代就用香料治病了。在春秋戰國時期，人們對香味和香料植物給予人的心理作用已有了深刻的認知，時人還把香料作「佩幃」，以植物的「香」或「臭」喻人和事物。中國第一部藥物學專著《神農本草經》中就記載有許多香料藥物。之後歷代本草對香料藥物闡述得更為詳細。如「香附，氣香味辛，能治霍亂吐瀉」；「蘇合香，甘溫走竄，通竅開鬱，辟一切不正之氣」。這些醫典將香料藥的性味、歸經、功用和主治哪些疾病等，都做了詳細的記載。

屈原在《離騷》中涉及芳香療法與芳香養生的就有五十一句之多，如「扈江離與辟芷兮，紉秋蘭以為佩」，「昔三後之純粹兮，固眾芳之所在」，「雜申椒與菌桂兮，豈維紉夫蕙茝」，「余既滋蘭之九畹兮，又樹蕙之百畝」，「畦留夷與揭車兮，雜杜衡與方芷」，「朝飲木蘭之墜露兮，夕餐秋菊之落英」，「戶服艾以盈要兮，謂幽蘭其不可佩」，「蘇糞壤旨充幃兮，謂申椒其不芳」，「蘭芷變而不芳兮，荃蕙化而為茅」，「何昔日之芳草兮，今直為此蕭艾也」，「余既以蘭為可恃兮，羌無實而容長」，「委厥美以從俗兮，苟得列乎眾芳」，「椒專佞以慢慆兮，樧又欲充夫佩幃」，「既干進而務入兮，又何芳之能祇」，「芳菲菲而難虧兮，芬至今猶未沫」等佳句。為了紀念屈原，民間許多人在端午節這一天焚燒或薰燃艾、蒿、菖蒲等香料植物來驅疫避穢，殺滅越冬後的各種害蟲以減少夏季的疾病，飲服各種香草熬煮的「草藥湯」和「藥酒」以「發散」體內積存的「毒素」。

司馬遷所撰的《史記．禮書》中有「稻粱五味所以養口也。椒蘭、芬芷所以養鼻也。」說明漢代人們已講究「鼻子的享受」。長沙馬王堆一號漢墓出土文物中發現一件竹製的薰籠。《漢武內傳》描述朝廷「七月七日設座殿上，以紫羅薦地，燔百和之香」。當時薰香用具名目繁多，有香爐、薰爐、香匙、香盤、薰籠、斗香等。漢代還有一種奇妙的賞香形式：把沉水香、檀香等浸泡在燈油裡，點燈時就會有陣陣芳香飄散出來，稱為「香燈」。

除了中藥的香味能夠治病之外，花香對於人體的健康也有一定的幫助。今天，不少國家都利用花香治病。一般醫院都栽有鮮花，療養院則更是樹木蔥蘢，花卉繁多，散發著陣陣芳香，這樣的環境非常有利於健康的恢復。甚至有專門用花香治病的醫院。據報導，國外有一個別具一格的療養院，室內室外到處種植著花卉芳草，花朵萬紫千紅，清香宜人，芳草生長茂盛，青綠可愛，像一座漂亮的花園。在這裡療養的患者，一不吃藥，二不打針，而是舒適的坐在安樂椅裡，聽著悠揚的音樂，聞著芬芳的花香，悠閒自得的生活著。不少患者經過這樣的療養，就逐漸戰勝慢性疾病，恢復了健康。

琴棋書畫陶情志，助興消愁保健康 ……………

琴棋書畫，是中國傳統的「四雅」。用琴棋書畫來形容女子們的多才多藝，在很多時候，它都和美女、才女聯繫在一起。在《紅樓夢》中，榮寧二府的四位小姐的四個侍女就是用琴棋書畫命名的。元春的侍女抱琴，迎春的侍女司棋，探春的侍女侍書，惜春的侍女入畫。

事實上，在人的一生中，琴棋書畫是陶冶人的情操，使人心情舒暢，促進人的心理健康的良好方法。琴棋書畫既是娛樂活動，也是很好的運動鍛鍊，雖然琴棋書畫運動強度小，但運動量易自我控制，從體質鍛鍊上來說，可謂老少皆宜。

宛轉悠揚的琴聲，旋律優美的樂曲，能使人得到美好的精神享受，使人精神愉快。琴聲對人的感情、思想、心理和生理都有明顯的影響，優美動聽的樂曲，能使大腦得到良好的刺激，從而使整個神經系統以及內分泌、心血管、消化道等器官的功能得到改善。心境不佳時，可撫琴寄思，以暢心懷。經常彈琴者還可使手指靈活自如，幫助手指關節恢復活動功能。因此，彈琴是一種有益於身心健康的手指運動。

下棋常為人帶來樂趣，全神貫注的深思、怡然自得的微笑、一著妙棋帶來的欣喜，真是其樂無窮；旁觀助戰的人，其興味之濃，比起局中人，更是有過之而無不及；一場精采的對局結束之後，眾人議論紛紛，說來津津有味，真是餘味無窮。下棋能給人高雅的藝術享受，透過興味濃郁的情趣，既使憂思煩惱得以解除，促進思維能力，又能緩解緊張心情，大大有益身心健康。因此，弈棋是一種有趣的腦力活動。棋局變化多端，又遵循一定的規律，一著不慎便滿盤皆輸，所以人們把棋類稱為「智慧的體操」。但要注意弈棋時不能太耗神，不宜太計較輸贏。

練習書法、揮筆作畫，既能陶冶情操，又能舒暢胸懷。一般來說，寫字、作畫時的專心致志，在美感中創作的樂趣，長期接觸大自然獲得的樂觀情懷等是古今中外書畫人多壽星的重要因素之一。近代著名畫家齊白石、劉海粟及書法家蘇局仙等，大多是九十歲以上的高齡者。縱觀近代書畫家的年譜，即可發現擅長書畫者多能健康長壽。許多書畫家的性格都較為開朗，喜歡說笑話，有幽默感，比較風趣。一般愛好書畫之人，也能獲得融融之樂。

生機勃勃的花木魚草，錦繡如茵的自然美景，能使書畫人在長期接觸和觀察大自然中心曠神怡，繪畫人對遊覽名山大川、觀賞花草蟲魚、領略田園風光都有極大的興趣。這不僅能增加創作新意，而且可以強化呼吸、調節氣血循環，舒筋活絡、增強新陳代謝功能。還可以陶冶情操、排除憂鬱，處於一種樂觀超逸的心理狀態。特別是到了老年，寄情於書畫之間，孜孜不倦的探索書畫藝術的奧祕，可以發現藝術意境如此的絢麗多彩、如此的廣闊無垠，一切個人的欲念便會消弭得無影無蹤。

人的一生都會擁有這樣那樣廣泛的興趣愛好，這些興趣愛好能使人保持樂觀情緒，有益健康長壽。琴棋書畫是諸多興趣愛好中最為陶冶情操的種類，對於身心健康的好處是筆墨無法盡述的。當你全身心的投入到其中時，其奧妙自然便蘊藏心底了。

紅樓夢中飄妙音，樂人樂己樂心神

音樂養生是中醫養生學的一個重要組成部分，是指運用音樂來調劑人們的精神生活，改善人們的精神狀態，從而起到預防、治療某些心理情志疾病的作用。《紅樓夢》中出現了多處描寫音樂改善心情的情節。在劉姥姥二進大觀園時，與賈母吃酒玩耍。不一時，只聽得簫管悠揚，笙笛併發。正值風清氣爽之時，那樂聲穿林度水而來，自然使人神怡心曠，當下劉姥姥聽見這般音樂，且又有了酒，越發喜的手舞足蹈起來。

《紅樓夢》第七十六回「凸碧堂品笛感淒清，凹晶館聯詩悲寂寞」中寫道：賈府中秋賞月，賈母見月至天中，比先越發精采可愛，因說：「如此好月，不可不聞笛。」眾人賞了一回桂花，又入席換暖酒來。正說著閒話，猛不防只聽那壁廂桂花樹下，嗚嗚咽咽，悠悠揚揚，吹出笛聲來。趁著這明月清風，天空地淨，真令人煩心頓解，萬慮齊除。由此可見，美妙的音樂的確會讓人心情舒暢，心緒隨著音樂而飛舞，使人情不自禁的愉快起來。

古代就有「以戲代藥」，音樂治病的方法。音樂具有多種不同的節奏，其藝術感染力作用於感情，以情導理，使人的心理保持愉悅，人自然就放鬆下來。另外音樂特定的頻率、聲壓直接作用於人體的器官，對心臟或聽覺器官產生共振作用，帶動並調節人的生理節奏。這樣既可以增強人的抗病能力，又有利於治療某些疾病。

《易經》上有句名言是「同聲相應，同氣相求」，這正說明了中國古代對於音樂養生的認知。在春秋時代，秦醫和為晉平公診病，就對音樂與健康的關係做過深刻論述，醫和說：「先王之樂，所以節百事也，故有五節遲速本末以相及，中聲以降，五降之後，不容彈矣，於是有煩手淫聲，慆堙心耳，乃忘平和，君子弗聽也，物亦如之，至於煩，乃舍也已，無以生疾，君子之近琴瑟，以儀節也，非以慆心也，天有六氣，降生五味，發為五色，徵為五聲，淫生六疾。」宋代的文豪歐陽脩也記錄過自己的一段病史：「昨因患兩手中指痙攣，醫者言惟數運動以導其氣之滯者，謂惟彈琴為可。」

相傳古時候有一位老人在戰場上失去了兩個兒子，使他精神受到了極大的打擊，陷入了極度的憂鬱狀況中，他一度拒絕同別人交談並絕食。在藥物療法一籌莫展的時候，醫生了解到他過去喜歡彈琴的背景，於是決定請他的一位朋友為他彈奏琴音，經過一段時間，柔美的音樂終於打開了他閉鎖的心靈，慢慢的，醫生鼓勵他自己演奏，讓陪伴他的親戚朋友充當他的聽眾。不久，這位老人就開始進食、服藥，最後完全恢復了健康。

人的感情，複雜多變，因時因地因環境改變而變化無窮。同樣一個人，心情好時百曲順耳，但聞樂曲便賞心悅目，百感交加，就能從中品出不同凡響的韻味來；心情不好時，心境全無，再好的樂曲也感刺耳，感到厭惡。音樂與心情息息相關，於此可見一斑。因此音樂養生的要義，就在於提高自身的音樂素養，培養自己良好的音樂細胞，以音樂調節保持好心情，再以良好的心情去欣賞品味音樂，形成良性循環，才能大大有益身心。

紅樓夢中夢，睡夢助養生

《紅樓夢》成書後，曾有過多少別名，《石頭記》、《情僧錄》、《風月寶鑑》、《金陵十二釵》等等，但是唯一讓人熟知的卻是「紅樓夢」這個書名。其實，「紅樓夢」只是第五回那十二支曲子的曲名，也是指賈寶玉做的那個遊太虛幻境的夢。這個夢從「那寶玉才闔上眼，便恍恍惚惚的睡去」，一直到「嚇得寶玉汗下如雨，一面失聲喊叫：『可卿救我！』」足足寫了六七千字，幾乎占了整個第五回。當然，書中還出現了其他的夢，如第八十二回「老學究講義警頑心，病瀟湘痴魂驚惡夢」中寫的林黛玉的一場惡夢；第一百十六回「得通靈幻境悟仙緣，送慈柩故鄉全孝道」中寫的賈寶玉再遊真如福地，還有一些較短的夢，如第十三回賈寶玉在夢中聽見秦氏死了；第八十九回林黛玉「睡夢中常聽見有人叫寶二奶奶的」。而後世的讀者也正是因為這些夢而與這本名著結下不解之緣。

《紅樓夢》中的這些夢，無論長短，都是在為深化作品的主題思想而做。曹雪芹透過描寫這些夢境來揭示了現實生活中的矛盾，刻劃人物的性格，反映人物的心理活動，不管是從文學上還是從醫學上講，這些夢都設計得合情合理，合乎實際。

其實，夢是人在睡眠過程中的一種正常生理現象。對於其成因，如果從精神層面上來分析，「日有所思，夜有所夢」便是最好的解釋。中醫認為，夢能反映臟腑的健康狀況。當腎精不足，營養物質無法上行，空運化，致虛火擾頭時便會產生夢。

正常的夢境活動，是確保人體正常生命活動的重要因素之一。它不僅對腦功能的恢復有益，而且有助於腦中樞神經系統的發育；還可以為大腦神經提供一種經常險有益的刺激，使中樞神經系統調整到一種準備狀態，以防止大腦神經在夜間停止活動而喪失了功能，並使大腦裡的資訊得以重新整理。

但是當人一進入睡眠狀態就被惡夢所困擾，那他的身體與精神狀況就有一些問題了。惡夢也叫做夢魘，人如果在夢中遇到危險，就會產生夢魘，有時甚至會非常驚慌的大喊大叫，而寶玉夢遊太虛境時落水大叫，正是如此。做惡夢常常與人的精神因素有關，虛弱、緊張、經受刺激、白天看恐怖片或是暴力傾向的新聞，晚上都可能做相關的惡夢，尤其是膽小的人。當人體過度緊張與恐懼，就會導致心臟病、高血壓、動脈硬化、腦血栓的發生。因此當人做惡夢時，一定要及時叫醒他，否則他不僅在惡夢中痛苦，醒來後還會沉浸其中，帶來情緒上的沮喪與焦慮不安。如果沒有得到充分的休息，肯定會影響到第二天的工作或課業，對人的健康造成很大的威脅。

對於身體上的健康來說，如果你長期做著一個內容大致相同的夢，那就很可能是你身體的某一部分出現了病變，在向你發出信號。比如有人可能經常夢見自己被人追趕，東躲西藏，這可能是脾胃與腎出了毛病；有人可能經常夢見自己能在空中自由飛翔，頗有武俠高手之風，這可能是肺出了毛病；有人可能經常夢見自己掉下懸崖或陷阱，甚至從空中而墜落。這可能是腎陽不足，腎精無法上行的緣故；有人可能經常夢見自己大小便，如果醒來卻沒有便意的話，這可能是膀胱與腸道出了毛病；有人可能經常夢見自己見到鬼魂，這可能是腎出了毛病，陰陽俱虛；有人可能經常夢見跟人打仗，刀光劍影，這可能是陰陽氣太盛之故。

當然，夢境雖然能夠提醒健康狀況，但也並不是只要做了夢，就意味著有什麼疾病。一個人如果經常被同樣的夢困擾，也可能是由於某一件事令腦部興奮過度，大腦因為頻繁的活動而得不到應有的休息所造成的。但此時最好還是提高警惕，及時到醫院檢查一下。

還有一種夢被人們稱為「白日夢」。是人在清醒狀態下出現的，帶有幻想情節的心理活動，在心理學上也被稱為「遐思」。實際上，做「白日夢」並不像人們經常用來諷刺別人所說的那樣妄想或者不切實際。相反，做「白日夢」是一種有效的放鬆心理神經的方法，對人體的免疫系統有著良性的促進作用。另外，「白日夢」能讓大腦的左側從語言活動中解脫並處於休息狀態，讓右腦充分發揮其直觀時的形象思維能力，從而使善於語言思維和用右腦工作者的疲勞得以消除。

紅樓宴，隱藏在賈府宴席中的養生智慧：

解酒醒神 × 消食解膩 × 活血清熱 × 滋養肌膚，不只要根據季節時令，更要懂對症下「菜」！

編　　著：沈銓龍，才永發
發 行 人：黃振庭
出 版 者：沐燁文化事業有限公司
發 行 者：沐燁文化事業有限公司
E-mail：sonbookservice@gmail.com
粉 絲 頁：https://www.facebook.com/sonbookss/
網　　址：https://sonbook.net/
地　　址：台北市中正區重慶南路一段 61 號 8 樓
8F., No.61, Sec. 1, Chongqing S. Rd., Zhongzheng Dist., Taipei City 100, Taiwan
電　　話：(02)2370-3310
傳　　真：(02)2388-1990
律師顧問：廣華律師事務所 張珮琦律師

定　　價：330 元
發行日期：2024 年 08 月第一版
◎本書以 POD 印製
Design Assets from Freepik.com

國家圖書館出版品預行編目資料

紅樓宴，隱藏在賈府宴席中的養生智慧：解酒醒神 × 消食解膩 × 活血清熱 × 滋養肌膚，不只要根據季節時令，更要懂對症下「菜」！ / 沈銓龍，才永發 編著 . -- 第一版 . -- 臺北市：沐燁文化事業有限公司，2024.08
面；　公分
POD 版
ISBN 978-626-7557-03-7(平裝)
1.CST: 紅樓夢 2.CST: 研究考訂 3.CST: 飲食風俗 4.CST: 養生
857.49　113011668

電子書購買

爽讀 APP

臉書